语言的热带雨林

张炜 / 著

GUANGXI NORMAL UNIVERSITY PRESS

广西师范大学出版社

· 桂林 ·

语言的热带雨林
YUYAN DE REDAI YULIN

出 品 人：刘景琳
责任编辑：淡　霞
助理编辑：何星辉
责任技编：伍先林
装帧设计：刘　静

图书在版编目（CIP）数据

语言的热带雨林 / 张炜著. —桂林：广西师范大学
出版社，2021.8
　　ISBN 978-7-5598-3820-9

Ⅰ．①语… Ⅱ．①张… Ⅲ．①文学写作学 Ⅳ．①I04

中国版本图书馆 CIP 数据核字（2021）第 105431 号

广西师范大学出版社出版发行

（广西桂林市五里店路 9 号　邮政编码：541004）
　网址：http://www.bbtpress.com
出版人：黄轩庄
全国新华书店经销
北京博海升彩色印刷有限公司印刷
（北京市通州区中关村科技园通州园金桥科技产业基地环宇路 6 号
邮政编码：100076）
开本：889 mm × 1 240 mm　1/32
印张：10　　　字数：204 千字
2021 年 8 月第 1 版　　2021 年 8 月第 1 次印刷
定价：49.80 元

如发现印装质量问题，影响阅读，请与出版社发行部门联系调换。

目　录

下　篇

上　篇

葡萄园和小桌

因为时间的关系，在这里不能展开谈得太多，但还是要从很早以前说起。

那是我十几岁的时候，刚刚能够读书，读了一本薄薄的翻译小说，它的名字是《我叫阿拉木》，作者是美国作家萨洛扬。直到今天，他的书译成中文的也不多。那时候书很少，得到一本就如获至宝，读得很细，不会遗漏一个字。从书中的作者介绍中得知，萨洛扬从小在叔叔的一个葡萄园里干活，白天忙于园里的事情，下雨天或晚上就会伏在桌上写个不停。就这样，他成了一个作家。这本书让我看得如痴如醉，觉得有趣极了。书中写了一个顽皮的孩子，还有叔叔的趣事、各种各样迷人的人物和故事。

我那时想，一个人如果能像萨洛扬一样，在一个葡萄园里干活，空余的时间就在小屋里写作，写出这么好的文字，该是多么美妙的人生。这个想象的图景长期诱惑着我。后来有一天，我忍不住对外祖母说出来："我也要做一个像萨洛扬这样的人，在葡萄园里一边劳动一边写作。"外祖母听了沉默半晌，才说："你想那样写大概不难，在葡萄园里干活也不难；不过把葡萄园和小桌这两样合在一起，大概有点难。"

　　我却不以为然，一点不觉得外祖母说得有什么道理，因为当年的海边就有好多葡萄园，我在它们当中的小屋里摆上一张小桌，简直太容易了。接着是自己一点点长大，离开海边，一直走到今天。这期间经历了太多的事情，不过还是没有彻底忘掉那个童年的梦想，就是一张摆在葡萄园中的小桌。在我的心底深处，好像"葡萄园"和"文学"，它们之间真的有一种对应的关系。人生太忙碌，太匆促，太多坎坷，我终究没能在葡萄园里坐下来好好写作。时至今日，我终于承认，还是外祖母说得对：那两样合在一起，真的是太难了。

　　当年产生那样的一个梦想，并没有想得太多，不过是一种单纯的向往和热爱。那时候没有想过与写作有关的荣誉和奖赏，也不知道版税以及国内外影响这些事。它真的成为一生不能忘记的迷恋，是一个长长的牵引。我的第一部小说叫《木头车》，写于一九七三年，离现在四十六年了。在这漫长的时光中，我偶尔会产生一种幻觉，就是恍恍惚惚坐在葡萄园里的小桌前。当然，更多的还是置身于逼真的现实环境中，是毫无浪漫的工作。写作十分艰辛也十分欣悦，它需要处理很多文学本身的问题、和文学无关的问题，要克服无数困难。对一个写作者来说，获得鼓励是重要的，但沾沾自喜是没有力量的。我知道，当一个作家自我感觉良好、对自己的才能颇为自信的时候，恰恰是最衰弱最没有创造力的。相反，当他在设法战胜困窘、彷徨和苦恼中，倒有可能是最好的。人在犹豫和怀疑中将变得比较诚恳，比较朴实。这对作家来说实在是太重要了。

　　在结束这番话时，我想再次引用奥地利诗人里尔克的一句话，他说："哪里有什么胜利可言，挺住就意味着一切。"是的，人的许多过失和虚妄，常常是一味追求胜利造成的。其实一个人能够在生活中挺住，就已经是最好了。这种自我勉励和叮嘱也许是必要的。"胜利"或许很短暂很虚幻，"挺住"却要付出一生的努力。在冲击涌荡的水流中固守自己，不至于溃散和流失，就是最大的希望了。

随着年纪越来越大，我好像更加想念葡萄园里的那张小桌……

2019 年 8 月 28 日，于长春"张炜与当代文学"讨论会上的答辞

荒岛上的作家

西特林与洪堡的遐想

在淅淅沥沥的雨声中，我不知为什么想起了美国作家索尔·贝娄的《洪堡的礼物》，想着书中的两个人。这部小说脍炙人口，拥有无数读者，讲述的是主人公西特林和好友洪堡的故事。这其中掺杂了索尔·贝娄个人的经历，那个西特林许多地方像他自己，而诗人洪堡是以小说家艾萨克·罗森菲尔德和诗人德尔莫·施瓦茨、约翰·贝里曼为原型的，他们曾是他最好的朋友。当然作为小说也会有虚构。西特林和洪堡的经历具有传奇色彩，他们的交往非常有意思，关系特异，既有深厚的师生之谊，彼此依赖、想念，又存在竞争关系，相互嫉妒、诽谤，甚至是憎恨。洪堡去世后，西特林回忆与他一生的友谊，经常为其中的一些细节激动不已。他们的交往过程，本来应该成为一段感人的文坛佳话。

文学上的结伴而行是非常有意义的，文学伙伴特别重要，他们互相鼓舞、讨论，共同向往和憧憬，可以是一种相互支持和鼓励的巨大力量。这些记忆会伴随作家的一生，他们很久以后回忆起来还会非常感动，对事业和生活产生深远的影响。

在中国古代文学史上，我们常会看到这样的双子星座，比如李白和杜甫。"醉眠秋共被，携手日同行"（杜甫《与李十二白同寻范十隐居》），是何等密切的关系。白居易和元稹有过之而无不及，据后人统计，两人来往通信有一千八百多封，互赠诗篇近千首。"远信入门先有泪，妻惊女哭问何如。寻常不省曾如此，应是江州司马书。"（元稹《得乐天书》）还有王维与孟浩然、韩愈与孟郊、苏东坡与黄庭坚等，可以一直例举下去。

外国文学史上俄国的托尔斯泰与屠格涅夫、法国的雨果与巴尔扎克、美国的海明威与福克纳、拉美的马尔克斯与略萨等，他们之间那种复杂而迷人的友情，包括种种曲折的矛盾和冲突，都足够有趣和感人。作家、艺术家之间的情谊相比于生活中的其他人，纠缠了更多烦琐微妙、难以尽言的情愫。

今天我要讲的《荒岛上的作家》，就是由《洪堡的礼物》引起的一些遐想、一段往事。我在回忆，自己在孤寂难眠的深夜，在身处顺境或逆境之时，有没有类似的一位并肩而行的伙伴：这个人既鼓舞我，又折磨我；既给我力量，又让我灰心丧气，甚至是无比愤怒；一个宁可把他永远遗忘，却又常常不能忘怀的人。

好像没有，没有一个耿耿于心的文学友伴陪我走到今天。这里丝毫没有狂妄自诩到例举古人或异域之士的意思，而只是一些联想和追忆。我有许多往来频繁的文朋诗友，但这还不能等同于那种起伏跌宕、交织着难言的幸福与痛楚的同行者。是的，这里说的是那种难以表述的交往，它与个人文学生涯不可分剥的关系。我觉得自已缺少那样的一个伙伴，不，只差一点就有了那样的一个伙伴。

这是我一直在想的人，他是一个天才。这个人我仅仅见过三次，却留下了终生难忘的场景，还有听来的许多故事。本来他完全可以和我结成一对文学友伴，只是因为个人和时代的原因，最终渐行渐远。可是忆想中，我竟然为之两眼湿润。武汉这几天秋雨连绵，特别容易拨动思念。今天晚上让我讲讲这位朋友的故事吧，一个真实的故事。我不愿做夸张的表述，但我要说，这段往事对我深有触动。

他是一个特殊的人，一个罕见的和难以理解的人。关于他、他和我的过往，让我想起了《洪堡的礼物》中的那两个人。

山地游荡

我青少年时期曾经游荡在胶莱河以东的半岛上。因为当时失去了读高中的机会，就留在了校办工厂，后来这个工厂发生了爆炸，死伤了几个人，我就离开了。最初踏上了一片山地，这里是半岛的最高处，素有"半岛屋脊"之称。从此便开始了在南部山区游走的几年。我的出生地是半岛西北部的一片小平原，虽然离山地不远，但生活环境差异很大。那里是海滨冲积平原，而这里山岭起伏，道路崎岖。

一路上给我最大安慰的，就是背囊里那几本最喜欢的书和一沓作品草稿。我在想法糊口的同时，仍然热衷于阅读和写作，喜欢寻找这方面的朋友。文学成为一种奇怪的黏合剂，它会让我在一个陌生的地方很快找到无所不谈的友伴。我太需要他们，不仅是因为孤独，还有一腔激情需要一起燃烧。我们互相加薪添火。

当一个人很年轻的时候，拥有热情的伙伴会是极重要的。究竟有多重要，似乎不必细说，人人都能理解。因为有人同行，就能互相取暖，也不怕长长的夜路。初到一个地方，无论是乡村还是城镇，都会感到陌生和难以习惯，这时就会想到一些特别的人，他们就是酷爱写作和阅读的人。我和这些人之间好像有一个暗号似的，只要对答几句就能热聊起来。对方会倾其所有迎接一个远方的来人，那是无私的，甚至还带着一点感激：为这突如其来的友谊及其他。

所以每到一个生疏之地，我就会打听这样的人。有一次我问着，一些人皱着眉头听了一会儿，哈哈大笑说："啊，就是'来搞'！"我反倒有些蒙了，最后好不容易才弄明白是怎么一回事：对方说的"来搞"，是指生活作风不好，也是借用了一个谐音。那时没有电视，没有互联网，只有报纸和广播，每天公社广播站播完稿件后都会缀一句"某某'来稿'"，听的人便哄堂大笑。

他们知道我要找的是那些经常伏在桌上写东西的人，他们经常"来搞"。

就这样，我一路上结识了许多热爱写作的人，他们当中男女老少都有。有人其实不是写作，只是抄词典；还有人抄报刊。当时最有影响力的是上海的《朝霞》，许多人订阅这份杂志。我认识一个女房东家的姑娘，她长得胖胖的，父亲在海港工作，是一个船长，很少回来。她经常写通讯稿，在当地人眼中就是一个大作家了。她一边写一边嘟囔，流着泪水，但并没有写悲惨的事情。她只为写作本身而感动。

文友们从小生活在山区，爱着文学，情感是神圣的。他们虽然用尽力气，但大多因为身处僻地，孤陋寡闻。他们很少阅读古典文学和外国文学，对名作所知甚少，挂在口头的无非当时的寥寥数人，只对那些人非常崇拜。

最让我难忘的是这样一些夜晚：我们围坐在一个大炕上，一人朗读，大家屏息静气。读的大半是刊物上的东西，或者是刚写成的文字。这是真正的"文学盛宴"。如果是寒冬，大炕火热，窗外有呼啸的北风，耳边是小河流水一样的朗读声，那种幸福无法形容。也就在这样的日子里，大家不约而同地提到一个人：这个人实在了不起，已经开始在报刊上发表作品，是一个不折不扣的天才。他们一致说我要早些和那个人见面。

我向往着。剩下的问题就是：怎样才能见到他？他们说这件事说难也难，说不难还真不难。后来我才知道，那个人不仅特别有才而且极为繁忙，脾气怪异，来去无踪。所以，他很有可能在某个时候突然来到我们身边。越是这样，越是让人急切，只是毫无办法。他的怪异，他的才华，在朋友口中差不多变成了一个神话，是以前闻所未闻的。

我发现他们全都崇拜那个人，时不时地谈论他。

与奇人相遇

从交谈中得知，这位天才只比我大两三岁，出生山地。与多数人不同的是，他出身优越，父亲是一家供销社分管烟酒糖茶的股长，所以他从很小就吸上了带过滤嘴的高级香烟。"股长"两字的发音有一种深沉威严的感觉，但不知是多高的职级。由于父亲的关系，他很早就参加工作，但没有认真上班，而是到处游荡，到过许多大城市，还见过真正的作家。

我多次请朋友传达一种恳切的心情，希望能够被约见。传达信息的人为了有力和有效，将我夸张了一番：云游四方，来自海边，才华横溢。他们当然是出于好意，不过还是让我两颊发烫。

但是非常遗憾，一直过去了多半年，我连那个人的影子都没有见到。这使我深深地感受了渴望的滋味，一时难以等待。也许这种拖延既是必需的，也是值得的。后来我虽然仍然焦急，但终于能够稍稍安静下来。偶尔会想象两人相见的情景，一直想到激动起来。

在期待的日子里，我听到的故事更多，都在说他的非凡卓异，几乎全是传奇。给我印象最深的就是这个人有超乎常人的记忆力，比如说他只要翻过一本书，就可以从头背下来，让书里的话像河水一样流淌不息；还有，他只需对一个人轻轻瞥上一眼，就可以得知对方的全部心思。总括起来他有这样一些特质：过目不忘、犀利而骄傲、冷漠和激情，等等。

想到未来的相见，有太多的激动和忐忑，有时恨不得永远回避才好。我真的不知道这件事情的结果到底会怎样，更不想在经历了那个工厂的爆炸之后，再遇到新的颠簸，不愿在长长奔走、居无定所的日子里将自己置于一个天才的强光之下。我受不了那样的窘迫。

记得是一个平平常常的秋天的下午，有人匆匆递来一张纸条，我接到手里却怎么也看不懂。上面只有一串数码。满头大汗的朋友喘着："他！来了！"我终于镇定下来：那个天才来了。原来那串数字是一家招待所的房间号，它就在邻县，离我们还有多半天的路程。

我坐上一辆老式客车，摇摇晃晃地往邻县赶去。

到了县城已是黄昏时分，看着火红的晚霞，我的心跳加快。招待所的山墙上爬满了青藤，显出古老沧桑。我按纸条上的号码顺利地找到了房间，沉沉地敲门。没有回应。我感到一阵饥饿。

到街上随便吃点东西，再次返回。敲门，里面马上传来一声：

"本人在！"

难忘的夜晚

门内站了这样一个人：小平头，黑框眼镜，皮肤白皙，有些瘦。我赶紧自我介绍。握手时他看着我，两个眼角非常用力。他的嘴角有一点收敛的微笑，但整个人是极其严肃的。他用食指顶一下眼镜，闪开身子让我进屋。

刚坐下，我就感到了对方有一种过人的热情，但这热情是努力遮掩起来的。他尽力把语速变慢，说话很少。好像他在提醒自己面对一个生人，而这个人一直试图见到他。我却无法掩饰心中的兴奋。我忘记一开始说了什么，只记得一口气说了很多。他只是听，偶尔插话。但只过了十几分钟，他站起来了。是的，幸亏我赶在前边说了那么多，因为这之后就没有我说话的份儿了。他沿着床边急急走动，滔滔不绝，我已经无法插言。他一边说一边做着手势，大幅度挥动，或狠狠地指着地面。有时他会小步快走，右手在耳侧端平，语速越发加快。最后这种情形是较多的，后来我才知道，这才是他标志性的一个动作，是最为兴奋激越时的表现。

我进一步确认了一个规律：凡是有较大才能的人，一定有一种火烈烤人的热情。我过去以为自己是很容易激动起来的，现在看差多了；而且我的激动需要一个过程，持续的时间也不能太长。这一次我承认，我遇到了一个能够长时间激动的人，他独自一人就可以将谈话掀起一个又一个高潮。

我们很快谈到了彼此热爱的写作，然后又往阅读的纵深地带推进。不知为什么提到了使用的稿纸，我说自己用的是各种纸，只要方便就好。因为当时好一点的纸是稀少之物。他沉静了几秒钟，使劲绷紧了嘴角，说："不行。"

他从床边的一个棕色挎包里找出了两沓纸，是印了紫色方格的专用稿纸，页脚有某某"广播站"和"出版社"的字样。我接过来，贴近了鼻子，因为纸上好像有一股香味。各自五页，一共十页。这是珍贵的礼物，我感谢他的赠予。

天不知不觉间就变得乌黑了，我们交谈着，竟然都忘了开灯。已经是九点多钟了，他想起来，一下打开了屋内所有的灯。真是亮极了，这让我十分不适。在强烈的光线下，他更加愉快了，然后就提到了这个时刻里最重要的事情：朗读。他简单礼让一下，然后就读起了自己的新作。稍有些沙哑的声音，起伏很大。当他读到故事的高潮处就缓缓握起了拳头，往上举，最后往下猛地一沉。这是决定性的一击，故事中的敌人完蛋了。

他看着我。该我了。我的声音较低，这使他不太耐烦。他一支接一支吸烟，屋里很快有些呛人。我一边咳一边读，眼泪都流出来了。他小心翼翼地绕着我看，再看看我手里的稿子，想找出哭泣的原因。其实我是给烟呛的。我坚持着，最终还是进入了情境中，语气不知不觉间委婉起来。他好像僵住了，往后退开几步，一下仰躺在床上。我读完了。

"你是、什么人？"这是他从床上起来后说的第一句话。

我不知道他的意思，是赞赏还是失望。我盯住他，想从镜片后面那双又小又尖的眼睛中找到一个答案。他把脸转向了窗户，盯住夜色狠狠地吸烟。这样过了有十几分钟，他才缓缓转身，那脸色把我吓了一跳：好像他在这十几分钟里干了最耗费体力的事，整个人疲惫极了，有气无力地喘着，还在重复那句话："你是、什么人？"

我说了两遍：请批评指正。可他没听见。后来我才知道，他从来听不见自己不想听的话，哪怕大声喊叫也无济于事。他抽烟，偶尔抬头瞥我一眼，长时间站在窗前小声咕哝。就这样到了半夜，他像是突然想起了什么，拍着双腿叫了几声，夺门而去。过了半小时，他提着一个大包回来了，笑吟吟地进门，一件件往床上掏东西：罐头、烟、啤酒、饼干。

下半夜主要是喝啤酒和抽烟。他让我抽，我很为难。他严厉地说："不抽烟怎么可以？"吃的东西摊在床上，铺了两张报纸，我们盘腿而坐。一杯接一杯，我从未这样愉快，对方比我还要高兴十倍。他大声呼叫："相见恨晚！恨晚！那些混蛋！"他背过脸去，回头时两眼竟有泪花。我有些慌乱，不知该说点什么。但我心里非常清楚的是，他在骂那些山里朋友，这实在冤枉了他们。

黎明时分，我因为饮酒之故，歪在了床上。可他毫无倦意，谈着一年来见过的所有人，特别是作家，重复他们说过的话。我睡意渐浓，后来也就记不清内容了，只模糊想得起最奇怪的一些话，比如："那是个大作家啊！一米八九的个头，真正的红胡子。脾气暴躁，每天喝酒，吃猪耳朵。爱情多到数不过来！"

我不知睡了多久，反正醒来时见他正俯身盯过来，我吓了一跳。见我醒来了，他高兴极了，搓搓手，大声叹息，又开始朗诵。我终于听得明白：这是俄国大评论家别车杜（别林斯基、车尔尼雪夫斯基、杜勃罗留夫三个人的简称）的语录。我试着问了一句，他马上抓住我的手，摇动着喊：

"美是生活！"

这是车尔尼雪夫斯基的话。

你能杀儿童

第一次见面有了两大收获：一是见到了传说中的天才，二是患上了严重的咽炎。因为那天抽了太多的烟，而且日后也无法戒掉。我背囊中有他赠予的两件礼物：十张方格稿纸和一张剪报，上面有他发表的一篇极短的散文。我想念他，山里的朋友们说："都想！这家伙啊！"我们在一起总是谈论他，以此缓解深深的思念。

我一遍遍回忆那个夜晚，从头一句句复原我们的对话，以防遗漏。我发现他除了见多识广、读了海量的书之外，主要就是直率而强烈的激情。这是他性格中迷人而罕见的元素。这个人在未来无论写出多么了不起的作品，都是不出预料的。耳听为虚眼见为实，那超人的记忆力啊，竟然可以不停地、几乎在长达一夜的时间里背诵名言名著，而且毫无错失。

我也勤奋阅读，可是只能记住书中一些大致的情节、人物和氛围。他那夜提到的一些书，我要在最短的时间内找来。可是这些书的一大部分引不起我的激动。我为此而痛苦。这期间朋友们不断传递着他的消息：发表了什么作品、去了何方。我们总是以最快的速度找来有关报刊，发现都是短文。那印成一行行的铅字怎么看怎么亲，有些神奇，还有些异样。我们并不在乎他写了什么，只觉得好，好到完美无缺。

朋友当中一个叫"平头"的与他关系最近，两人一年中至少见面两次，好像是他在我们之间的一个秘密联络员。"平头"总在与之分手一天后才告诉我们消息，这种时间差是故意的。我们都心照不宣：那个天才在所有的朋友当中，还有自己更喜欢更信任的人。这是谁都没有办法的事。不过好在他通过"平头"不断转达问候，透露信息，这已经是让人兴奋和温暖的事了。我在很多年以后还能记得他在"平头"面前夸我的话："此人有趣。"

我从来不觉得自己多么有趣，但他的话又不会错。大家对他的来来去去忙忙碌碌永远搞不明白，大致认为这种消耗和耽搁太可惜了。他的能力与兴趣太广泛，除了读书和写作，还迷于下棋，而且难遇敌手。"平头"说，他最大的痛苦常常是因为找不到人下棋："背着棋盘到处走，走。"

就受了他的影响，大家也开始下棋。我不太高明的棋术也是那些日子学成的。好在这段时间不长，高考恢复了，我们不得不放下棋盘，每人捧起一本复习提纲。已经太久没有见到他了，问"平头"，对方也摇头。就在参加考试的前一个星期，"平头"说总算联系上了："他也准备着！不过人家根本不看大纲，只把课本找来背过！"

我们这些人没有上过完整的高中，所以最后只有一小半考上了大学。他当然也考入了，但考分较低。"平头"说："他一直下棋。"

　　上学之后我与大多数山地朋友分开了，他们有的在山里，有的去外地上学，总之要见一面很难。好在可以通信，相互之间邮寄作品。在校期间我和同学们结起文学社，还办了油印刊物。我和朋友在信中谈得最多的还是那个天才，对方音讯极少。"平头"还在山里，关于那个人的消息仍然来自他：那个人如今对大学兴趣不大，因为发现老师和同学不过尔尔；除了写和读，还是下棋。

　　最想不到的惊喜就这样来了。有一天我正从食堂往外走，一个同学急急喊，说快回宿舍去吧，有人找你，"那人性子真急，在屋里不停地走"。我真没想到会是他，也想不到他能从学校逃出来。

　　这就有了我们的第二次见面。他比以前瘦了，一双眼睛更深邃，火辣辣地盯住我，像在打什么主意。他沉默的时间很长，可是当旁边的人谈到某一本书时，他马上恢复了犀锐的谈锋，毫不留情地反驳他人。在惊异的注视下，他开始大段引用、朗诵，右手伸平了放在耳侧，碎步疾走。记忆中的那一幕又出现了。

　　这样的夜晚是无法休息的，谁也不想睡。他一个人喝掉了半箱啤酒，吸了无数烟，凌晨两点摆上第一局棋。他风卷残云般地胜了所有人，最后指着我："来！"我怯怯上阵，连输三盘。到了第四盘，他可能因为疲劳或大意，竟然被我吃掉了一个"车"。他要悔棋，我不同意，焦急中把那只"车"握在了手里。屋里静极了。他身子笔直地坐着，伸手顶一下眼镜，朝我一指：

　　"你能杀儿童！"

我脑子里一片空白，看着他，握紧的手不由得松开，棋子"啪"一声掉在了地上。

一些憨厚文友

很快毕业了。我去了省会，几个朋友分散在不同的城市。我们一直读和写。激动人心的日子来了，刊物比过去多了一倍，不断有新作品引起轰动。我只要有机会就回山地，其他人也来聚会。我发现大家的友谊将持续终生，谁也不能把这伙人分开。与那个天才的联系仍旧依靠"平头"，他总是最早发现那个人发表的新作，并及时传给我们。"平头"还时常带来他的问候，私下里对我说："他想念你，说'此人有趣'。"

一年之后发生了令人吃惊的事：他从一个大机关辞职了。他要经商，用两年时间成为富翁。"这有点可惜。"我认为他首先应该成为伟大的作家。"平头"最能猜中我的心事，断然说："那是肯定的。"

接下来是这样的消息：他租用了一座废弃的老楼，繁殖德国良种黑背犬，净赚三十万；与人合开一座煤窑；建立了一家皮草公司；考虑移民，并准备买一架直升机和朋友们度假用。使我动心的是最后一条，我悄悄问了"平头"：一起度假的人是否包括了我？"平头""嗯"一声："他说了，到时候座位再紧张，也要给你留个小边座！"我的心头一热。

山地朋友们干得不错，有的经营林场，有的教书，有的出版学术著作，都结婚生子。可是这种安定的生活并未坚持太久，一切就开始乱套。起因还是我们的天才朋友，他越来越多地回到山地，像旋风一样来去，周围很快被刮得东倒西歪：两人离婚辞职，三人入伙公司，其他的也在作类似打算。我牵挂他们，也想念那个人，就找个机会赶到了山地。朋友们全忙得不见踪影，只见到了"平头"，他刚刚离婚，人晒得有些黑了。他见了我一拍膝盖："正找你呢，有他的口信。"

"什么口信？"

"让你加入公司。还有……"他盯着我欲言又止，嗯啊着。我催促了一会儿，他才说："他说如果可能的话，就离婚吧！"

"为什么？"

"为了'激活生活'！"

除了最后一个口信，公司的事让我动心了。不过犹豫了一些日子，加上家里人反对，也就耽搁下来。日后传来的一些事情可谓大起大落：那个天才朋友又开办了新的公司，半月进金百万，但转眼又赔几百万。尽管如此，他还是心系文学，只是对大家已经非常失望，说：

"咱这里没有一个能成为大作家！太平庸！太循规蹈矩！连一个同性恋、一个进监狱的都没有！"

朋友告诉我，当时他因为生气，没有刮净的几根胡子爹起来，从包中掏出几本书，没等人看清又装了回去。"平头"说有一本是知道的，叫《在路上》。这本书我也读过，我想对"平头"说："那伙人一路上也没干过什么好事。"不过犹豫了一下，还是没有说。有一句话憋在心里很久了，我问："既然他劝别人'激活生活'，为什么自己不？""平头"叹口气：

"他总是提前做的，一年前试过，那个'小不点的'找了大哥，那人说要干掉他，才把这档子事放下。"

我知道"小不点的"就指他的妻子，因为长得娇小，通常都这样称呼。我问"干掉"是什么意思。"就是杀了他。""这可能吗？""平头"吸了一口烟，垂下头："那是肯定的。"

这一天我们聊了很多，"平头"有些感动，最后竟说："他是个表里如一的好人，你是知道的。就说'同性恋'吧，也试过。"我愣住了："怎么试？""平头"指了指脑瓜：

"往这儿亲一下。都觉得不对劲儿。不像那么回事。"

荒岛小屋

从山地回来还不到一个月，传来了一个大消息：那个让我和朋友时常牵挂的天才闯下大祸，警察正展开追捕。起因是围绕一条货船起了争端，不知为什么打了起来。他亲自指挥一帮人，结果双方都有人致残。这个事件已经发生了一段时间，只是山里朋友不知道，最后警方一直追到山里，因为这里曾经是他的老巢之一。所有的朋友都开始祷告，坚信他一定冤枉。

那些日子夜里常常下雨，在不急不缓的雨声里，我总是失眠。

过去将近一年，夏天到了。有一天早上我发现窗外有人探头探脑，仔细一看是"平头"。我的心怦怦跳，不知凶吉。"平头"进屋后四下看看，捏捏我的手："他出现了！"

这真是天大的喜讯。"平头"压缩了许多细节，只讲大致情形：在半年多的时间里，有关方面一直在侦破，他东躲西藏受尽苦楚。

好在他是天才，那些人怎么有法跟他周旋？终于，他们泄气了。朋友与他接上了头，然后一齐想法把他藏起来。"总算安全了！""平头"搓搓手。

"他在哪里？我要马上见他！"我的声音有些大。

"平头"差点没捂我的嘴巴。他做个手势，看看窗子，紧贴我的耳朵说："已经两个月了。还要躲一段。咱们走吧。"

我感动的是，在最为艰难的人生时段，他仍然想到了我。我一刻都不想耽搁，急急收拾东西，一边想着怎样跟家里和单位说，怎样找一个讲得通的理由。

一路上只有我和"平头"两人。他说山里那些朋友暂时还没去，就连那个"小不点的"也不知道。"这是多么秘密的事情，你该明白。"他说。

我们坐了半天汽车，然后又改乘一条混装船。风不大，但这条船还是颠簸起来。经过了两个多小时的航程，看到了一座小岛的轮廓；更近了，望得见稀稀拉拉的树，还有一些蜀葵花在摇动。我按捺着心中的激动，一声不吭。登岸了，"平头"走在前边，我跟着，这会儿注意到他后脑上的头发有些稀疏了。几年来他离婚结婚，还做些小生意，真的不容易。

在小岛西边，一片稍稍茂密的槐林里，一幢单独的海草房建在小院里，院墙上露出蜀葵梢头。我在心里叹道："多美的地方！"栅栏门虚掩着，"平头"径直推开，几步走到屋门旁，刚要伸手又停住了。屋里好像有不少人。敲门，里面立刻安静了。门内响了一声："谁？""平头"咽了一口，说："是我，'小撇拉猪'。"

门猛地打开。

我真想拥抱他。我们默默对视一下，他低头转身。我这才注意到屋里有五六个妇女，都是五十岁左右的村里大婶。她们向上伸着手问："再接下去呢？"他把两臂上下分开比画几下，嘴里发出"噗噗"的声音，说："就到这里吧。"大婶们有些不快地告别了。

我看懂了，他在教她们气功。这是近几年时兴的，他竟然精通这个。在他出去关院门时，我问"平头"："什么是'小撇拉猪'？""就是拐腿小猪。""是啊，你为什么说它？""哦，商定的临时口令。"

我认真观察分别太久的朋友。他更瘦了，一双眼睛添了几分机警。我一肚子话不知该从哪里说起，最后是他找到了话题："说说看，最近写什么？"我脑海里飞快闪过许多年前的那个夜晚，那是第一次见面。啊，他现在想的还是文学，而不是其他。

就像那个夜晚一样，我说起来，开头有些艰涩，但后来越说越多。

他站在窗前，不停地吸烟。从窗子往外看，树隙间透出了蓝蓝的海平面。他缓缓转身，目光盯着脚下，自语道：

"原来，文学在默默前进！"

能不忆蜀葵

这个海岛之夜仍旧难忘。三个人谁都不想睡觉。我们喝酒，吃炒花生和腌鱼，不停地抽烟。他说："一切都要依靠群众，这不，所有东西都是她们送来的。"我说："想不到你会气功。"他说这是辗转路上时，从一本小册子上学的。这使我想到他度过了一段多么艰难的日子，当然，现在好多了。

我们几乎没有谈到最重要的事情，比如生意和他遭遇的案子。好像要故意停留和局限于文学的话题。他不止一次站起，不过最后才把右手平端在耳侧，像过去那样碎步疾行，不停地背诵。内容有些驳杂，哲学和诗，葡萄酒酿造学，文学理论。"我与之交往的只是那些疯狂的人，他们为疯狂而生活，为疯狂而交谈，也疯狂地寻求拯救；他们渴望同时拥有一切。这些人从不抱怨，出语惊人，总是燃烧、燃烧、燃烧，就像传说中那些闪着蓝色幽光的罗马蜡烛一样。"

这段话出自《在路上》。

背诵之后，他像害冷一样偎在我的身边，声音十分低沉："我们见得太少了。我常想起你。""我也是。这里太孤单了。"我说不下去。最想知道他何时才能自由来去，但不敢问。在灯影里，我觉得他有些倦了，可是安静了一小会儿，他再次站起来。灯光照着他微微发紫的脸，我看到他为了抑制激动，正使劲绷着嘴唇。他看一眼"平头"，然后长时间看着我。我害怕他的目光。我从来没有见过比它更深邃的目光，它甚至接近阴险。

一夜无眠。第二天只睡了小半天，就到了分手前的交谈。我们谈得太多了，其中的许多内容要留待以后回忆。我记得最清的就是最后的道别，我说："回来吧，朋友们想你！"他答："当然，都一样。"我说："我很快再来看你。"他马上盯一眼"平头"："不，你等我口信！"

分手了。不敢贸然去那座荒岛。半年、一年过去了，我多次找"平头"，他最后一次告诉我："他早就出岛了，必须走，因为生意太大了。""没事了？""没事了！"

　　我仍然为他担心。一年之后，"平头"笑嘻嘻地说：这一下好极了，那个天才在岛上定居了，因为逃难他爱上了那里，他索性将那幢小房子买下来。我异样高兴，连连说："啊，那我们快去岛上吧！""平头"摇头："那得等他口信。"

　　那就等吧，我相信不会太久的。

　　我多次催促"平头"，他一会儿说那人不在，一会儿又说再等。转眼又是一年多，"平头"电话约我："咱们走吧。"我们是在码头见面的，我发现"平头"的神气有些蔫。直到坐上那条混装船他才如实告诉：这次是那个"小不点的"让你去。"他呢？""失踪了。"

　　还是那座小房子，不，已经今非昔比：原来的小屋多出一个阁楼，屋子四周连上矮矮的一圈廊房，看上去很怪。"小不点的"满面悲伤地迎接我们，握着我的手说："他说过，有事就捎口信给你。"

　　第一次见她。小巧，两眼黑亮，走起路来没有声音。她领我们参观了这座古怪的建筑，咕咕哝哝："看看多么好，他多么热爱生活，就像迷宫，上上下下。公爹说他从小喜欢钻洞。说好了定居，说好了要当大作家，看他一口气写了那么多，不过还是走了。"

　　她从一只檀木匣中取出了一大沓手稿。可惜大多是开头。耳旁响着她的旁白："他看了你的新书《能不忆蜀葵》，超喜欢！说真想当书中的主人公！"我心上一烫，探头去看窗外：啊，满院里都是摇曳的蜀葵花。我的眼睛一阵模糊。

"他的才华太大了，也就无法专注地做一件事。你知道'爱情价更高'吗？"她问。

我点头："'生命诚可贵，爱情价更高，若为自由故，两者皆可抛。'鲁迅译的裴多菲。"

"是。他说人生就这三个层次吧。他把'生命'和'爱情'略去了，直接奔'自由'了。"她的眼睛涌出了泪水。这会儿一旁的"平头"才小声告知：她已经几次报警寻人，无果。

我不知用什么办法安慰她。

我久久蹲在小院里的蜀葵花下。晚霞降落，海的腥气飘来。我从未如此地想念一个人：一个天才，善良，激情四溢。我现在特别需要他。

再也没有他的任何信息。

只有那座荒岛还在，岛上那幢古怪的小屋还在。

2019 年 10 月 28 日，于华中科技大学

语言的热带雨林

1

所有的写作者和阅读者，与当下的文学世界都会发生一种关系。无论是疏离还是密切，超越还是深陷，自觉还是不自觉，与这个世界的联系都是不可避免的。这种关系的特别之处，在于它的不可选择性。因为文学是文化传承的重要载体，而人无一不在某种文化系统中存在，所以人与文学的关系是天生的、自然而然的。如果将"写作"和"阅读"狭义化，专指文学领域，那么二者的关系就更紧密更直接了。

有人可能不以为然，认为自己既不是写作者也不是阅读者，而且从来不读文学作品，那么就一定与文学毫无关系了。事实远非如此，这只是从表面上看，深层的关联是任何人都无法摆脱的。文学不过是一种生命本能，文学的表达和接受只是普遍的生命现象，特别是人类进入文明社会之后，已经渗透和交织在日常生活中，每个人都程度不同地浸润其中。一个人只要未能超越自己的族群文化和世界文化，也就不能脱离所谓的"文学"。"文学"正以潜隐或凸显的方式，参与一个社会的文化建构。

即便是狭义地谈论文学，也不会是一个冷僻的话题。因为它毕竟不像一门专业技术，而是具有更深刻的非专业的心灵属性。也就是从这个意义上，人们常常产生幻想：如果能够恰逢一个适合自己、激动人心的文化与思想的时代、文学的时代，该是多么幸福。这多少类似于文学写作中的虚构和想象，而非现实。现实只能是生活在其中的、唯一的和不可选择的时代。由于它包含了一切，所以常常不能用简单的是与非、好与坏来回答。事实上无论愿意与否都得面对它，并与之发生深层的关联。

我们总是要论断一个时期的文学，这似乎是难以避免的。文学是一种复杂的事物，要概括它、评说它是非常困难的，一般的意气用事也许容易，但并不能解决问题。这既需要理性地归纳分析、观察和量化，还要更多地感悟，并在实践中参与定义。因为一切预言式的、果断决然的鉴定最后都难免走空，掷地有声的话语也会轻轻划过，说过即过，除了口舌之快，根本留不下什么痕迹。因为文学判断要依仗审美感悟，从来不会那样简单。探究的对象一直在生长变化，找不到可供依凭的僵固的模板，一般来说总是呈现茂长的芜杂和色调的斑驳。我们如果真要深入探寻，就必须沉浸其中，细细地咀嚼和品味，感受个中滋味。这种耐心是不可或缺的。

说出一些痛快的结论并不困难，听上去也直接干脆，有时还会获得不少共鸣。但这往往只是一时的效果。一个人面对极为繁复的文化与文学现状，难免烦躁和畏惧，所以就容易轻掷大言。当然也有相反的情况，认为眼前的一切都不值得施予热情，不必认真，于是就草率和敷衍起来，或者干脆一言以蔽之。其实这不过是为自己的懒惰和不求甚解寻找借口。且不说我们面对的思想与艺术绝非那么浅薄，即便如此，也并不妨碍个人的求真和专注，因为这是不同的两码事。

这让我们想起当年的鲁迅，先生晚年把大量时间放在杂文写作上，以至于把长篇小说的创作计划扔在了一边。有人替他惋惜，觉得与一些小人物打没完没了的笔仗实在不值。但鲁迅不这样看，在他眼里，论争的意义在事不在人，问题本身才是重要的和沉重的。就在这种仔细和认真的剖析之中，鲁迅先生完成了一生中另一种华丽而深邃的写作。

为自己的慵懒和怯懦寻找口实，往往是人的一种习惯做法。只要具备面对真实的勇气，理性精神在任何时候都不会埋在某个口实里。我们要说出自己的理由，而不是在自嘲或讥讽中退却。

2

一个劳作了近半个世纪的写作者，也会是一个勤奋的读者，在漫长的文学生涯中，肯定有许多感触可谈。二十世纪四五十年代生人会有特别的、属于自己的经历，这大概是很难重复的记忆：童年饥饿、求学困难、"上山下乡"和"文化大革命"等，一路走来的许多重大社会变动跌宕，不可谓不大。后来又是对外开放时期，是商业化、网络化时代。文学在剧烈起伏的社会思潮中演变，高潮低潮，前进倒退，不是几句话可以说清楚的。

记忆中的二十世纪六七十年代，一年最多出版三两部长篇小说，散文和短篇小说集也只有不多的几部，文学刊物少极了。能够从事写作和出版的人只有不多几位。所以那时候这些书籍和这些作家，影响之大无与伦比。现在许多人还记忆犹新，甚至以那个时期与今天作比，认为现在的文学和作家影响力小得多，因此远不如那个时期更有成就。这种毫无理性的言说竟然获得了一些赞同，可见昏聩。当一个六七亿人口的国家基本上截断了外国文学输入，同时禁止了大多数作家的写作权利，那么仅有的一点"当代文学"想没有影响都做不到。这不是一种正常状态。实事求是地讲，如果按起码的诗学标准来评判，当年那些影响巨大的文学出版物，相当一部分极为粗陋拙劣，连基本的文从字顺都做不到，又何谈"文学"。

到了二十世纪八十年代初，作家们重新获得了写作的权利，年轻作者纷纷涌现。被压抑的精神突然得到释放，无数意见得到表述。这是倾泻般的语言洪流，与之匹配的就是大量文学杂志。出版社也十分活跃，古今中外各种作品得以面世。此刻的文学仿佛具备了一种呼风唤雨的力量，影响之大简直空前。人们第一次感受到文学的强势存在。一个作家发表一篇作品便可名满天下，全国上下争读一部一篇、街头巷尾口耳相传一位作家，是再正常不过的事情。书籍的印刷量大极了，几十万、上百万都是轻而易举的事情。

那个特殊的时期，人们已经习惯了从文学作品中寻找答案，文学既是教科书，又是诉求状，更是呼吁文。大家积压了几十年或更长时间的激情、痛苦或欣悦，都堆积和储存于文学之中。那些长期封闭和沉睡的一部分审美力，这时候也一并呼唤出来。总之文学喊出了许多心声，让人获得前所未有的审美愉悦。但后者是初步的或退后一步的，人们得到的欣悦主要还是社会道德层面的。当然这也与审美连在一起，不可分剥。

那是一个长长的文学狂欢节。在这个节日里，写作者和读者都是深度参与者，他们将把这种激越长久地保留在记忆中。

3

转眼就迎来另一个时期。随着商品经济的发展，文学写作和阅读状况急剧改变。一方面，原有的社会表达已经没有了喷发态势，另一方面无数的文学品类蜂拥而至，让人猝不及防。外国文学加快输入，各种文学实验和模仿日益增多，各类出版物比以往多出几十倍上百倍。就文字本身而言，花色品种及数量已经超出了几代人的记忆。写作者要适应版面的扩张，一时泥沙俱下。人们不得不接受读物泛滥和选择困难这样的现实，目不暇接，一部作品引起轰动的情形绝无仅有。文学作为一个话题正在冷却，由视野的中心渐渐移向边缘。

从专业角度论，"边缘"说当然是不通的。因为文学只能置于审美的位置，它从不属于行政律令，当然没有令行禁止的功能和使命。就现实的有效性来看，文学在人类历史上从未处于"中心"。审美依从心灵，属于生命感奋，也只能装在心中，而"心"这个器官一直处于身体的"中心"，所以说文学永远不会退到"边缘"。审美具有差异，一个地区或族群之间的区别很大，它将决定野蛮与文明、完美与粗拙，更有创造力的不同。文学当然会让一个人或一个群体具有精神的优越性，让其变得更自信和更有力量。

隐隐地希望文学具备强大的号召力，甚至法令一样的现实规定力，这不仅幼稚，而且是对所有艺术的误解。正像文明本身需要日常的证明与注解一样，文学也同样如此，它是更加宽广的事物，包含日常并溶解于日常。它将化为无数小项和分项，呈现于生活中。也正是平时那些细小的事物，辐射出文学的功用和力量，我们可以说，它们的痕迹无处不在。

有人曾经设问："'文学'是不是'文化'的核心？"这算是大胆一问，真要回答却需复杂的论证。不过几乎可以肯定，文学一定是文化传承的核心部分。回望历史，离开诗书典籍，一个族群的文化精神载体就要去掉大半。没有诗，没有散文和小说，我们的文明何以传承？历史上不断发生巨大的社会动荡，外族入侵，吞并中原，整个民族的治理体制一再更迭，最后起到统一作用的决定因素还是文化。文化不仅维护了文明的版图，而且维护了地理的版图。文化版图的核心是文学，这是不争的事实。从这个角度讲，文学不可能退居边缘，它一直牢牢地植于思想与心灵的中心。

在网络时代，写作和阅读方式发生了改变。人们开始热衷于碎片化阅读，在小小屏幕上花费的时间越来越多。内容芜杂，主要是社会信息的流动。人类的好奇心首先需要得到满足，审美也就放到其次。人们愿在极短的时间内获得更多消息，虽然大多无关于自己。它们作为意趣而不是意义被人接纳。这就占用了大量时间，受到伤害的不仅是文学阅读，而是整个的精神空间、生存空间。

这种特异时期形成的视觉侵占引起了普遍的忧虑，这不光是文化的忧虑，而是更多方面的担心。一旦深度渗透的数字生活走向了极端化，我们也就失去了深入关注事物的能力和机会，而所有的创造和发现，都离不开这种关怀力和探索力。我们不再专心，而审美力是更高一级的，它即将涣散。最可怕的是生命品质的改变，是集体无意识地陷入轻浮和草率，丧失理性思考力。这最终会引起什么后果，似乎不难预料。可见数字传播引起的改变，已经远远不是阅读本身的事情。同理，也不仅仅是文学本身的事情，它关系到更本质和更久远的未来。

4

碎片化浏览占据整个阅读生活的百分之八十以上，这种趋势还在加重。智能手机的危害与功用同在，随身跟命，不再分离。人们不分场合地使用，在候车候机厅和一些休闲场所，甚至是会议或行走中都在滑动屏幕。人几乎不能让眼睛闲下来，也不能沉思。屏幕上的闪烁跳跃具有传染力，会像病毒一样入侵，让我们上瘾，产生从未有过的依赖。我们从此把与生命同等宝贵的时间耗损一空，却少有回报。

大量的电子片段堆积在大脑中，损害无可估量。某种神经依赖症一旦出现就无法治愈。说到现代科技带来的便利，那是另一个话题，就读取这个单项来看，它造成的后果是始料不及的。无法阻止的流言，难以辨析的消息，耸人听闻的事件，浅薄与恶意，淫邪和罪愆，都在小小荧屏上汇集。欣悦少于沮丧，绝望大于希望，人一天到晚淹没在极其恶劣的心情和接二连三的恐惧中。这里流动的文字大多是即兴的、未经打磨的，语言品质之低下，心绪用意之阴暗，几成常态。这种气息熏染下的精神生活使人向下，而不是向上。

生活中的认真态度需要严谨的文字去培养，失去了起码的语言标准，社会精神就会沦丧和消散。至于文学，它要求更多的接受条件，比如相应的视觉触及方式。传统阅读通常为纸质书，它经历了从宣纸木刻到现代印刷线装胶装，质感已经变化很大。很早以前的线装书舒放柔软，变为西式书籍的挺括，也产生了感受差异。即便是现代印刷，从铅字排版到激光照排，读者也需要适应。

就文学欣赏来看，荧屏这个窗口未免太小。主要还是质地的改变，这与书写效果相去太远。声光技术的遥不可及，阻隔了人的情感。我们虽然在读文缀句，意思也能明白，但总有一种不够踏实的感觉。文字和书是这样成形的，先是写于树叶和龟板、陶片，进而是棉帛和纸；笔由动植物身上取来的材料做成，最后才是铅笔、钢笔。人的情感一笔笔记下，手工连接的心思有一种天生的淳朴，感染力代代延续；直到印制成书装订起来，其物理还是接近原初。而今通过无线信号接收数字，于掌中演变成形，走得太远。一种无法言喻的飘忽感，很难在心里植根，来去匆匆，像一层灰尘，轻轻一拂就没了。

就语言艺术享受来说，看似小小的区别，后果却是严重的。有人说这种很难察觉的差异会在习惯中克服。可是不要忘记，这个根性深植于生命之中，不可能在一代或几代人中改变。我们的阅读方式延续了几千年，人眼适应反射光历经了几万年的进化。

在闪烁的光标下，文字的判断力会出问题。事实上从来没有像现在一样，对语言艺术的误判这样大，有时大瞪双眼就是分不出拙劣与精妙。我们对语言变得迟钝，实际上是麻木。词汇在机械连缀和光电运行中失去了生命。就文学来说，这种损伤是根本性的。

5

由于语言的使用趋于机械复合的性质，所以人人都可胡乱堆砌。即便在一些庄重的场合，也经常看到草率幼稚、根本不通的书写。人们已经没有审慎操练语言的意识，更不会发生生命的关系，只是程式化地、无关痛痒地使用。

一般的文字工作是这样，作为语言艺术的文学则产生了灾难性的结果。我们如果稍稍注意，就会发现随处都是文字垃圾，它们正日夜滚动在屏幕及各类印刷物上。兴之所至的涂抹、昏妄的呓语、不知所云的喧嚷，以及恶意的发泄，晦暗不明、意思暧昧、稀奇怪异，全都出现了。正常的人只要耽于这种阅读区区十分钟，就会心生感叹：怎么会有这么多无聊、阴暗丑陋和恶意？美与善何在？它们仍然有，可是已远远不够，难道在坚硬的金属容器中密封起来？污浊和拙劣与一个时期的商业主义和利益集团结合，运用金钱向前推进，生出椎心之痛。

语言艺术最后连一个口实都算不上，在一部分人那里只是胡言乱语的代名词。需要垃圾填充的版面太大，以前是纸质的，现在则是无限量的光电承载。胃口无限，可以连骨带肉吞下去。所以现在需要一大批丧心病狂的人，去做人世间最不堪的营生。

中国古人有一个说法，叫"敬惜字纸"，说的就是对文明承载物的尊重，这表明了一个民族的高度文明自觉。而今既已如此，其他也就不必奢谈。什么"未来"之类，它不属于我们。

纵观历史，会发现一个惊人的事实：从未有如此多的人参与涂抹。几千万人从事广义的"文学写作"，历史上没有发生过这种情况。有人不愿正视这个事实，好像一切照旧。散文、诗歌、书评、短篇小说、长篇小说，各种题材和体裁相加，多到前无古人。各种文字像潮水一样涌来，不是目不暇接，而是直接淹没。无论是网络平台还是纸质媒体，文字的潮汐无时无刻不在涌动。午夜和凌晨都有新作发表，黎明时分已阅读十万，跟帖八千，不知刷新了多少次。"文学"洪流滔滔不绝，与其他文字一起汹涌。敏感一点的作者和读者，面对此等情状可能觉得恍若隔世。

这么多人参与"文学"，还能说文学"边缘化"？如果回到二十世纪六七十年代，那时只有三两个作家和三两部作品，某些人也视为盛况，而今这一切又该如何评价？即便回到二十世纪八十年代，虽然写作者和阅读者成倍增加，比起现在只算个零头。有人会说那些只有三两个作家的年代，人数虽少影响巨大。是的，不过如果把文学比作一场体育赛事，赛场上只允许两个人参加，那么这些选手想拒绝当冠亚军都难。

实际上就是如此，在二十世纪六七十年代，无论一个"选手"天资如何优秀，只不准上场。要谈文学的"中心"和"边缘"，那时候的文学才真正退到了边缘。今天的一些人之所以把"边缘"挂在嘴边，是因为参照出了问题。只记住某位作家引起的巨大反响，却没有分析这种影响缘何而生。千万人写作和三两个人写作，毫无可比性。

在万马奔腾的写作中，文学关注力的分散和瓦解，是一定要发生的。

6

事物变化的速度和幅度，在不同领域里差异很大。新科技发生遽变，有关数字产品的刷新频率快到惊人。在我们的记忆中，从电视到智能手机，从电子图书到阅读器，再到大小网站、音频视频、微信平台，文字与图片的海量承载交错重叠。这种类似的技术创新和形式递进正未有穷期，考验着人类生理和心理的承受能力。

这一切与我们这一代记忆犹新的阅读饥渴，形成了两个极端。那时候要找到一本新书多么难，即便是东部沿海省会城市也只有一份文学刊物，甚至连这仅有的一份也曾停刊。这样的经历，二十世纪四五十年代或部分六十年代出生的人都不陌生。这其中的一部分人至今仍然活跃，正深度参与当代文化活动，包括文学阅读和写作。他们并没有退场，依然发挥着不可忽视的专业影响力。以前的道路和印象全不是空白，那是相当庞大的积累和储备。经验的再处理是一个极其沉重的任务，无论愿意还是不愿意，都要面临着一次又一次的更新和蜕变。

由长期的生命体验换取的认识无比宝贵，但的确陈旧了。有些结论来自另一个时代的参照，有些情感也属于昨天，它们正在高科技时代里以加速度的方式后撤。今天必须正视的是近在眼前的这个世界，是别一种精神生态。仅就写作和阅读来看，作者与读者共同面对的不再是两三个，也不是几十个上百个，而是历史上从未出现的庞大群体。这些人鱼龙混杂，以至于成为荒诞的聚合体。十几年前有媒体曾刊过一条新闻，嘲笑西欧和东亚的某些国家，说那里几乎人人都在写作，个个想当作家。话音刚落就到了网络时代，自媒体产生了，于是那种被讥讽的现象不是照抄和复制，而是在当地加倍繁衍：各个阶层都在码字，随时随地出版发表。这是人们从未经历过的一个时代，让人恍惚奇异，好像从人烟稀少之地突兀地空降到了人山人海中。

有人把网络时代日夜翻涌的语言文字比作一场"沙尘暴"，透露出十足的悲观和恐惧；也有人喻为语言文字的"瓢泼大雨"，比起荒漠里偶落的雨点，确像遭遇了一场倾盆大雨，大水漫卷之灾令人惶恐。如果能够再达观一些，是否还可以有另一种中性的描述，比如想象我们正走进一片语言文字的"热带雨林"？这里是一个强旺生长的、繁茂重叠的世界，有各种各样的动植物、各种各样难料的状况，更不乏巨大危险。这样说似乎比"沙尘暴"和"瓢泼大雨"要准确一些，也较为直观形象。

进入了这样的"热带雨林"，那么所有的行进者都要提防了，要有相当过硬和周备齐整的行头。因为这里有大动物出没，有蜘蛛和蟒蛇，有葛藤和食人树，还有藏了怪兽的沼泽水汉。当然这里还有美到惊异的花卉和果实，有惊人的繁殖和生长，高大的绿植铺天盖地。

每个写作者都是这样的"行进者"，他如果按照过去的方式毫无准备地踏入丛林，可能连半途都无法抵达。他将从头设计重新选择，强化手中的器具，应对茂密的纵横交织；扎好营地点起篝火，将利器打磨锋锐；极其谨慎地行动，许多时候以静制动，在合适的时刻出击。方法和机会多种多样，或是绝路，或是另一种生存。

一个心神笃定的写作者不会在这样的时刻放弃。他会再次出发，开辟自己的路径，而不会追随潮流。一个经过了漫长劳作，同时又亲历过诸多风云变幻的长旅者，自会冷静坚卓。他会愈加严苛地对待笔下的每一个字，滤掉一切泡沫，压紧每一方寸。身处这样一片雨林，要有干练和警觉、操守和禁忌，还有必要的给养辎重，力求一无疏失。既不存幻想又远离悲观，与轻浮草率划清界限，对诱惑保持最大克制。不堆积，不急切，不趋时，不彷徨，更不能困顿，不能在睡思昏沉中流出口水。

凭借热情的青春时代已然过去，这里不是指生理年龄，而是说心灵的步伐。数字时代是使人加速苍老的光阴，这时候尤其不适合稚儿般的躁动。时髦的追逐既无尽头，又耗失中气，最后什么都留不下。谁如果侥幸融入滚滚洪流之中，谁就早早地消失。停留，站立，久久打量，直到变成一块化石。如此一来，在往复交织的潮流中就不易破碎和溃散。这让人想到了一个老旧的比喻：每一位作家都如同一座精神的岛屿，如果由泥沙构成，即经不起浸泡拍击；如果是一整块顽石，那就足够应对眼前的潮水了。

必须具有坚硬的本质，锤炼精神。文学的表相即语言，要把它冶炼成一种钢蓝色。这是一个缓慢的、收敛的、紧缩和汇聚的状态。最终形成强大的意志力，固化冷凝，以此抵抗迅猛的狂潮。一切急速追赶，踉跄狂奔，都将倒在带刺的葛藤下边。在浑茫的阴影里必须止步，不要迷恋，不要倨傲；不要急躁，也不要散漫。把真正的价值放在时间里，却又不能把时间当成敷衍的说辞。生存的弹性不能变成策略，而是要弯成一只弓，让其具备强大的发射力。

7

一个写作者当然会放眼于漫长的时间，但是无论多么高远的功利目标，都不应该主宰自己的工作。如果说不为眼前写作，不为当下的荣光和价值写作，只把目光投向未来，即为历史为永恒为不朽，那也有点空荡和虚幻了。一切还需要敲打到细节和局部里去。因为凡事没有说说那么容易，看起来光芒闪烁的大目标，也会是镶了金边的功利。一个写作者最好的状态还是安静自己，先让自己满意，先自回到心灵。在这个悲伤多难的世界上，还有什么比妥放自己的灵魂更为重要？这种自我注视和自我满足，不自觉地就会将专业标准和精神标准设定到一个高处；那个高度，外部施予的善意和恶意都难以触摸到。专业本位与读者本位相比，前者当然更可靠一些。安寂快乐而又不乏辛苦地工作，有可能在不知不觉中接近了最初的理想。既不为小功利，也不为大功利，而专注于个人职业生涯中生成的那个越来越平淡，实际上却是越来越高耸的指标。

据说现在的某些网络写手一天敲击一万多字都不算快。有的一边听着音乐，就可以打出几万字。而人们经验中的书写是钢笔一笔一画刻记，状态最好的时候也不过每天两千字。这让人有些疑惑了，怀疑这会儿是不是在谈文学。是的，已经走离了话题，这与文学没有一点关系。但我们前边说的既是"热带雨林"，也就包括各种异象，并没有排除种种滋生和隐伏。这正是问题所在。时代变了，我们要一再提醒自己进入了全新的境域，这是一个立体交错、眼花缭乱、怪异迭起、昏暗茂密的阴湿空间。

而今人人拥有一个小小魔器，它握在手中，时时对视，上面闪烁文字和图形、消息趣闻及其他，应有尽有。内容差异大到天壤，获取工具却如此单一。这就带来了无法调和的矛盾。思想深邃、风格迷人的语言艺术，只能是沉静默守的独对，是一次心灵相遇。它需要一种起码谐配的形式，比如捧起一部纸质书。荧屏上的文字无论多么逼真清晰，仍然与深入的领悟相对冲，折损诗意，排斥幽思。

我们千万不可任性，试图借助一个小小的现代魔器进入堂奥，领略其独有魅力。这不是面对经典的态度，不是享用语言艺术的方法。

此刻的谨慎持重是必要的。阅读作为一种生活的不能割舍，在任何时代都是相同的，不同的只是选择。我们不难想象有多少人随波逐流，日夜抓拾碎片，不忌粗拙，解除寂寥。但一定有一些人避开嘈杂，退回闭塞的角落，关闭魔器，享受书香。他们甚至要在不同的纸质印刷物中再加挑选，对字体和纸张有一番权衡，以便有最好的享用。就这样沉迷其中不能自拔。这才是真正意义上的读者。

对于经典而言，纸质阅读是一种标配。经典是由当代写作一点点积累下来的，所以经典也不能取代当代写作。经典之路如果不能与当下交接，也会走入迷失。好的写作者一定与经典对话，好的阅读也是如此。现代科技催促我们寻找时尚，其实是犯了大错。将经典放在手边，它们常读常新。

8

人是一种奇怪的生物，最容易遗忘，一二百年过去就感到遥不可及了，认为那时的书也十分老旧。追逐国内外最新的流行物，以新为好。艺术恰恰相反，它们并不是越新越好，而要依赖时间的检验和甄别。时下的艺术经过时间之水的冲刷，至少过去一个世纪才会凸显出来。精神和艺术的历史，一二百年真的不算长，也不过历经三四代人。我们遗忘了十九世纪前后那些经典，更不要说再早一些的，多么可悲。这实际上已经是离我们最近的积累了。《诗经》《楚辞》之类的作品以千年计，也没有显得特别遥远。这么快就疏离了人类的杰出创造，怎么能令人信赖，怎么能积蓄伟大的文明？不可能。

被眼前的时新强烈地吸引，其实其中绝大部分只是泡沫，是光线下的泛光。某个时代人类的创造力突然破掉一个基线、一个局限和概率，产生出山一样的杰作，是不可能的。参与者增多，理论上发生奇迹的概率可以增加，但一个民族一个时代，真正意义上的伟大作家和作品，一百年也就那么多，不会更多。纵观古今中外的文学艺术史，几千年下来，以一百年为最小单位，一个世纪也不过如此，这是古老的规律。网络时代的参与人数空前，却未必能打破人类的历史纪录。百年之内关于精神和艺术的结论，无论怎样凿定有声也会大打折扣，怀疑和挑剔在所难免。

即便那些已成定论的文学艺术经典，也要经过后人多轮选取，接受没完没了的质疑。像《在路上》《尤利西斯》这一类，像毕加索后期的创作，许多人认为它们实在被高估了。

不要以为参与艺术的人多了，就一定是艺术的大时代。随着消费主义、娱乐主义、物质主义的盛行，参与者的数量和品质，还有价值判断和审美取向，都会受到影响。以某些淫书为例，它们作为禁书，被一致判为有害人类文明，却在网络时代受到推崇。许多类似的书都获得了越来越高的评价，就此可以明白一个时代的偏嗜。有人强调它们的"认识价值"，但这里或可反问：这种价值能够独立并代替其他？另外，所有的人间大恶都有很大的"认识价值"，我们却不会拿来审美。

今天，对精神叙事保持一种敏感的，更高的要求，是至为重要且至为困难的。文学不能走向物质化和娱乐化，它毕竟不是可乐也不是汉堡。我们每天被各种荒唐离奇的信息、无数悲喜交集的事件所淹没，正常的情感已经被消耗得差不多了。文学即便一再提高自己的分贝，哪怕变得声嘶力竭也无济于事。在数字荒漠中，悲惨的不觉得多么凄怆，奇迹也懒得赞叹，神经刺激过度了。也正因为如此，当今的文学究竟该怎样书写，就变成费解的一道难题。精神的起伏跌宕，情感的两手颤抖，不可忍受无比喜悦、夜不能寐的爱与恨，仿佛都不再动人了。

毁灭情感和自尊的高科技加物质主义，走到了一个极处且无法遏制。作为文学，尾随就是堕落，就是一钱不值，类似的文字不读还好，越读越乱，引起厌恶，觉得卑贱。一个民族拥有这样的文学才是真正的不幸。

我们曾经专注于精神，写人的失败、勇敢和抵抗，写人的尊严。

人受到侵害之后多么痛苦不安，他们退于绝地，日日独思。而今，仅仅独坐沉思当然不够，且起而做工、着手从未有过的复杂而艰巨的事项吧。

2019 年 11 月 17 日，于山东书城

开动老车

时间不知不觉过去，算来已经写了四十多年。

我的集子里最早的小说《木头车》，是一九七三年的作品，却不是写得最早的，所以到现在快写了五十年。写作时间越长，遇到的困境就越多。我写诗和散文，还写一点儿童文学。有时候体裁的改变也为了克服困境，想换一种写法。时间很快，一九七三年写《木头车》的情景就像昨天一样，还记得往刊物寄，因为字太难看，就请一位同学帮助抄了一遍。他后来在北京做了文字工作，可惜这次没有联系上。

人过了五十岁后事情多得简直不得了，要把各种事情处理好，需要拿出全部的精力，更不要说写作了。处理日常的烦琐，需要一个好劳力。大家日常生活中都没有时间写作，写作真的变成了奢侈的事情，阅读也同样奢侈。

有时候我们会抱怨时间不够用，但是看看文学界，国内外的作家，看看他们的传记和年表，发现他们每天该做什么做什么。像苏东坡，一辈子写了那么多东西，翻译成当代白话会有两千多万字，都是业余时间写的。他只活了六十岁多一点。雨果和托尔斯泰也做了很多事情。我常常想，大概要保持一种业余的状态，追求专业的水准。听起来有一点矛盾，但处理好这个矛盾也许非常重要。

莫言让我多讲一下齐文化，结果时间就这样了，不能拖时间。感谢大家的鼓励，相信还有机会做个别交流，你们多谈谈我作品的缺点。

今天有幸成为北师大的驻校作家。北师大是一座在海内外有重要影响的学府，如同校长刚才所讲，学校培养了那么多优秀人物，有力地推动了社会生活。不要说一些先贤，光是我们认识的那些人，就很了不起。

我十多年前到北师大做过两次交流，收获很大。作家驻校，进入大学，是一件很重要的事情，这对他的创作会产生很大影响。每次入校就像一次充电。据说现在最先进的充电技术，一次可以让汽车跑八百公里。这一次，要跑八百公里。我特别期待与老师和同学们的交流。

刚才宋遂良老师讲，莫言是古代老齐国的人。其实清华也是老齐国的人，他的出生地离齐国首都临淄很近，他们离得不远。宋老师说我是老齐国的人，属于东夷。齐国了不起，有八百五十多年的历史。国际写作中心给中国当代文学作出了贡献，操办这个实在不易，因为既有个人的日常教学工作，还要写大量作品，做这些烦琐的事情，十分辛苦。

感谢今天来参加会议的各位朋友，尽管多数是老朋友，还是要由衷地表示自己的谢意。你们多年来对我的写作给予了很多帮助和鞭策。一个写作者经历的时间越长，陷入的困境就越多。不断的坎坷、困境和挣扎，给创作注入了力量。

这次驻校充电，要争取跑八百公里。我要特别感谢宋遂良老师和袁忠岳老师，他们在我发表作品不久就给予指点，而今已八十多岁高龄，从远途转车来到会上，真是难以表达对他们的谢意。我要好好写作，不让你们失望，不让多年来给予帮助、一起讨论、不断支持我的朋友失望。困境会有，但要努力克服，开动这辆老车继续往前。

2019 年 5 月 18 日，于北京师范大学"张炜创作四十年研讨会"上的答辞

写作与传播

今天谈的是"写作和传播的关系"。写作是对自己劳动的总结，而传播涉及翻译和出版、网络时代的文学交流等。

当下作家面临着更复杂的环境

我们经常会谈论一个问题：作家怎样才能迎来个人最好的文学时代？其实这是无法选择的，任何一个写作者面对的时代都是独一无二的，对他来说都只能是重要的。作家面临的时代就是他唯一的时间与空间的总和，需要直面，需要不断地解决自己的问题、自己的困境，把劳动进行下去。

今天的作家既不是处于二十世纪四五十年代，不是二三十年代，也不是九十年代，而是置身于网络时代。我们经历过许多变迁，一直走到了今天。

作家在漫长的写作训练期和奋斗期之后，会抵达一个所谓的成熟期。在今天，却又不得不接受剧烈的物质主义竞争，接受商业主义、技术主义以及数字时代中的一切，比如像沙尘暴一样奔涌的文字、各种娱乐方式。这都是不可避免的。任何一个写作者如果感受不到时代对他的冲击和召唤，不能具备在巨大的压力和困境中解决问题的能力，就一定会溃散下来。

写作者不面对困境是不可能的。在接近半个世纪的文学劳作中，当然要不断地克服一些障碍，并将此转化为继续下去的动力。各种问题，包括身体状况、时间紧迫，也包括怎么迎接新的文学与思想的流变、各种艺术的竞逐和蜕换，处理与整个文化潮流之间的复杂关系。尽管我们可以像昨天一样，一起召开隆重的学术研讨会，与朋友一起讨论文学，但个人的写作困境还是要独自面对，自己解决，要设法将其磨碎。

财富的积累和海量的数字传播

物质和商品环境的改变似乎到了一个新的关键时期。有人说，近年来我们这里已经有了少则两亿、多则四亿的中产者，虽然极有可能是一种夸张的说法，但获得与积累财富的机会正在对某一部分人敞开。这种物质的挤压对于写作者，既是一个观察的对象，又是一种参与的诱惑。当代写作者中的一部分希望或正在成为富有的人，这也是事实。所以每个人都面临着工作方式和工作目标的选择。

其次是迅捷的海量的数字传播。与二十世纪八十年代相比，如今的书店里已是书山书海，其中有大量"文学"。这么多的纸质印刷品最后到哪里去了？有人说占绝大多数的是垃圾，姑且不论这样说是否准确，就算是垃圾，它们大部分还是流到了读者的"胃"里。

纸质出版物排山倒海，网络上的"文学"更是波浪汹涌。前年去韩国，当他们得知如今中国的文学写作者已经达到了一百多万，都表示了震惊。仔细想了一下，何止百万？昨天朋友告诉我，中国每年大约有几百万部长篇小说在网上流动，纸质印刷的长篇小说也有一万多部，中短篇小说、散文和诗更是多得不得了。这么巨量的文学传播，这么多的写作者，真的是史无前例，无论多么杰出的作家，无论多么新的面孔，都很容易被淹没掉。

曾被誉为文学黄金时代的二十世纪八十年代，那时一年出版三五部长篇已经很是丰收了。主流作家都在冲刺全国的"优秀中短篇小说奖"。人们通常认为那是一个了不起的文学时代，中国产生了自己的代表作家。但与今天相比，那时巨大的文学创造力还没有被呼唤出来，参与者也远远没有现在这样多。

国外的窗口被进一步打开，各国作品越来越多地被翻译过来，国内作品也越来越多地被翻译出去。这种交流的频繁和密度，也是前所未有。作品外译其实应该是正常的交流方式，却无形中成为中国人评价文学的某些标准，甚至变成了焦虑、渴望和向往，这是一种特殊时期的怪异现象。

种种诱惑对于写作者构成的压力是可以理解的，这也是当今写作者遇到的困难。虽然每个时期都各有难题，但仍然是不同的。现在发表的园地多了，网上也可以发表，但挑战却变得更大：容易被覆盖，被蜂拥而至的泡沫覆盖。

作家必须独自面对

讲到交流和传播就不得不多说几句翻译家。他们把那么多优秀名著译到中国来，没有他们的劳动就没有中国当代文学的面貌。中国翻译家的规模非常大，其水平被世界公认为一流。当代作家都受益于他们的劳动。

但这里面也出现了很复杂的问题。一方面我们感谢作品的跨语境交流，另一方面又不能迎合和追随某些标准。传播和写作有关系，但还是极为不同的两种事业。这个时期，作为一个作家的定力，他的安静心，可能是最重要的。他比以往任何时候都需要一种朴素的、诚恳的生活与工作的态度。离开了这样一种基本的持守，良好的有效的工作是无法进行的。我们很容易被扑面而来的各方潮流、被飓风裹卷而去，个体也就不复存在。

人们都有自己的体会：不要说写一本书，就是写几百字几千字，要能够文从字顺，做到流畅准确，往往都非常困难，更不要说反映微妙复杂的思想了。如果写二十万字甚至更多，需要怎样艰辛的劳动也就可想而知了。可见它需要一个人极其冷静地判断生活，严苛地对待每一篇文字，需要大量地阅读，需要忠于脚踏的那片土地，去感悟、倾听，需要在失眠的长夜里咀嚼，需要过滤心里不断流淌的各种元素，需要对话个人漫长的阅读史里所经历的一个又一个杰出的灵魂。这真的要有一个安静的空间。

但是对不起，生活中的一切喧嚣，似乎都和这样的恪守形成对立、形成矛盾。而这些，首先就是作家需要独自面对的。

作家在几十年的工作中，必然会不停地面对这些问题。今天，这些困境不是变得越来越少，而是越来越多了。但工作只有继续，而不能后退。或者也可以是一个愉快的过程。辛苦的劳动总是伴随着巨大的喜悦。没有喜悦和个人满足，没有对于个人劳动的鉴定和欣喜感，这种劳动是很难进行下去的。所以在种种复杂的综合的环境中，要坚持，要享受，要洗礼，要在安定中感受各种必将来临的东西，它们也包括喜悦和沮丧。

聂鲁达描绘的"黄昏广场的叫喊"

今天的作家要承受来自商品环境的压力。我想起二十世纪八十年代读过的一段话。那是一九六二年诺贝尔文学奖获得者、智利作家聂鲁达在大学的一次演讲。他当年谈到写作出版的情况时说："那些被商品环境逼迫得走投无路的作家，时常拿着自己的货物到市场上去竞争，在喧嚣的人群中放出自己的白鸽。残存于昏暗的傍晚和血色黎明之间的那一丝垂死的光，使他们处于绝望之中，他们要用某种方式打破这令人窒息的寂静。他们喊道：'我是最优秀的，没人能和我相比！'他们不停地发出这种痛苦的自我崇拜的声音。"

那时候读到这段话一点都不理解：一个作家通常是自尊和矜持的，怎么会像贩卖商品一样在广场上喊叫？时间过去了五十多年，今天，相信在座的完全可以理解他的那种描述：诗意的描述、残酷的描述、不留情面的描述。

我们应该恐惧：这样的呼叫似曾相识。因为我们都生活在一个"被商品环境逼迫"的空间里，有时也不免沮丧。是的，我们会被聂鲁达的发现和描述深深地震撼。

在西方，原来二十世纪六十年代就存在这种情形了。海明威活着的时候，他的大量短篇小说，更不要说长篇和中篇了，都被拍成电影和电视连续剧，那时候其他娱乐形式已经对文学构成了挤压。

今天除了这些，物质挤压力又加强了许多倍，中国作家终于面临甚至超越了当年聂鲁达他们所感受到的一切。在这种情况下，不仅是一个写作者，即便是一个体力劳动者，也面对了怎样处理个人生活中诸多新难题、新现象，也有一个如何保持自尊的问题。

一个人对文学的热爱，往往是从小读书以及被各种感动和召唤吸引，还由于先天所具备的多种美好元素所形成，那时候既没有稿费和翻译的问题，也没有评奖的问题，更不会考虑其他。那种爱是多么纯粹多么可靠，是最原始的动力，这个动力装在心里，永远不要失去才好。

作家永远不要走到"昏暗的傍晚和血色黎明之间的那一丝垂死的光"里，不能那样喊叫。这可能是今天需要谨记的。

虚构和真实：不同的吸引力

如果身体好的话，作家到了七十五六岁以后也许会好好写一下自己，写一下真实的经历。有人可能问，这之前的许多文字中都没有自己的经历？没有写真实的自己？当然有，但这是尽力绕开自己之后的想象和表达，是把个人的虚构和创造发挥到极致的结果。也许把所有的情节和人物揉碎了重塑，也能找到个人的影子和元素。但是，这和更直接的表达毕竟是不同的。作家将越来越告别虚构，越来越走向写实。

有人说五十岁以后更多看传记，虽然传记也有水分，但大致上比虚构的东西来得更可靠一点。读真实的文字比读虚构的东西更过瘾。每个人都是如此：年纪越大越重视真实的记录，越不重视消遣类、虚构类的内容。所以孩子们才更愿待在网上，更愿看电视连续剧，愿意找青春的面孔。人到中年就不太这样了，年纪越大要求越高。

一个写作者也会经历这样的转换。虚构的文字不是不好读，而是对阅读者的要求更高了。我们仍然要读两种东西，一种是真实的记录，一种是虚构的文字。小说仍然要读，但是标准提高了，只读最绝妙、最超绝的文字。绝妙的虚构文字、天才的杰出虚构、卓绝的语言艺术，仍然比纪实文字更吸引人也更有魅力。但那只会是极少数，无论是国外的还是国内的。

由此看来，写作中的虚构不能停止，但是要建立起一个更高的标准、一个难以企及的高标准。对于阅读来说，这是不可错失的人生风景，是真正的享受。层次越高的人越是需要，它永远不可以放弃。

走向传统经典阅读

这次在中华书局推出的四卷本中国古典诗学研究系列，是二十多年的劳动成果。二十年来把大量时间花在阅读中国经典上，不能说将经典诗学全都读过，但肯定读过很大一部分。中国古代诗学让人感触很深。当稍稍克服了文字障碍之后，即可以领会中国诗学的巨大魅力。它或者已经在个人的文字生涯里留下了很深的烙印。这一场和古人的漫长对话还在进行中，大概会一直到生命的终点。

如果二十、三十多岁阅读了大量翻译作品，后半生就要稍稍改变一下，重新分配时间。那时候一排书架上插满了翻译作品，而且还在不断地往上搬。二三十岁人的眼睛好像一台电脑扫描仪，现在脑子里碎片多了，转得很慢，读完一架书很难了。时间这么宝贵，视力比过去差，记忆力也差，但情感更多地靠近了中国传统。

随着年纪的增长，人会抓住书中的干货，知道哪一部分才是最重要的，哪一部分是过去疏失的。人只有一生，不可错失最重要的风景、最重要的事物，不能留下遗憾，所以，我们需要经典。

谢谢各位！

讨论：

两部书

《古船》是我二十七岁至二十八岁的作品，《九月寓言》是我三十岁的作品，对我个人而言是比较重要的，也是我自文学起步后，走向比较饱满阶段的两部作品。

事实上，我个人很早就开始接触西方经典作品了，但近二十年，阅读中国经典比较多。当然，西方的现代主义对中国当代文学具有重要贡献，我个人直接从国外现代主义技术层面接受的东西很多。如果追溯西方经典，会发现它拥有古典主义的崇高，深深地感动读者；而现代主义以全部的复杂性，使读者沉迷。当代中国文学接受现代主义时，更多的是直接从形式上模仿，是沉迷，而缺少这条从古典主义淌下的河流中所仍然具有的"感动"的元素。

回头看《古船》，它对西方古典主义包括中国古典的借鉴颇多，到《九月寓言》则更多地走向了现代主义。中国传统这条河流不能中断，所以，我用较大的力量来解读中国经典，中国当代文学应当从中国古典文学的河流一直流淌下来，随便从中舀出一勺来化验，仍然能够分离出古典的崇高与震撼。今天大量阅读经典，对我来说是非常重要的，是我不能偏离的功课。

翻　译

翻译当然很重要，不同的语言、不同的地域、不同的文化板块之间的交流，很容易令写作者兴奋，与汉学家、异国读者交流时，还是很受启发和感动的。但是这与写作是两回事。一个优秀的作者不能仅仅考虑到让西方承认，或者急于大面积地传播自己的作品，而是应当专注于自己的工作，在这方面不能有一丝一毫的虚荣心，那样一定会伤害自己的文学品质。作家有自己的写作伦理，这就是要把母语写作和这个空间内的理解紧密呼应，当成自己工作的核心。

不同语言之间的对译非常困难，因为它不是翻译一本电器说明书，而是要再现一门语言的艺术。最重要的是经营好自己的文字，沉浸在自己语言艺术的世界。只有这样的写作翻译到国外，才更有价值。由于翻译难度的存在，越是好的语言艺术，译出的难度越高。

如果不追求语言艺术的翻译，仅仅把一个故事讲明白，难度就小多了。我们可以遇到大量把语言艺术当成电器说明书的翻译，这种情形很常见。但一旦有一个好的译者合作，作家就要尽力与之配合。做什么工作都有自己的规律，要按照规律做事情。

海洋文化

中国是农耕民族，西方是游牧民族，大致看是如此。一般认为，中国是一个逐水而居的内陆国家，但是也不尽然。农耕文明与中国的正统文化——儒家文化一脉相承，这使得大家都忽略了我们文化的其他方面，比如齐文化。齐文化是一种海洋文化、商业文化，倡导幻想和自由、开放和冒险。所以，中国也有海洋文化的基因，只是齐文化长期以来被儒家文化湮没了。随着我们对海洋、天空、太空的认知的提升，那一半被掩盖的海洋文化特性也会慢慢浮现。

减　法

山东诗人孔孚非常提倡写作中的"减法"。他有一首诗叫《峨眉山》，内容极简，把减法做到了极致：内文只一个"雾"，快简得没字了。但他的大方向是对的。看托尔斯泰、巴尔扎克等大文豪写的经典名著，都是大把使用文字，写人物及风景，洋洋洒洒几万字。现在的文学作品已经不可能这样奢侈了，所以必须使用减法，要尽可能用极简练的语言，更用心地领悟，用更绝妙的方法，做到与前辈作家同样的精准和力度。其实越用减法难度越高，这对中国当代文学提出了很多不可企及的高标准，但是不能畏惧。要记住网络时代可读的文字太多，人们消遣的方式太多，也正因为如此，今天文字的使用才更为苛刻。一个作家能把别人吸引到自己的文字面前，需要多少刻苦的训练和坚守，才能达到一点点这样的效果。

传　统

中国现当代小说为什么学习西方比较多？我们这里讲的文学大致是指纯文学（雅文学）。中国的小说传统，大部分中国现当代小说家没有继承，似乎也没有太多继承的路径。中国当代的纯文学（雅文学）小说，大致上继承的不是中国小说。因为中国传统中最发达的不是小说，而是散文和诗。中国的传统小说大部分是通俗文学，属于广义文学的范畴，纯文学（雅文学）是狭义的文学，不包括通俗演义、言情等小说。

中国的雅文学小说，在四大名著中只有《红楼梦》，另外三部是民间文学。民间文学有一个特点，即吸收了很多通俗文学的元素，但比通俗文学高。由于中国的雅文学小说源流很短，因此中国现代小说不得不大量借鉴西方，国外的意识流包括西方古典主义的创作方法中国都有，深度和高度另当别论。

但是不能因为中国雅文学小说的源流很短，当代作家就要完全放弃对于传统的借鉴。雅文学传统在中国源远流长，表现在《诗经》《史记》以及诸子百家等经典中。中国被称为"诗书之国"，我们的"诗性写作"不一定要完全学习西方。今天要努力向中国雅文学源头靠近，要实践和思考这个问题。

推　荐

小说我推荐《我的名字叫红》，是土耳其作家奥尔罕·帕慕克创作的长篇小说。这个作家写得外形上很通俗，心思却非常细腻，这方面应该向他学习。他的好作品很多，但这本最突出，具有通俗的外壳，雅文学的内核。

两本非小说，第一本我推荐《鲁迅杂文选》，虽然写作的时代和现在相比有很大变化，但一些根本的人性问题、文化问题以及社会问题，都有可比性。鲁迅的杂文构成了史诗性的"长篇小说"。

很多人问这么伟大的作家怎么没有长篇小说。其实，鲁迅全部的杂文相当于一部浩瀚的史诗，在中国的思想史和文学史上树起了一座丰碑。

第二本是俄罗斯赫尔岑的《往事与随想》，巴金先生的译本，凤凰出版社又出版了全译本，是一部心灵史，文学性、思想性达到了高峰。虽然读起来有点艰难，但一旦读进去会难以放下，受益良多。

非诗的时代

我觉得诗最难写。诗是整个文学皇冠上的明珠，时代变了，诗的时代过去了，不仅是中国，俄罗斯从普希金之后也几乎告别了这个时代：尽管不断出现革命诗人、现代诗人，但大致还是走向了小说和散文时代。中国如此，整个世界也是如此。但无论写作实践怎么变化，只要有文学这一顶皇冠在，它的明珠就是诗，诗搞明白了，文学也就搞明白了。一个写作者如果富有强烈的诗性，一定是个大诗人，所谓诗性多强作家也就多大，作家的很多问题出在他本质上不是诗人，而是一个通俗的故事人、一个娱乐工作者。

从这个意义上会发现，诸多文学形式里面，达到高峰的是诗。身处不是诗的时代，让他专注于诗很难，也正因为难，真正的大文学家不一定写诗，却是本质上的诗人。高尔基是苏联文学界泰斗，威望很高。他主要创作小说，但也爱写诗，他写了好多诗，只是不好意思拿给人看。有一次他忍不住将自己的诗交给当时正走红诗坛的马雅可夫斯基。对方看着看着，忘了面前是一个多么伟大的人物，竟然斥责说："这写的是什么东西！不行不行！"过一会儿，马雅可夫斯基见一点声音都没有，抬头一看，这才发现高尔基正用大拇指抹着眼泪。后来马雅可夫斯基回忆这一段说："我当时多么不懂事，竟然斥责他，但是心里还是有点自豪和小得意。"这个故事的意思是，大文学家都是诗人。我们走入了非诗的时代，但是要记住，诗是最高的，是文学的核心。

时代之弦

一个作家写了十年，精神很饱满，但十五年、二十年后依然不能重复自己，就比较难了。总是写农村或者写一个地方就是重复？并非如此！有评论说，"从福克纳邮票大小的土地上看到世界"，这是一个比喻。是否重复，在于是不是仍然保持一种饱满的张力，是否有新的思考，是否回应了时代的最新问题。会读的人能看到作家的精神，听到时代之弦被扣响的声音。情爱、武打、破案、社会文化谴责小说，就一定是通俗文学吗？一般是这样。但通俗文学还有一个特征，就是不太关心时代最敏感和最重要的问题，比如人的尊严、精神层面的东西。写什么内容没关系，通俗作家也可以写眼前的社会问题，可以写近在眼前的矛盾，雅文学也可以写战国时代，但要紧扣时代之弦。雅文学一定是紧扣时代之弦的，看时代的精神之弦有没有被扣响。

评论家

在我眼里，好的评论家也是作家，只是换了一种表述方式。作家有糟糕的，评论家也有糟糕的，但我们要跟踪、寻找这个时代的好作家。有人说当代没有好作家，过去才有，外国才有，不足够遥远就不愿意说好，这是胆怯的表现。当代有好的作家，要去寻找。作家是广义的，有的写散文，有的写诗，也有的写评论。

好的评论家就是大作家，他们对内容的敏感、语言的精准、思维的高度、精神的力量等把握，一点也不亚于其他作家，可以说他们是同行。千万别把翻译家、小说家、儿童文学作家、评论家等分得太清，他们的表述方式、运用的逻辑推论等不尽相同，但是内在的难度和高度是相同的。

2019 年 9 月 14 日，于上海交通大学

持守和专注

一

　　"持守和专注"这个题目，不仅在讨论作家与作品，而且涉及了作家创作的时间问题。我最早的小说写于一九七三年，这么长的时间，当然需要"持守"，以便完成漫长的工作，就好像跑一场马拉松，考验会来自多方面。

　　要将一种劳动坚持几十年，需要足够的内在推动力。今天的文学写作者要面对发表和评奖，还有物质收益及社会影响等诸多方面。当年的文学写作简单一些，仅仅是出于爱好，是阅读后的模仿，是需要表达的心灵冲动，这些综合的因素形成了选择。这种爱好非常纯粹，它源自生命内部的渴望：渴望诉说，渴望文字的表达。古代的文学家走上写作这条道路，大概较少考虑物质功利，它就是一种生命需要，是一种倾诉欲、一种表达的方式。语言艺术是其他形式无法取代的，它留下了想象和创造的更大空间，可以由作者和读者共同完成。

　　人因为有了语言文字才拥有了巨大的创造能量，舍此便不能够抵达梦想的彼岸。没有语言就不能思想，不能进行人文与科学的创造。它不仅是艺术的载体，还是人类一切创造行为的基础。语言艺术是语言表达的最高形式。中国古代文人并非专业的写作者，他们留下了大量不朽的作品，基本上没有物质的商业主义的功利性，可以说非常纯粹。而这种源于心灵的推动力是强大的，会让人走得很远。

当代作家如果写了很多年，并且获得了一些荣誉和鼓励，作品发行量很大，并产生了持续的影响，这当然会有助于他的工作，增强他的信心。但是所有这些，还不能保证他的创作一定会长久地、良好地进行下去。如果与这些外在的东西相处不好，还会产生副作用。被物质名利之类毁掉的作家并不罕见。

今天讲"持守"、讲"专注"，在数字时代就尤其重要。对作家而言，现在的诱惑太多，喧嚣太大，这是我们二十世纪五十年代的写作者，刚开始的时候从未预料到的。我昨天在上海交通大学的一个讨论会上谈到，八十年代曾读到聂鲁达描述同行的一段话，大意是：商品环境逼迫得作家走投无路，于是他们就开始喊叫，跑到广场上叫嚷，说自己"是最好的，没有人能够超过我！"当年对这段话很不理解，不明白作家为什么会这样毫无风度和教养。那还是二十世纪六十年代的智利，诗人已经感受到了商品环境对作家的压迫。其实在欧美，六十年代一些作家的许多作品都被改编成电影、电视剧了，那里的多种娱乐形式发育很早，商品环境早就形成了。今天再读聂鲁达的这些话，一点都不会惊讶，因为他描述的情形已变为我们这里的某种常态。

作家们这种毫无矜持的呼喊人人都不陌生，并且在很大程度上已经适应下来，可谓见怪不怪了。这说明环境变化之巨。所以才说，写作者在数字时代的专注和持守，怎样平静下来，确实成为最大的问题。而今的作家担心很快被湮没，然后就有了表演欲，就要呼喊。可是矛盾在于，写作这种事情又要求一个人极其专注，要安静，要倾听，要仔细地判断和过滤，要热爱和追求真理，要和潮流保持距离。因为诗意将在追随潮流的过程中荡然无存。写作者一方面要在数字时代的狂涛中挣扎以防沉没，另一方面又要恪守最基本的写作伦理。渴望传播和赞扬，获得外界承认，这也是基本欲求，但也正是因为如此，这些东西一旦茂长起来，就会伤害自己的文学。

如何处理这种矛盾？采取"中庸"的策略？没有，没有这样的选择。也许只有回到真正的"持守"和"专注"，与所谓的"现代传播学"保持距离，才能有一点诗意的生长。传播是一门学问，有自己的一套规律，它与写作不是同一回事。如果把"创作"和"传播"混淆了，一切也就无从谈起。

二

只有做文学史研究的人，才能系统地把一拨又一拨作家从产生到终止说个清楚，并总结出一些规律性的东西，这实在是有意义。结论是，尽管今天二十世纪五六十年代出生的作家也面临各种各样的问题，但比较起来还是好多了，这些作家只要不被自己打败，外部的阻挡、外部的困境一般来说还没法终止其工作。

是的，作家的持续工作，一个重要的原因就是他们的"爱"。

爱的力量才是最纯粹的，才能支持一个人走远。从一方面看，一个作家写了四五十年，似乎别的事业都没有做，也做不了，只有写作；从另一方面看，人类在做很多的事业，比如医学、航空航天、金融等，每一门专业都是很难的，它们与文学写作实在不同。在网络时代，我们会看到科技一日千里，进步很快；似乎昨天还是贫困的，转眼已经富裕了许多，有些地方甚至可以说很发达了。我们会发现财富积累得很快，科技改变得很快。但是另有一些东西改变很慢，比如人性与道德，很难说今天就比过去更好。除了道德还有艺术，比如文学，今天也很难说比过去进步了。历史上的文学名作大概还没有多少人可以超越。看来道德、文化、文学艺术方面，要进步是很慢的。而从当年的刀耕火种，到秦代再到现代农业，发生了天翻地覆的变化。我们可以到月球、到太空，发明了那么多的科学利器。可见科学进步很快，财富积累也不难，而文化道德范畴的东西要进步却很难。这样我们就会发现一个问题，原来进步很快的东西，都是相对容易的东西。我们很容易更加关注这些较为明显的变化。

有一些最难以进步的东西，每前进一毫米都是很难的，那么我们就应该更加关注。在这些方面的持续努力，应该是人类的一大志向，因为选择了最难的部分。科学家令人崇拜，我们读大物理学家爱因斯坦的文集，其中有一部分是他的书信、演讲和笔记。他有一段话让人印象特别深刻，大意是：有人说我们科学家了不起，但科学家做的事情功过相抵；我们推动了人类生活，发明了很多东西，但是留下的问题也极其严重；我特别崇拜的是宗教人士、艺术家和道德家，因为他们对人类的贡献更大。爱因斯坦真是一个了不起的科学家，他的人文情怀、科学理性实在了不起。这使人想到在今天做一个写作者，要持守，要坚持自己的劳动，并对自身的意义有充分的认识，是很重要的。要建立在这样一个认识的基础上，才会努力工作。哪怕把自己的艺术提高一点，都不会虚度年华。

文学史上发生的一些事情是触目惊心的。一个宝贵的生命，酷爱文学，可是写了不过四年五年、八年十年，艺术生命就生生被终止。多么残酷！现在的几十年是相对可以持续工作的环境，也只有抓住这个光阴。在一次会议上，许多人看到一位老作家刚下火车放下行李，进到屋里就用手提电脑不停地敲字。他对别人说："也不知为什么，只要有时间就想写作，总感觉说不定什么时候，突然就没有写作的机会了。"当时大家一点都不理解，觉得太夸张了。但是今天想一想，我们完全能够明白，这样一种如饥似渴地抓紧时间进行文学劳动的情形，在那一代作家来说是自然而然的。有时候真的是"世界之大，却摆不下一张书桌"，机会说失去就失去了，环境问题、身体问题，可能突然就不允许再写了。还有一种很神秘的力量：有时一个人的写作能力会像气体一样蒸发了，没了。有人身体很好，时间也有，整个的经济状况也很好，可就是不能写作了。有人会说："已经写了这么多，只凭借熟练的文笔惯性也会写下去。"不是的。从事这个工作的人就会知道，当作家对自己要求很高的时候，文字要过自己这一关很难。要写出一篇好的文字，真不容易。有时候要保持一个水准，更不要说写得更好了，非常困难。每一部作品都要找到新的语调，捕捉新的韵律，有新的内容，还有其他一些要求，这非常困难。事实上，再也没有比惯性写作对一个作家的伤害更大的了。作家的最大痛苦就是未能找到新的感觉，不能将自己的创作保持在一个饱满的状态。如果新的作品与以往节奏差不多，语感差不多，细节差不多，是一种懒洋洋的感觉，那就没意思了。

　　作家对于写作的数量是非常警惕的，因为文学不是以数量论，而是以高度论。当一个作家非常优秀的时候，数量极重要；如果是一个平庸的作家，数量的增加一定是极坏的事情。英国的毛姆通常不被认为是一流作家，而是一位优秀的特色作家，是一个介于通俗文学与雅文学之间的优秀作家，其最著名的作品是《月亮和六便士》，以大画家高更的生平为蓝本。他说过著名的一句话："多产的作家未必伟大，但伟大的作家必定多产。"让我们回顾一下中外文学史，大概很难发现一个写作数量极少的"伟大作家"。作家必须充分地展现一条生命大河，其长度与宽度、丰富性与可能性，都要给人以审美上的满足感。那么，曹雪芹怎么说？他只留下了半部《红楼梦》。无论出于民族自豪感还是其他原因，都要说这部书的伟大，因为它构成了我们整个中国现代小说的雅文学源头。但从另一方面看，曹雪芹和托尔斯泰、歌德，以及德国伟大的哲学家海德格尔的那种浩瀚，还有陀思妥耶夫斯基，区别还是很大的。我们既在他的半部小说中领受了不可企及的美、超绝和伟大，却也留下了很多谜语和未知。我们带着自己的情感、对语言艺术的崇拜，把一切综合起来，送给我们民族雅文学的源头一个敬礼。从考证学和索隐派的角度来讲，曹雪芹这个人存在与否还有疑问。他到底写了多少我们并不知道：能不能像海明威说的"冰山理论"，隐去的八分之七在水下？

所以从这个意义上讲，作品数量对一般作家来说不是最重要的，而对于杰出作家却是非常重要的。杰出作家粗疏地炮制文字，是绝对不可接受的。只有通俗作家才有可能放纵自己的文字，因为他以娱乐和商业目的为要。雅文学有更高的企图，它把极其特异的思想与艺术表达，包括一些神秘的向往、极其复杂的生命奥义，都集中在词语中。这一部分人是极其孤独、寂寞和怪异的，是真正的天才。这样的人是不会妥协的，他们很倔强，既不会为金钱去奋斗；也不会为名声去奋斗。聂鲁达所嘲笑的那一部分到广场上呼喊的人、那样的表演者，不会是杰出的作家。所以一般来讲，中国当代作家的主要问题不是写得多了，而是写得少了；不是过于勤奋，而是努力不够。天才的人物背后总有一团火光，所以他要不停地往前奔跑，无一例外。苏联出版的托尔斯泰文集有一百卷，每一卷相当于中文四五十万字，一百卷就是四千多万字。翻一下托尔斯泰的年表，发现他大量的时间在当兵、管理庄园、进行宗教活动、解决农庄农奴问题、搞教育等。连海德格尔这样的哲学家也写了相当于中文的三千多万字。鲁迅的文集一大排，把他有效的工作时间集合起来，而且是用毛笔写作，算一下，可能没有任何一位当代作家比鲁迅更高产。古巴民族英雄何塞·马蒂也是诗人和散文家，一辈子都在组织暴动、打游击，反抗西班牙的殖民统治，四十多岁去世，却留下了十多卷文集。高尔基也是这样，他在莫斯科居所只待了一年，那里到处都是书，连楼梯都摆满了。他在这一年里除了筹备苏联作家协会，还接待妇女代表团、儿童代表团，接待各界人士，到全国去走去看，但这些书的三分之二全都看过，还作了旁批。也就在这个地方，他写出了《克里姆·萨姆金的一生》的大部分。一位作家说过："天才如何运用时间，这对我们永远都是一个谜。"

讨论：

文学传播

作家要好好写作，传播是专门的领域，是另一个行当，他们要好好地传播。推广、翻译、宣传、出版，都要各自做好。写作者要专注，不要太多考虑传播，为了适应现代传播学去工作，是有害的。有一次在英国和一拨人开会，台上有个作家眉飞色舞，台下的同行非常讨厌，说这人非常庸俗，只四处睃摸着得奖出名。是的，一些聪明人连五分钟的机会主义都不放过，很难指望写出好作品。功利心可以淡下来，完全消除不可能，人不是神。但写了几十年，再紧盯名利也会很累，会是一种自我折磨。文字是骗不了人的，纯洁和觉悟都在里面了。

说到国际视野和本土写作的关系，我们耳熟能详的一句话是，"越是民族的，越是世界的"，也有人说"越是地域的，越是世界的"，这些说法没人质疑。地域性、民族性是有价值的，不然在地球村里，呈现出一种扁平状态，是可悲的。文学和艺术一定要凸显自己的地方性乃至个人性，这是没有问题的。但杰出的写作还要纳入人类生存的重要价值之中，跟这种价值观相悖的地域性，就谈不到世界性。

我们不能将地域性理解成粗制滥造的低俗。

俗与雅

艺术很难进步，甚至不会进步。形式上可能会有变化，但这不是根本，很难用"进步"去表述；"文学艺术的时代性"，说的是今天的内容和精神，是不可替代性。这个时代的精神很难表述——一篇作品写了遥远的生活内容，比如春秋战国的故事，如果杰出，我们仍然能够从中听到"时代之弦"的叩击，会觉得作家深深地关心自己的时代。这非常重要。人们常谈"通俗文学"和"雅文学"这个话题，有人很不屑"纯文学"的说法，又叫成"诗性写作"，可能也不准确；叫"严肃文学"，更不对题。可我们大致知道是哪一部分文学。这个在国外分得很清楚，我们平时讲的是"广义的文学"——用文字表达的人物和故事，这就是所谓的文学了。学术研究一般指"纯文学"，如果研究通俗文学就会特别标注和说明。通俗文学是曲艺范畴，是比较简单的娱乐的功能。雅文学包含的元素更多一些。有人把民间文学和通俗文学相混淆，但它们也不是一回事。民间文学或采用通俗文学的手法，却经过了广阔的空间和漫长的时间，有很多人参与创造，它的艺术完成度是很高的。而通俗文学是个人创作的通俗故事。我们一般谈通俗小说，指的是那些破案、武侠、情爱小说——它们的外节奏很快，内节奏很慢，情节稀薄。我们从语言、写法上很容易就能判断作品的雅俗。但是雅文学还有一个非常重要的特征——它一定是紧扣时代之弦的。近几十年有个别被埋没的现代作家被重新评价，这是完全应该的，但其中仍然有一个艺术理性的问题。有人认为现代文学中再也没有谁比重新评价的个别作家更高的了，这是意气用事。有的作品从技术层面看似乎是好的，但细究起来仍然属于纯文学和通俗文学之间，是一种市井小说，虽然高出了一般的通俗文学，但并没有紧扣时代之弦——感觉不到那个时代聚焦的精神问题，心里不装大事。这是俗文学和雅文学的重要差异。所以文学的时代性关乎雅俗之别。当然它们并非一刀切开那么分明，有很多作品介于二者之间。只要具有好的价值观，通俗文学也是有意义的，就像我们愿听的相声、愿看的小品表演一样，不要简单否定。

2019 年 9 月 16 日下午，于同济大学

杰作的三个源路

　　说到"杰作"和"源路"，即包含两层意思：一是何为杰作？二是杰作从哪里产生？杰作即杰出的作品，以文学为例，杰出的语言艺术给人非同一般的审美快感，并且能够接受时间的检验，在漫长的时光里被越来越多的人理解、接受和肯定，最后被置于很高的地位，奉为经典。杰作经得起时间的挥发，具有持久力。一般的情形是先为一部分敏感的、具有较高审美力的人认知，然后在时间里渐渐确立。杰作并不意味着在短时间内获得众多读者。杰作产生的源头、路径和方式多种多样，以下试从三个方面谈起。

民间文学

　　民间文学是杰作的第一个源路。它非常了不起，因为产生在不可估量的时间与空间里，有无数人的参与，拥有不可遏止的、不可限量的巨大创造力。像古希腊的荷马史诗、英国的《贝奥武夫》、法国的《罗兰之歌》、德国的《尼伯龙根之歌》等西方英雄史诗，还有印度的两大史诗《摩诃婆罗多》《罗摩衍那》，中国藏族的《格萨尔王传》等，都是民间文学。无论多么杰出的作家、多么天才的创造，都无法与之匹敌。

民间文学不一定写乡村俚俗，很多古代史诗是写宫廷、写英雄、写重大历史事件。它貌似通俗文学的外形，但内在质地、精神开阔度、生命力及宏大气魄，都是通俗文学难以望其项背的。

前些年国内有一个叫"三套集成"的文化工程，调动了大量人力、物力，到广大地区收集流传在民间的故事和歌谣，经过层层筛选，印成许多册子，目的就是征集搜寻散落的"民间文学"。虽然这场浩大的收集暂时还没有发现堪比伟大史诗的东西，但里边有一些肯定是很棒的，能不能流传下来成为杰作，尚未可知。这些原始质朴的材料首先需要保存下来。

《诗经》和《楚辞》是中国诗歌的源头。《楚辞》是中国第一部由文人独立创作的作品，作者是屈原。而《诗经》的作者复杂一些。它共三百零五首，分为"风""雅""颂"三个部分。其中"风"大致属于民间文学，由周代的采诗官从底层收集编订。"风"又被称作"十五国风"，指西周时期十五个不同地区的乐歌，是从这些地区采集来的地方歌谣，共一百六十篇，可以说占去了《诗经》的半壁江山。像《关雎》《桃夭》《木瓜》《伐檀》《硕鼠》《蒹葭》《七月》等，都来自"国风"，这些美章至今脍炙人口。

中国古典小说四大名著中，只有《红楼梦》属于文人的个体创作，是今天我们所理解的那种"纯文学"。《三国演义》《水浒传》《西游记》三部，都属于民间文学，是长时间在一个较大范围里口耳相传，不断地修改完善，最后遇到一个有兴趣而且有能力的文学人士记录、剪裁加工而成。许多人将这三部作品视为通俗文学，是概念上的混淆。通俗文学和民间文学具有本质的区别。民间文学有通俗文学的外壳，但品质不同，具备很高的思想与艺术含量，经得起时间的检验。当然，整理者的素质水准至关重要。

今天来看，四大名著当然都是杰作，但杰作并非是完美无缺的，所以要有分析，不能笼统地谈。《红楼梦》代表了中国古典小说艺术的最高成就，无论是语言、人物还是思想，都属于中国古代小说艺术的巅峰之作，后代人诠释不尽。《西游记》有一种自由烂漫的气质，书中除了唐僧，主要角色几乎都是半人类半动物，非常可爱，甚至连那些妖怪也招人喜欢。什么牛魔王、黄袍怪、金角大王、虎力大仙、铁扇公主、蜘蛛精、玉兔精等，全都有趣：一次次精心策划要吃掉唐僧，最后都没有成功。这似乎是一场连一场的闹剧，因为编故事的人从来没想让妖怪真的吃掉唐僧。

从专业写作的角度看，唐僧西天取经，经受九九八十一难，一个故事连着一个故事，套路相似，只是换了故事发生的地点、换了一拨妖怪而已，有点重复。然而读者还是可以忍受，在情节不停地递进、循环和强化中，满足一个又一个期待。这种重复的故事模式多少令人遗憾。小说中所表现的孙悟空造反、追求解放的自由精神强烈地吸引着读者。孙悟空上任后恪尽职守，殚精竭虑，将天宫的御马养得膘肥体壮，后来却在蟠桃园被仙女们嘲笑，王母宴请诸仙的蟠桃会也没有他的位置，自尊心受到伤害。他的造反出于自尊。大闹天宫的故事是一种精神叙事，所以动人。

《三国演义》故事较烦琐，主要写一场场战役、一个个阴谋。不能否定它的艺术魅力，但可以讨论它的价值观。书中充满了权谋和义气，而这些又围绕着利益，是以利益为核心的。《水浒传》在这些方面也很相似，虽然也是了不起的文学杰作。《水浒传》的故事很有色彩，每一个人物都是一部传奇，读起来性格鲜明，痛快淋漓。但这些人物也不停地把"义气"挂在嘴边，以至于成为全书的价值准则。其实"义"一旦脱离了"正"，就成了很坏的东西。比如为了把卢俊义逼反，梁山好汉耍了多少阴谋，卑鄙而残忍。总之为了实现所谓的"目的"，可以不择手段，甚至杀人如麻。江湖义气一旦脱离正义和真理，就会演变成一种非常坏的文化，会败坏一个族群的精神品质。

儒家文化对塑造整个民族起到了重大作用，四大名著也是如此。男女恋爱往往掺杂了《红楼梦》的情感模式；社会上流行的"两肋插刀"、不问青红皂白是非曲直的"义气"，更有强者为王和权谋、人事机心，不能不提到另外两部书的影响深重。它们的消极因素已经积淀于民族心理之中。所以对杰作，也要有自己的阅读理性和价值判断，并不一定全盘接受。

《聊斋志异》也是一部民间故事集，由蒲松龄收集整理，创作加工成分可能要大一些。这些故事几乎个个迷人，读者可以从中感受深长的民间创造力、民间文化的厚重蕴藏。这样的一大组故事绝不可能由一个文人苦心孤诣去完成，它需要在时间里积累，需要无数人的参与。《聊斋志异》的艺术格调并不清高，读来有些脏浊气，有乡间秀才的俚俗趣味，这大概是由整理者的精神气质造成的。

民间文学的含纳力非常强，大致有一种泥沙俱下的倾向，有繁茂生长的强悍性。但它们是不能提纯的，因为这种混合间杂的性格是天生的。它的本质意义，在于思维与表达方式上，能够与潮流和中心趣味偏离，在于其自由生长的性格。就此看，整理者会对民间文学的活性、对其持续生长性造成一些损害和妨碍。

专业写作

杰作的第二个源路来自专业写作。古今中外的文学经典，绝大多数还是作家们的个体创造，比如前边说到的《红楼梦》。这里的"专业写作"不一定指作者的职业身份，而是指写作者投入的训练、沉入的深度、吸纳的技术元素、最终形成的能力和高度。也就是说，"专业从事写作"与"写作的专业性"，二者涉指是不同的。后者一定是"训练有素"的，他们表达专精，并为此耗去了极大的精力。文学史上的大部分杰作由这类人完成。他们拥有高超的技能，文学写作是其生命着力点。

出自专业手笔当然是不同的，他们所具备的素养和能力，是良好写作的基础。大量的尝试让他们文笔娴熟，语言文字在其手里可以化为绕指柔。绝妙的语汇似乎能够自动流泻，使人感到神奇。由语言推及其他，结构、思想、题材诸方面，都表现出职业的娴熟和经验。这种专业写作产生杰作的概率当然很高，写作者的生活阅历、知识储备、持续工作的耐力和条件，都处于一个较高的水平之上。对一种事业的专注和投入，往往与个人的先天能力和兴趣有关，但即便这样，也必须经过漫长的实践，以便激活和唤醒自身的能量。有时候我们觉得，杰作非这一类人莫属，实际上却不一定。持久的写作会让人疲惫，熟练的技艺也令人麻痹，而这与艺术创造所需要的热情、灵感和冲动，在许多时候是背道而驰的。惯性劳动会伤害艺术，特别是语言艺术。

专业写作者功力深厚，表达力强，他们写出的好作品，也常常由大量的、不计其数的一般化的作品作为基础。以二十世纪最受欢迎和信任的马尔克斯为例，他的所有作品中，真正意义上的杰作数量也不是很多。他写得非常谨慎，一辈子长篇不多，代表作是《百年孤独》《迷宫中的将军》《霍乱时期的爱情》，还有一些精彩短篇。但是像《智利大逃亡》《族长的秋天》，自传《活着为了讲述》和一大部分文字，就中文译本来看也算不得杰作。这样一个天才，经过了不可言说的学徒阶段，可以说处心积虑费尽周折，比如在巴黎度过了一般人不可忍受的艰苦岁月。不仅是他，许多文学艺术方面的成功人士，一度都去那里学习，见世面，受熏陶、冶炼和改造，完成一场蜕变。

那里一度作为世界文学艺术的中心，聚拢过一大批优秀作家，雨果、巴尔扎克、乔治·桑、福楼拜、左拉、莫泊桑、普鲁斯特等，数不胜数。"二战"后许多美国作家（包括海明威、菲茨杰拉德等）去过巴黎。当时巴黎是一个艺术变革与实验的核心，也是文学艺术大产出大消费的世界之都。许多艺术家尽管在本土下过苦功，还须到巴黎熬上几年，在那个文学艺术的老汤里浸泡一些时日，才会成熟。海明威不到巴黎也许就不能成为后来的他，就没有《流动的盛宴》中所描述的那些丰富多彩的、艰困而迷人的生活。当然这也不能一概而论，守在本土成了大气候的作家也大有人在，比如同时期的美国作家福克纳。总之一个专业写作者需要刻苦磨炼自己，经受很多实验，接受无数坎坷，最终才能获得一点表达的自由，这是毋庸置疑的。

众所周知，不管哪个行当，专业与非专业之间的差异是巨大的，文学尤其如此。有时作为爱好者，会觉得自己已经写得极好了，但对比一下那些经过严格磨砺的专业人士，文字就显出了极大的差距。人常常会觉得自己有表达的才能，要通过文字抒发理想、讲述故事、表达情感，这是正常的。几乎每一个生命里都藏有一个作家梦，所以严格意义上讲文学不是一个专业，而是生命所固有的一种本能。但要成为一个真正的作家，还要度过漫长的练习期。阅读、练笔、切磋，这个过程不能省略。让文字变得听话，把平凡的词语放到不平凡的位置上，可能要耗去很长时间。能够感受文字上下起伏，爬坡升高，然后降落滑行，形成一条美妙的曲线，不仅像音乐一样有节奏，而且要有色泽、气味和温度，这是非常困难的。

有人写了四五百万字才有了那么一点感觉，却又突然察觉自己不适合写作，甚至要改学其他。可见文字生涯之难。

有时我们会发现，杰作并没有产生在专业写作者的手中，而是一些"业余作者"。这只是从外部看，实际上这样的"业余作者"早就将劳动的重心放在了写作上，一切并不是看上去那样简单。西方没有所谓的专业作家，大都是兼职写作。然而这不等于他们的写作技能"业余"、专业训练的强度与长度不够，这是两码事。他们日常做别的工作，却拥有很高的写作水准，在状态好的时候，体力、精力、激情、兴趣、机缘，当一切处于十分和谐的阶段，就有机会完成一次出色的表达。这种情况一生并无太多。

杰作不是一般意义上的好作品，它还要更好。一些中外文学史经常提到的作品，会被认定为杰作，其实也未必。有时候文学史给予记录的作家和作品，是出于史的需要，更多是现象和符号的意义，与其文学价值没有更深的联系。文学史如果让缺乏审美力的人操作，就只能概念化地堆积，变成一部廉价的流水账。可见，即便在文学史上占有重要位置的作品，也未必是经得起时间过滤的杰作。比如在大陆和海外都享有极高声誉、拥有大批读者的个别现代作家，有的其实并非多么重要。这需要以敏感的审美力做出指认：其思想情怀境界如何，是否为高超的语言艺术，可曾打开了精神的地平线，能否紧扣时代之弦。

　　杰作会扣紧时代之弦。这不在于它写了历史还是现实，哪怕是讲述春秋战国的故事，也无妨碍。有没有拨动时代的敏感部位、牵拉和触及人的尊严，是能够知道的。每个时代都有特别的忧虑、深刻的牵挂。关于尊严和自由，关于不可侵犯的某种东西，每个时代都有。如果对它毫不关心，没能触及，只是通过离奇的情节、耸人听闻的故事，通过花言巧语吸引读者，连优秀的雅文学写作都算不上。

　　写作者的职业是一回事，水准与技能又是一回事。无论是屈原、李白、杜甫、苏东坡、雨果、巴尔扎克、屠格涅夫、陀思妥耶夫斯基、托尔斯泰，还是鲁迅、索尔·贝娄、米兰·昆德拉、马尔克斯、略萨，都有着超一流的专业技能。像米兰·昆德拉的《玩笑》《生命中不能承受之轻》，从技艺层面看，即便译成汉语，也能感受到那种强大的文字掌控力及其他。技艺手段在他们这一类人手中就像飞镖，出手就是十环。没有一句不漂亮，没有一个细节不超绝，没有一个人物是失败的，是这样的专业水准。

综观下来会发现一个小规律：写出杰作的作家几乎都不是那种按部就班、让自己的生活特别文学化的人。他们往往以非专业的立场和态度去面对文学，像屈原是楚国的能臣；李白、杜甫、苏东坡的人生志向是入世治国；鲁迅学医，后以疗救国人精神为己任，长期在大学任教；雨果忙于政治斗争，被流放国外二十多年；托尔斯泰年轻时当兵打仗，中年以后管理庄园、为孩子编写教材、探索宗教；海明威不停地打猎、冒险，参加世界大战；索尔·贝娄当编辑，接受商船培训，后在大学执教；马尔克斯长期做新闻记者。看来还是首先做一个"正常"的社会人，忙于生存实务，同时深入研磨，刻苦训练，最后达到那个梦想的高度。

反过来，看上去极具专业态度和立场的人，每天一丝不苟地从事写作，目无他顾，甚至没有其他志趣和爱好，也无心分担相应的社会责任，却未必就能具备第一流的专业技能。说到底写作还需心灵的召唤，只是心灵之业。要提防跌入这样的困境：一流的专业态度，三流的专业技能。

学习写作是无止境的，需要持之以恒。把每一个句子写得完美，不能一味跟从他人。也不能满篇皆是主义、精神、历史、进步、倒退、道德、理想、改革之类的大词，而要回到语言的细部，要感动，要有温度。许多时候写作就是设法揉碎大词，化大为小，回到自我与个性的深处。

未知之域

除了如上两个路径，杰作还会产生在极其模糊的地带，我们可称之为"未知之域"。在这里，它甚至难以量化和分析。对这样的现象，一般化地概括出某种规律，比如从写作学的角度、从社会与精神的角度，已经很难说得清了。有时候杰作会从奇特的方向突兀地出现，令人大为不解或猝不及防。要评判它们，通常关于创作以及经验性的认知好像失去了作用：我们努力调动自己关于文学艺术的判断标准、尺度和依据，都有点不对榫。但它们真的是杰作，甚至是伟大的不可企及的作品。

有一些强大的创造力蕴藏在这个世界上，会于某一天爆发出来，打破常态，冲决平均值，以独特而陌生的面目出世。开始的时候人们往往不愿正视和承认它们，专家也不理不睬，因为就专业技术的层面、基本品貌来看，它们或显得粗糙随意而无严谨法度，似乎不值得重视和讨论。这样的作品大致来自闻所未闻的"野路子"，文笔偏僻，自说自话，与一个时期的艺术趣味多有隔膜。这些作者的艺术天赋到底怎样，还十分可疑。

不仅是文学，其他艺术门类也是如此。比如人们常要列举的荷兰画家凡·高，其画作的线条笔触及构图十分"幼稚"，当时被认为不登大雅之堂。类似凡·高的画作，小说如《堂吉诃德》《白鲸》《鲁滨孙漂流记》，还有陶渊明的诗等，都有这类特征。但时间证明这都是伟大的杰作。它们乍一看不合写作规范，散发出明显的"业余"气味：章法凌乱，旁逸斜出，不修边幅；或直白简易，文采枯淡。总之这样的文字离经验中的好作品尚有差距，遑论其他。在很长的时段里不被理睬，也在预料之中。问题是这种状况将要发生改变，它们总要回到视野里，让越来越多的人着迷，难以弃绝。好像有一种奇怪的内在魅力，正在不停地滋生出来，而且渐渐弥漫笼罩，最终变成绕不过去的存在。至此，就不得不认真对待了。

这就是文学史、艺术史上一部分杰作产生的过程。它们不论在文学的历史还是个人写作的历史上，好像都有点偶然，可遇不可求。就其品质来说，这些作品与专业写作者精湛的制作处于两极，但毋庸讳言，具备了更为强悍的生命力。一开始它们处于目力所及的范围之外，仿佛无意于业内趣味，也无视规则，只是尽性书写。这些文字的粗糙显而易见，叙述疏失比比皆是，屡犯技术层面的"低级错误"。奇怪的是周身伤痕累累总不致命，生龙活虎，看上去比更完美更健康的生命还要耐久和生猛。

可见就艺术而言，技术上的无可挑剔并非意味着一切，它们或许包含了神秘的力量。这种力量有时候是抵抗分析的。一般意义上的文学评判需要使用文学的标准，这个标准是特殊的；但对待超越一般的杰作，就不得不使用更高的标准了。有些文字让人忘不掉放不下，让人入迷或感到震撼，某种莫名的力量将人紧紧抓住，以至于深深沉浸其中。这有可能是更大的杰作。惯常的学术分析已远远不够，逻辑不可把握，感觉也不能描述，理由十分复杂且相互矛盾。这一类作品令许多专业写作者羡慕，却无从下手。

对待艺术，纯粹的艺术标准可以衡量一般意义上的好作品，但对于那些非同一般、千载难逢、旷百世而一遇的伟大艺术是不管用的。凡·高活着的时候作品卖不掉，画廊也不收，因为品相不佳。这是使用艺术的标准去评判的。文学也是如此，必须尊重已经普及的基本标准，它们统一而固定，没有太多弹性。而文学和艺术是生命的表达，不能离开一个活生生的生命体而机械地套用概念。概念是正确的也是僵死的，判断对象却是活的、生长的。许多年过去之后，答案不言自明，没有任何争执：凡·高是一个罕见的伟大的现代画家。

原来艺术是生命与客观事物结合中的对应转化，是主客体之间相互摩擦释放出的火花，是一种光芒四射的存在。凡·高眼中的星空是旋转的，吃土豆的人、邮差、向日葵等，任何东西在他那里都特异、单纯而怪异。他将强烈的个人感受呈现出来，何等奇异又何等质朴，这二者合到一起，也就能量无限。感知和判断它们需要回到生命本身，与周围，与时代，与自己，与时间长河，发生高阔深远的观照。

中国东晋的田园诗人陶渊明，几百年后才慢慢被李白、王维、孟浩然、白居易、苏东坡等认识。同时代的人少有推崇陶渊明的，五言诗写得如此简单粗浅，与那个时代华丽繁缛的诗风相去太远。可是他的质朴天然、单纯而又特异的生命艺术无可取代。在今天，陶渊明与屈原、李白、杜甫、苏东坡等一起，被视为最伟大的诗人。

杰作的第三个源路经常被遮蔽。美国作家麦尔维尔的《白鲸》当年没有影响，作者也少有人知，大概并不认为他是一个作家。然而《白鲸》是一部不朽的作品，现在已没有争议了。可是从专业的眼光看，它写得或许笨拙、臃肿，篇幅冗长，根本不是一部优秀长篇的格调。什么熬炼鲸油、装油的桶、船上设备，叙述拉拉杂杂不厌其烦。可是其中的激情与悍气，浩荡的海上气象，浑然不拘的放肆气质，完全是一副横行无忌和无知无畏的模样。塞万提斯的《堂吉诃德》也有同样倾向，它写了一个稚气疯癫的故事、一个幻想的骑士儿戏，写他的游走和奇遇，有些荒唐可笑。书中的情节套路多有重复，类似《西游记》的妖怪戏闹，也是同样的民间文学格调，也是一副天真气。

这些不期而至的、面目怪异且显得生僻的作品，几乎全都脱离了一个时期的艺术风习，没有什么文学工匠的习气。他们大都深受民间文学的滋养，将一种放浪自由的气质吸收进来，极为自信和天真地操作自己的文字，少有叙述的禁忌。他们可以任性地一吐为快，不太考虑结构及其他方面的均衡性，不在乎职业写作者尽力避免的疏漏，比如空间和画面的倾斜。

这都是职业写作者做不来的。许多作家心底会渴望写出一部《白鲸》或《堂吉诃德》，可惜想是这样想，只要一天不犯浑，也就不可能这样干。专业写作者处心积虑，被长期锲而不舍的技能训练改造后，磨去了孟浪和冒失，再也不会锋利逼人了。那种傻里傻气的呆板笨拙，不能是硬装出来的风格，而直接就是一种生命质地。这就没有办法复制和学习了。

麦尔维尔和塞万提斯的雄心、生猛、木讷、诚恳、朴素，是这些的汇集。不可比拟的一种美，粗犷、丰富、开阔和不可言喻的悲哀、神经质，就出自他们这样的人。这种杰作的创造者具有不可持续性，所以塞万提斯和麦尔维尔都没有再次写出可以与《白鲸》《堂吉诃德》比肩的作品。

可见杰作的第三个源路，来自茫茫世间里一些特殊的角落，是特殊的表达，无法用既定的规律去总结和预判。它们是潜在浑茫无测中的。面对这一类杰作，僵固和通用的评判指标大致作废。

讨论：

扣紧时代之弦 / 深入生活

杰出的文学，雅文学，需要扣紧时代之弦。当然这不在于所写的题材内容，即便是写寓言故事，写古代历史，通过语言文字和其他，敏感的读者也会感知。作家到基层参观学习，是了解情况，搜集素材，通常叫"采风"。深入生活即认真生活，少一些回避，而非其他。比如马尔克斯写拔牙的一篇小说，真好。主人公招来一个粗鲁的牙医，暗中把一只手枪放在抽屉里，以便不测之时开火。他接受手术的时候，觉得全身的力量都抵向了大地。那种感觉大概要来自牙疼的体验，那种折磨对马尔克斯来说，就是最好的深入生活。

译作的文本分析 / 三种语言方式

有位作家说"美文不可译"。那些超绝的语言大师的作品，是正在生长着的活着的语言，有一种难以言喻的精妙，把它变成另一种语言，几乎不可能。一些具有浓郁个性或地域色彩的语言，也很难准确传神地翻译过来。这一代写作者年轻的时候一般要读大量翻译作品，偶尔也会进行文本分析和赏读。当年纪再大一些，讲外国作品就不敢做文本分析了。因为我们没有在那块土地上生活，不知道那种语言活泼生长的状态，以及与当地生活之间发生的化学反应。我们读的都是译者的语言。所以分析译作的文本并深入内部，太冒险了。

译出的域外作品存在三种语言方式。第一种是作家的母语，第二种是翻译家的语言。后一种语言只有意思上的联系，少有或没有语言艺术层面的联系，那是翻译家自己的表达。第三种语言就是翻译家尽可能地理解外国作家的语言之妙，然后把握其动感、韵律、滋味，再用本民族的语言表达出来。这等于他们两人结合，诞生了一个孩子，是新的生命。这已经是最好的译作了。

壮夫不为的艺术 / 现代时空的语态和场域

那些被文学史屡屡提到、形式上走得很远、创新意识很强的作品，像《追忆似水年华》《尤利西斯》等，都属于经典了。这类杰作鼓舞许多人在形式方面大力探索，比如在法国等欧洲中心国家，经常出现实验性的作品，好像乐此不疲。但是，像《尤利西斯》这类作品，形式上极具革命意义的标志性作品，大概有一部就可以了。极度追求形式上的突破与革新，往往是二流作家所为。

法国曾是文学艺术的中心，各种艺术实验走在世界前边，大家奔向那里，主要还是为了学习技法。一位著名诗人曾说："虽然俄罗斯作家写得有分量，但要讲技术和形式，还是欧洲，还是法国，俄罗斯根本不行。"他在这里把形式和技术视为一种专门的、独立出来的元素，姑且不论是否正确，但将其与其他方面完全割裂，就过于简单了。"分量"也来自技术与形式。我们会发现一些近代欧洲艺术,比如电影,非常现代,有新意,也怪异,镜头转换和剪辑凌乱而琐碎,让人稀里糊涂,最终不知道它想表达什么。一旦形式上过于专注,走向了另一个极端,就变成壮夫不为的东西了。我们宁愿读一些质朴的诚恳的作品,也不愿去读那些花里胡哨故弄玄虚的文字。是否先锋,与形式有关,但还不是主要的。形式怪异,骨子里老旧的伪"先锋",实在是太多了。

真正的杰作必须有强烈的当代性,一定须是"现代"的"先锋"的。但这绝不是指表皮上的那层油漆,不是简单学习二十世纪的欧洲,而是作者在这个时空中形式上的自我掌控,回到一个极其自由的现代语态和场域中,不是照搬和借用。

年轻人的朝气 / 文从字顺不是一件小事

写作者年轻的时候不知道累,正可以不停地训练自己。到了五十多岁会读得多,写得少。我在二十世纪九十年代初,稍微有一些影响后,很多杂志约稿,就把过去写的好几百万字未发表的文稿挑拣一个,稍作修改寄出。后来认识到这样做有害无益,就把它们用胶带封起搁到高处。人终究是懒惰的,有时候还是拆开翻找。这不是一个好兆头,最后终于想出一个彻底的办法,就是将它们付之一炬。大概有三百五十万字,都是年轻时的练笔。一位出版家朋友烧前挑出二十多万字,出了一本书叫《他的琴》。烧掉这三百多万字觉得很悲壮,不给自己留退路。但是快要六十岁的时候就后悔了,认为里边一定有老年人没有的东西,比如年轻人的朝气和纯粹。

专业技能的训练是一个漫长艰苦的过程，如同王国维在《人间词话》中说的那样，古今之成大事业、大学问者，必须经历"三种境界"，最后是"蓦然回首，那人却在、灯火阑珊处"。文学语言的抵达同样如此。据说现在网络写手最快一天能敲三万字，它与文学会有关系吗？刚才谈到的"三个源路"，实际上内在的一些东西是相通的，那就是强大的生命力、不知疲倦的训练、时间的磨炼。而现在某些写作的放肆和疯狂，与文学是无关的。阅读那样的文字，可能毁坏语言的味蕾。大量的手机和网络语言，芜杂混乱，乱象丛生，催生出一些四六不通的社会流行语，使许多人丧失了基本的判断，这是非常可怕的。有时候打开一份杂志或报纸，错字病句比比皆是。网络时代的胡乱涂抹，不负责任的文字堆积，损害的又岂止语言本身。

语言是多么珍贵，这是上天赋予人类的一个宝物，应该好好捧住。无论从事什么工作，文字训练一点都不能松懈。前段时间买了一支录音笔，看了半个多小时的说明书，怎么也搞不明白如何操作，按照说明步骤越摆弄越糊涂。本是很简单的，语言绕来绕去就是说不明白，没法让人看懂。有相当一部分电器说明书无法简明扼要地将事项说清，把简单的事情搞复杂、搞乱。基本的语言训练，文从字顺，绝不是一件小事。这也不是轻易能够做到的事情，千万不要小看语言的通顺和准确，无论是阅读还是练笔，过程是很长的。要细心地对待每一个标点、每一个词汇。

2019 年 10 月 19 日，于武汉大学弘毅学堂

难以忘怀的阅读

对于文学作品的鉴别，可以有一个非常感性的判断，即过了许久之后，作品中的人物和场景、意境和气息，能否在脑海里不断地闪回。能够自动"回放"的书实在不多，如果有，一定是真正成功的佳作。现在是网络信息时代，即便是激动人心的阅读，也会很快被新的感官刺激冲刷得一干二净。

这部新著[①]却是一个例外，它让人读后一直不能忘怀，以至于再次沉浸于那些场景和故事之中。我们于是要思索和探究这种久违的感受、这种亲切的阅读体验，它们究竟缘何而来。

黏稠迷人的生活

首先，它呈现了一份黏稠迷人的生活。时下的优秀之作，虽然不乏读来痛快淋漓的现场感，但称得上令人入迷的文字仍然不多。迷人的质地既来自描述的生活，更来自作者本身的气质。如果仅仅依靠内容的新奇和偏僻，也难以抵达那样的效果。作者在

---

① 刘海栖:《有鸽子的夏天》，山东教育出版社 2019 年版。

整个叙述过程中投入的情感、葆有的兴味、对细部的专注，是十分重要的。

在作者笔下，这既是昨天的生活，又是心底的珍藏，是用来不断咀嚼和吸收的一份精神养料，所以才具有如此充沛的情感和不容置疑的真实性。看来都是平凡的日常，是那一代人并不陌生却又渐渐褪脱颜色的岁月，经过作者的用心擦拭，竟然变得耳目一新。人人都有孩提时代的记忆，区别是它在每个人心中的位置有异、分量不同，讲述也就呈现出极大的差异。能否对那段经历倾注心力，摩擦出灼烫的情感温度，是决定其品质的关键。

真正的文学故事依赖细节，强调真切性和沉入性，以此超越平常意义，从而跃上较高的审美层面。今天的读者，好奇心既不易唤起，更不易满足，他们往往需要陡峭和神奇。而一部回忆往昔的作品，能够让人流连驻足，就全凭一支诚恳动人的文笔去引领了。作者与读者一起穿行于那个时空，重温和尝试，展开自己的想象，一时竟忘记了来路和归路。

这种置身其间、共同参与的阅读感受，已经久违了。迷人不一定靠甜腻和投其所好，也不必追逐山珍海味的奢靡，而是寻求恒常真实的味蕾记忆。能把艰困时期的食材本色与厚味体现出来，让人品咂一个时代的真味，这是多么宝贵的调制。它属于童年，也属于成年，是奉予当下的一坛醉人醇酒。

丰富独到的知识

书中通篇充满了丰富的知识。这不是通常所说的某种专业知识，而是与日月相伴的一些具体生活方法，是构成细节的材料本身所呈示的纹理，是翔实可靠的民间传承。这样的一些转告和记录，它让读者在个人经验中得到确认和呼应，并将一些异质成分掺于其中，所以更加引人入胜。在那个特定的年代里，这种手工、劳作、制造的技法和习惯，被作者自然流畅地从局部拆解，既简单又易懂，沾连着浓烈的地域色彩。

也正是通过这样平易近人的大小物事，从简易的表象进入，将童年的内部隐秘和无限意趣如数释放。少年读者跃跃欲试，成年读者饶有兴味，这正是独特的知识性散发出的魅力。在书中，这些元素的传递毫无生硬感，一直是和情节流转紧密结合、与人物喜乐哀伤贴近一体的流露。这些专属于某个年龄段的不大不小的秘密，在一种一丝不苟的认真口吻里——解开，就像展示一个万宝囊，整个过程既庄重细致，又透出生动可人的稚气。

制作鸽哨、打煤饼、玩杏核、做家具、水中捞物，种种物事都在特定的场景中产生，也在专门的时刻里显出重要意义。它们在孩子手中优美地完成，让我们在一束童稚目光的交织中、在他们小巧的手指间，一起惊叹和欣悦。这些知识全部蕴藏于特定的时段与场域中，所以不仅可靠，而且可以操作。当我们认定这是当事人的总结和回想时，也将不由自主地搜寻自身记忆，回到时光之幕的另一边。所有挂满时代刻痕的物器，被作者和读者打磨一新，重新变得光彩熠熠。它们包含了一个时代的生存智慧、快乐和忧伤、隐秘和方法。

强劲内在的推力

评价一部作品，就不得不说到结构。它是整个篇章的骨骼与框架，并在很大程度上决定了质地。这部书不单单讲了鸽子的故事，还有许多其他小故事散在其中、穿插内外。虽然这些故事非常吸引人，却没有分散读者的专注力，没有使他们迷失方向，而是和作者一起，不偏不倚和自然而然地走进了故事的主干和结局。文学作品当然有多种结构方法，但总体上无非单纯的线性的，或复杂的多绪的。后一种有点像中国画，散点透视，一簇簇情节生动着、综合着，却未能淹没主体。前者情节和人物既然单纯，也就一路流畅下来，给人以集中的快感。两种写法都可以成功，但前提一定是故事讲得好，拥有强大的内在推动力。

书中这一群鸽子起起落落，在不同的地方驻足展翅，最终还是飞回自己的窝里，没有走失。它们的徘徊和滞留的过程，就产生了许多小故事，产生了旁逸斜出的效果。这需要作者的沉着和余裕，当然更需要讲叙的自得和心气。这时候特别强调推动情节前行的强劲力量，它无论是潜隐的还是显在的，都要确定无疑地存在才行。只有这样，它才能回旋而不淤滞，游荡而不涣散，始终具有强大的聚焦力。

它的每个故事都趣味横生，余韵悠长。作者驾驭这些故事从容有度，不是简单依靠故事的节奏，而是凭借更为内在的推动力。如果这种推动力稍有减弱，那么所谓的散点透视就会变得不堪重负，步履蹒跚，读者也会感到乏味。所有二、三流的作品，都是依仗故事为推动力，这也容易被读者接受，但一般是较为通俗的作品。杰出作品的推动力来自"气"，它大约是意境、诗性和情感相加一起的东西，也是最为可靠、威力无穷的。

如果结构一个线性故事，情节紧凑，并有机智的伏笔和悬念，也能成功，但终将缺乏诗性的厚度和质感。只盯着一个目标匆匆赶路，不肯放慢脚步，无暇品咂和咀嚼，无形中便失去了内在的深幽。而我们看到的这群鸽子，自由飞翔，没有拘泥于一条特定的线路，时有漂亮的回旋，响起动人的哨音。

包容一切的语言

文学作为语言艺术，一切都通过不同凡响的语言去抵达和实现。书中所展示的生活既津津有味不厌其烦，又简明扼要生动传神。迷人的生活需要迷人的叙述，无论是成人文学还是儿童文学，无论是思想新锐还是故事奇特，一旦丢失了精湛的个人语言，就不会是一部杰作。作者创造出自己独有的语境，寻到特异的音韵和旋律，这才是至关重要的。这本书中的故事、人物、情节甚至思想，都与语言紧紧扭合在一起，从无剥离。

因为个人化的表述，必要通向幽微深处，作者就一定要把语言单位变得更小，将概念化的大词揉碎、萃取，让其更细致和更精短。诗意的绘制不是僵硬的直线可以完成的，而需要宛转迂回的曲线。作者善于运用短句，形成一种个人口吻和个人气质。这种风格既悠远又非常民间化、地方化和街道化。它既不是乡土语言，也不是知识分子语言，而是行走穿梭于那个时期的街道语言。这种言说方式极有操作难度，因为一旦淡化这种取向就会减弱生活色彩，艺术魅力也将随之削减；但是一味强化，又不易看懂。这就需要作者谨慎地把握和揣度，时时扣紧语境，作出随时随地的调整。

读者在流畅的阅读中，不知不觉地被强烈的地域性吸引。一切都融化在它独有的语境里，离开作者的这个语言系统，故事是无法进行下去的。

优秀的儿童文学作品一定具有高贵的品质，具备浓郁的诗心和童心。商业主义使儿童文学过分地类型化，只能走向文学的反面，成为一种自戕行为。事实上，真正的童书佳作不仅孩子喜欢，大人也会喜欢，它丝毫容不得浅薄。本书就是这样的一部佳作。

2018 年 12 月 11 日，于北京书博会

深夜炉火旁

记忆的细节

真实的记忆需要细节。回忆细节是追记往昔中最重要的工作。没有细节的记录也就失去了许多重要性，因为事物外部的大关节和粗线条是显在的，许多人看到了。当然有时候一些事件的大致经过在事后的叙述中也会有较大出入，这也常见。但最难的，让往昔复原、变成簇新的记忆元件，也还是细节。它之难，一方面由于经历了一段时间会淡忘，另一方面大部分人总是习惯于记个大概，疏漏了更具体的东西。

对细节耿耿于怀，这是一种能力。这可能源于一种深情：越是动情的事物，也就越是能记住细部。一个眼神、一声叹息，有时候会让人记上一生。为什么？就因为这眸子这声气深深地触动了一个人。

可不可以将想象赋予过往，在记录中给予弥补，以便让其变得生动？当然这是一种表达的方法，却是不太忠实的举动。为了细节的再现，为了一种宝贵的时光的刻录，还是要努力地回想，沉浸到那段岁月中。如果真的做到了，就会发现声音回来了、颜色回来了，猫蹲在窗户上，锅里的红薯正喷出扑鼻的香气。

不受形式的拘束

将一些文字划归到一种体裁或某个阅读范围中，往往是不重要或比较无意义的事情，常常起不到好的作用。就劳动来说，随着人类的进步，才有了越来越细的分工：即便是同一种工作，内部也要分得细而又细；专注于某个细部和环节的人，竟然完全不懂得其他，甚至有"隔行如隔山"之感。这种情况在专业技术领域里也许是好的，但如果应用到文学写作中，就会变得荒诞。我们遇到一个除了会写"童话"或"成人小说"而不会写其他作品的人，会觉得奇怪。

作家或诗人最好是自然而然的劳动者和创造者，比如艾略特这样的大诗人，一生都是业余作者：他是银行里负责处理外国金融的人，还兼一家出版社的总编辑、一本杂志的主编；既写儿童诗，写艰深的文学理论，还写小说和戏剧。最难以让人理解的是，他的诗得了诺奖之后，给朋友的信中还在不无焦虑地讨论：自己一生用了这么多力气写诗，是不是犯了大错，因为自觉得并无出色的诗才。

事实上如果一个人真的看重自己的劳动，或珍惜时间，就应该在最动心、最有意义的事情上多用力，不必太多考虑世俗收益。如此尽心尽力就好，就对得起时光。尤其在最能消耗时间的网络时代，能够埋头于自己热爱的事业，是幸运的。

写作者在体裁和形式上过于在意，严格遵守它们的区别，反而不能自然放松地写出自己。一些率性自由的写作者让人羡慕，他们有时候写出的文字像小说也像散文，还像回忆录，甚至像诗或戏剧。他们不过是走入了自由的状态，不受形式的拘束，直接我手写我心。至于这些文字为谁而写，可能考虑得并不太多。实际上只要是真正的好文字，有性情有价值的部分，大半是写给自己的，所以会适合各种各样的读者。

讲自己的见闻

以前遇到一个老人，他每天有大量的时间坐在太阳下，抄着衣袖干坐，时不时擦一下湿润的眼睛。他不与别人说话。人一上了年纪，就愿意回忆过去，越是遥远的往事越是难忘，前不久发生的却常常记不起来。他为年轻的自己而感动，为那些纯洁、简单、不再回返的青春岁月而沉湎。一个人往前走个不停，手持一张单程车票，走了八十年或更久，经历的人生站点数都数不清。车子越走越慢，快要停下来了，这才想起上车处，想刚刚行驶不远的一片风景、那些新鲜的印象。

在老年人的生活中，不断地将往昔片段粘贴起来，拼接成一幅大图，成了很重要的一种工作。老人可能在一生的劳作中使用了太多力气，牙齿也不多了，终于不再纵情使性。他现在松弛下来，一切任其自然，没有脾气，看上去心慈面善。不过他的内心仍然有些倔强，还在记恨和藐视一些黑暗的东西。他一旦开口，把心里装的故事、一些念想讲出来，立刻会吸引很多人。一个有阅历的人才有意味深长的故事，才会抖落出一些干货。这好像是一些背时的、老旧的事物，却与当下涌流不息的网络消息迥然不同。对于老人来说，他不过是随意截取了一段时光，那是他的岁月、他的生命。

一个写作者多一些老人心态，多晒晒太阳，多回忆而少报道，有时不失为一种工作的方法和方向。我一直是一个不太擅长报道的人，所以从很早以前就学习老人，听以前的故事，讲自己的见闻。

某种原动力

我遇到的写作者，一般有这样的经历：小时候的作文受到了鼓励，就像是在野外尝到了一口野蜜，那种甜味再也不忘。他可爱的虚荣心被培养起来。最早的赞美来自不同的人，来自家长或老师。老师往往是一生遇到的最重要的人，会形成不可思议的强力牵引。他曾经觉得老师是这个世界上无所不能的人，是最大的榜样和典范，从穿着打扮到其他，都成为一种标准。人一开始作文的时候感受十分奇妙：尝试着用文字写出心情，描绘世界，兴奋到无以复加。这种不无神奇的事情激动人心，就像生来第一次搭积木，造一座小房子，既感到无比满足、自傲和幸福，又有点胆虚虚的。不同的是，它作为一种心灵的建筑是无形的，因而就更加奇妙。所以，一个人在这方面受到来自他人的鼓励，会有一种烫烫的幸福感。

后来人长大了，离开校园到远方去了，要忙碌很多事情，也就很少再有时间作文。不过偶然受到触动，还会想起往昔的欣悦。还有一部分人仍然拥有写作的机会，也有这种心情和欲望。这时候他一边写，一边连接起幸福的少年，把那篇作文一直写下去，越写越长。一个人把一生都用来作文，那该是怎样的情景？他的耳边还会响起老师的声音，四周闪烁着羡慕的眼神吗？也许会的。他忍住激动，沉默着，脸色发红，恍若又回到几十年前。

如果他想写出那个年代，写写少年和老师，将拥有双重的愉悦和幸福。但是，一个写作者不会经常写到那些内容，因为它们实在宝贵，一定会藏在心里，留下自己抚摸。到了什么时候才会把它们形成文字、才要诉说？一定是匆匆流逝的岁月让其变得天真起来，想象着怎样从头开始；一定是伴随了种种反省和回顾，对自己有点越来越不满意。总之他想找到某种原动力，正陷入深深的感激。

那时的林与海

每个人都有植在深处的幸福、痛苦或哀伤，不过一般会在文字中绕开它们。但越是如此，越是不能忘怀。有人认为自己一切美好或痛苦的回忆，最深刻难忘的都来自童年和少年。所以它们一定被珍视和珍藏。谁都想好好藏起它们，因为无论如何这都是不可炫耀的。奇怪的是这种隐匿往往很难成功，一不小心就从贴身的口袋里流露出来。于是，讲述开始了，喃喃自语，最终却一点点增大了声音。没有办法，这可能是意志衰退或过于孤独的表现：终于绷不住了，也不再含蓄，只好用诉说赢得缓解。

少年时代那片海边的林子、白沙、河流、草地和花、各种动物，如果不是亲历者一一印证和说明，还有谁能做这件事情？比自己年纪更大的人当然也见过这些，但在交流中会发现他们如此健忘，竟然说得颠三倒四，或者只记得一个轮廓。大概他们太忙了，一直有更操心的大事，对往昔全不在意。这真是令人遗憾。而比自己更年轻的人则讲不清楚，他们根本没有这段经历。我不止一次遇到二十世纪八十年代出生的当地人，他们说到那片海域的自然景致，马上就激动起来了，说，啊呀那片大松林，啊呀那片白沙滩。

他们只记得这么多，然而已经非常满足了，觉得非常自豪，足以让外地人听了眼馋：自己有过多么幸福的童年。因为这些内容在一般人那儿的确是陌生的，所以听者大气不出，一副翘首张望的样子，然后瞪大眼睛："还有这样的地方？"他们想听得更多，耳朵像猫一样竖起来。那些人于是更加起劲地讲起来："松林里野鸟太多了，麻雀成群，野兔乱跑，沙地上的蘑菇能让你们看花了眼，一会儿就采一麻袋！"

听的人抿着嘴发怔。讲述者又加一句："还有彩色的、长了长尾巴的野鸡！"

听者和讲者都陶醉了。只有我在一旁不吭一声，消化着心里的同情。是的，他们生得太晚，比我还晚。我知道他们口中的这一切实在没有什么，就海湾而言，只能让人想起两个词："强弩之末"和"所剩无几"。刚刚讲的那片所谓的大松林倒真的有五六万亩，是二十世纪六十年代栽培的人工林，当地人称为防风林，是一条长长的沿海林带，南北宽度仅有二三华里。用了近六十年的时间，这片松树从小到大，最大的直径已有三十多厘米，算是不小的成就。最可赞叹的是，它们终于有了蓊郁之气，能够养育起许多蘑菇、花草，更有无数的小动物。走在海边，听着松涛和此起彼伏的鸟鸣，有时会觉得这是人间天堂。不过，上了年纪的人知道，这只是海湾一带的硕果仅存。是的，这片松林可爱而且无比宝贵，因为它们实在是太孤单了。

年轻人没有看到二十世纪五六十年代的林与海，而我则没有看到更早的，没能走进三四十年代的密林。对于我们这两代人来说，当然是各有遗憾。于是，我只能把自己亲身经历的林海给他们讲一遍。

　　他们眨巴着眼睛，压根想不到那时候的松林根本就不是主角。这条人工种植的绿带南部，是一眼望不到边的杂树林，混生了槐树、合欢树、白杨和橡树，中间掺杂各种灌木。再往南才是真正的大树林，它们全是粗大的树木，由白杨、槐树、橡树、柳树、枫树、苦楝、合欢、梧桐、钻杨、椿树等北方树种构成，大到每一棵都不能环抱。这些大树都属于国营林场，林子中央有一些棕色屋顶，那是场部，里面住了林业工人，还有一个脸色吓人的场长，这个人戴了眼镜并叼着烟斗。

　　从林场往东走大约五华里，还有一家国营园艺场，那里是各种果树和大片的葡萄园。园艺场每到夏天就变得严厉起来，因为果实开始成熟，从这时一直到秋末，所有的打鱼人、猎人、村里人，都不能踏入园中一步。园艺场最提防的是一伙伙少年。

　　那时候女人和孩子不敢走入林子深处，因为不光会迷路，还要经历难以想象的危险，都说里面有害人的野物，有不少妖怪。林子太大了，它们东西延伸到很远很远，一直连接到另一个更大的林场。从南到北，沙岭起伏，密林覆盖。

　　这样的林子已经够大了，可是上了年纪的人会告诉我们：以前的林子要大于现在好几倍，里面除了而今常常见到的一些动物，如獾和狐狸，还有狼。林子里穿过大小三条水流，其中的一条是大河。沿着大河往前走，离海还有三四里远时开始出现密密的蒲苇，然后是一座座被水流分开的沙岛。岛的周边是沼泽，一些长腿鸟飞来飞去。

"现在的林子，比起那时候就不叫林子！"老人这样说。

我只能想象老人讲述的海边野林。我问老人："为什么变成了今天的样子？"老人叹气："用木头的人多了，当地人和外地人、官家人和村里人，都赶来伐树，一个个凶巴巴的，把大树砍倒一车车往外拉，烧窑、大炼钢铁，只用了小半年就把林子砍去了一多半。"

这是我出生前后的林子，原来它是这样消失的。剩下的林子是怎么变没的，却是我亲眼所见。先是发现了煤矿，于是人群拥来，砍树建矿，一片片房子盖起来，铁架子竖起来。最糟的是不光林子没了，大片肥沃的农田也变成了一处处大水坑。可惜这些煤矿没开多少年，地底的煤就被挖光了。煤矿关门，留下的是一眼看不到边的、低低洼洼长满荒草、等待复垦的土地。

唯一剩下的就是近海那条防风林带，这就是让二十世纪七八十年代出生的年轻人自豪的风景，所谓的"大林子"。不过它们变没的过程就更加短促了，说起来没人相信，只用了两个晚上。房地产开发者不像五六十年代的人那么客气，他们干脆多了，效率更高，开起嗡嗡响的油锯，只用了两个夜晚，长了近六十年的松林就没了。

从此再也没有采蘑菇的人了。

一片片高高矮矮、到处都可见的那种楼群出现了。

我不断地讲述二十世纪五六十年代的海边故事，从不同角度记述它们，并且还原一些细节。我虽然没有想到某一天那片林海、无数野物和蘑菇还会原样复制，但总觉得记忆不该泯灭。我曾经说，为了保险起见，这种记录需要采用会计的记账法：用一式三份的"三联单"，分别留给"天地人"。

另一场叙述

也许我的全部文字中写了太多的残酷、太多的血泪，视角及画面或可稍作移动。它们当各有不同的功用。这一次，我认为更多是留给母子共读的，所以要以专门的口吻，讲述专门的故事。如果要看其他，一切俱在以往的文字中。套一句外国作家的话，叫"生活在别处"。让每一种社会事件、每一种可能性出现在同一部作品中，既不可能也不必要。任何一部作品都有自己的美学品质、自己的结构方式和审美诉求，并且要考虑到不同的接受者。

不能让孩子看到血淋淋的屠杀。残酷是一种真实，它在网络时代已经无法遮掩，比如有人竟然在视频上直播虐猫、杀戮可爱的猫咪和狗。就此一个取证，也足可以论断和恐惧：人类必要遭受天谴。

写作者做类似展示，无论含有怎样的"深刻"和"善意"，都是一种卑劣。不仅是给予儿童的文字不能嗜血，不能肮脏和淫邪，即便是给予成年人，也要节制，不然就是放肆和无能。古今中外的大师写尽了人性的残酷、丑陋和变态，却从未出现一些等而下之的、廉价而拙劣的赤裸和淋漓。

极度的孤独、贫瘠、悲伤，也可以对应"喧哗""丰盛"和"欢乐"。在迟钝和愚蠢的懵懂那里，泪水泡坏了纸页，他们也视而不见。故事背后还有另一场讲述，但它们止于盲聋。

这是一个悲伤孤绝的故事，但它在原野鲜花簇拥中，在大自然的盛宴中。

诚实与否

"非虚构"这个概念很宽广，可能包含平常所说的"散文"和"报告文学"，但不应包括西方一度流行的"传记小说"，如欧文·斯通等创作的凡·高等人的书。这样的书看起来极有趣，非常吸引人，但问题是：它们的细节乃至情节是否真实？那些对话及其中的事件和主人公的心绪，都是真的吗？如果不是，为什么要冠以"传记"？如果是"小说"，为什么前边还有"传记"两个字？所以无论看起来多么激动人心，作为一种写作体裁，好像是站不住脚的。我年轻时看《渴望生活》热血沸腾，它也被译为《凡·高传》，但后来知道掺杂了大量想象和虚构，就立刻失望了。有一种被骗感。

我们看一些重要的思想及艺术、社会的人物的记录，要求真实可靠，用事实说话。这样的阅读才有意义，才不负期待。如果根据真实人物写成小说，那就直接标以"小说"好了，不能说成"传记"，更不能说成介于二者之间，因为世界上不能有这样古怪的体裁。

有人可能说，世界原本就不存在百分之百的真实，对于年代久远的历史人物的记录，也只能依靠资料，那么这些资料是不是完全可靠？是的，但这里边有个原则，即写作者自己要完全可靠，要诚实，要尽其全力追求真实，而不能为了迎合读者去杜撰一些心理活动、一些行为。全力追求真实尚且做不好，如果再有其他想法，事情就会变得更糟。所以现在的一些报告文学、散文，这些必须求真的体裁，有时候反而让读者不能信任，原因就在于体裁的边界已经模糊。有人赋予了这种模糊以高尚的理由，即"自由"和"才华"以及"现代主义"的做派。好像到了现代，特别是到了网络时代，怎样写都可以，怎样编造都允许，因为这不过是"作品"而已。

不，写作者虽然明白绝对的真实是不存在的，却要绝对地去追求真实。这是写作者的原则，是恪守，是底线。除了将情节和基本事件厘清，还要努力寻找细节，因为没有细节的真实只是一半，甚至只是一具躯壳，所有的事物都是由细节构成的。那么这里面有一个问题，如果是他人而不是自己经历的事情，怎么寻找细节？回忆也无济于事。从资料中可以窥到一些，但不能想象，他人没有权力进行这种想象。只有自己经历的事情才能努力回忆，从中找出细节。所以这里边有一个重要的不同或者说原则，就是属于个人的情节和细节的记录，全部责任都在作者自己；而关于他人的，作者只是一个调查者，有时连旁观者都算不上，所以这就极度依赖资料，离开了资料的铺展和想象，就成了有意的虚构。

那么写作者关于自己的回忆，也有个诚实与否的问题。不仅是以往的事件，即便是心理活动，这些似乎难以考证的部分，也需要诚实。如果一个人在有生之年尽可能地记下往昔，不仅是那些事情的大致情形，而且还能够还原一些细节，那当是极重要的记录。这就是生活，被"复盘"的生活。按照一位国外大作家夸张的说法：只有记得住的日子相加起来，才叫生活。

我们都想拥有尽可能多的"生活"。

写作人人可为

我遇到的所有写作者都有这方面的故事，都能为自己的工作找到清晰的来路，寻到起因，有个缘起。这种回头追寻，有人换了个古雅的说法，叫"却顾所来径"。是的，所来之径弯弯曲曲，从林中或大城小巷中、从田野草丛或大山中，哪里都有可能。不过他一定是受到了感召和启发，受到了非同一般的鼓励。写作这种事既平凡而又伟大。"平凡"是指人人可为，它的专业属性或许是最弱的，因为它是生命本来就有的能力和欲求，谁都有这种表达的欲望和需求，不过是方式不同罢了。有时候我们观察下来，会发现生活中一个大字不识或依权仗势欣欣自得、似乎与文学毫无关系的人，他们的"诗性表达"欲望原来也是强烈的。他们要生动夸张地强调某种心情和意愿，虽然没有形成文字，也没有进入篇章结构。"伟大"指文学可以是生命最深入最充分、最难以被销磨的记录，是人类完美追求与设计，特别是关于心灵诉求的刻记。它还是人类文明承载和传达的最主要最有效的方式。就生命的综合创造强度来说，它可能是需要付出最为繁巨的劳动之一。

作家是天生的，人人都是作家。但不可能人人都把主要的精力和时间投放在书写上。这种独特的工作只能在一小部分人那里进行下去，并经历长期的学习和训练。不过很可能业余作家更为自然，如果从事的主业不太紧张，有写作冲动的时候就可以坐下来，经营一下书事。能够这样，就算有福了。一辈子不沾文墨的人很多，这没有什么。写作者干些实务，有一份创造物质成果的营生，或有一份其他工作，心里会安稳落定一些。

总之将大量时间耗在书房里的人，一定是有幸或不幸的。不幸的是被这种孤独的事业缠上了，转眼就是一辈子，很难解脱。有幸的是如果想得开，不被它的功利性缚住手脚，而且能够自然欢快地从事一些其他工作，那一定是愉快的。用文字写出自己的心情，记下自己的生活，发出心中的诉求，这是文明社会中的要务。网络时代，写作这种事人人可为，也随时可以发表。但也正因为如此，才要极慎重地写下每一个字：更认真、更严谨、更节制。

猫也超级可爱

好作家往往都是天真烂漫的，常常会给孩子写点什么。我们印象中的托尔斯泰是个专注于思考的人，他老人家那一把大胡子就让我们望而却步，好像这样的一位老人玩笑是开不得的。他一天到晚思考的主要是道德和宗教，连沙皇对他都有些忌惮。可是他也为小朋友写下了顽皮的故事，那个著名的人与动物一起拔大萝卜的场景，太可爱了。还有另一个严肃的大诗人艾略特，这个一天到晚坐在一家银行地下室搞金融报表的家伙，竟然为孩子写下了一大束儿童诗，写了各种各样的猫。他太爱猫了，大艺术家几乎没有不爱猫的，离了猫不行。事实上猫也超级可爱，自我而美丽，也是最能够思考、最善于思考的一种生命。猫可以一连几小时坐在那儿，皱着眉头，而人是很难做到的。

童心是深邃之心，也是自由之心。作者如果一直能葆有为儿童写作的心情，那么就一定能够保持长盛不衰的写作力。写作深入而愉快，这是一个人的幸运；写作浮浅而焦躁，就很烦人了。强大的责任心和道德感是作家最需要的，却不能因此而让自己变成一个除了痛苦和愤怒一无所有的人，用波兰作家米沃什的话说，就是变成了一枚"空心核桃"。

妖怪阴险而有趣

我少年时代认为写作就是描写和自己差不多的人，于是写了大量"儿童文学"。后来长大了，写的全是"青春小说"。再后来觉得有一把年纪了，就写了很多老人的故事。这种情况一直持续下来，以至于阶段性十分明显。只是后来理性地思考一番，才觉得写作者应该思路宽广，要写好各个年龄段的故事。其实即便是一部所谓的"儿童小说"，其中也一定有不同年龄的人，有老太太、老大爷。我们大多数人没见过妖怪，有时候却要写到妖怪，这也是非常重要的，因为除了童话中需要这种角色，其他体裁的作品中也有类似的角色。文学中离开妖怪是不行的，无论是《西游记》这样的书，还是一本正经的书，都要有它们。真正的妖怪、本质上是妖怪的家伙，是一定要有的，没有，读起来就无趣了。

我没有见过妖怪，但朋友中有不止一个见过妖怪的人，他们以自己的诚实证明了它们的存在，所以有时就觉得像自己见过了一样，并不怀疑。现在我越来越多地写起了妖怪，因为随着年纪的增长，觉得妖怪阴险而有趣，它们一个个不仅长得怪模怪样，而且既残忍又天真，既复杂又单纯，是文学中也是生活中的大角色。一个写作者如果到了六十岁以后还对怪妖不感兴趣，那会是很遗憾的。

我写了各种妖怪：人形妖怪、动物一样的妖怪、极其陌生的妖怪。我的一位朋友的孩子叫真真，年纪不大，可是已经对妖怪很有研究，竟然编了一部妖怪词典：原来生活中的妖怪分门别类，如此之多，它们正以各种方法来影响和左右我们的生活、参与我们的生活。看了这部词典，恨不能自己也变成一个妖怪，和它们一起生活，就算体验和深入生活了。当然这种事只是想想而已。

恶霸正在睡觉

有人写"儿童文学"并不专心，只是顺其自然。除了偶尔有这样的心情，大多数时候还要考虑一下儿童不宜的问题，所以就难以放手写去。写作中忌惮太多，也会对不起自己，写作真的变成了小儿科。儿童文学应该是大事业，不能将它做小了。如果过于拿捏，整个的文字就不舒展了，这种别扭和矫情是看得出来的。艾略特的儿童文学写得最棒，安徒生和马克·吐温同样写得棒，可是他们都不认为自己是儿童文学作家。故作天真地写，会把我们的读者看低了。孩子看不懂也不要紧，旁边还有家长在，他们会一起解读。可见这本来就不是什么大问题。关键是要写得深入，写得有趣，写得华美而又质朴、流畅而不单薄。绝不能写得脏气或血腥，写出低劣的价值观，这是卑劣的。

有一部儿童文学，让一个英俊可爱的孩子用柴刀砍死了一个恶霸，而且人家恶霸正在睡觉。这种事就不太好，不应该鼓励和赞扬。让一个孩子这样仇视、这样心狠手辣，不是能看得下去的。孩子要纯洁向善，虽然也要爱恨分明，但主要是爱，是辨别美丑，杀人这种事还是不能沾。还有另一部儿童文学，写了一个同样俊美的少年，他竟然为了一个微不足道的小东西去告发他人，并因此引起了巨大的灾难：对方恐惧万分，就把他杀害了。鼓励孩子去告发，而且不过是为了仨瓜俩枣，这怎么可以？我们会觉得这孩子死得可惜，太不值，也觉得这故事太残忍了。

有的观点认为，让孩子早一些认识残忍更好，这样才能成熟，才能成长。听起来冠冕堂皇，不过采用什么方法和步骤却是一个问题。因为这种事必要得当，比如，你是一个家长，你希望自己的孩子从小就观看凌迟？大人都不忍看。忍看，并让自己的孩子去看，这样的人肯定不是好东西。

就此而言，写作者大概要以并不幼稚的心态，去自然而然地写作。适合孩子的，就交给孩子。不一定要专门写给孩子。

深夜炉火旁

有的写作者没有给儿童写作，也无可厚非。人总有自己擅长的领域。有的作家写给所有人，也包括写给儿童，只是这一部分不是最好的；就像有的作家写给成人的不是最好的一样，也属正常。一个旅人往前走，可能走到很远很远，一直走进自己都没有预料的一片风景里，书上把这种情形叫"行者无疆"。写作者的一生也是一场纸上跋涉，其艰苦和险峻辛劳并不差于原野上的行者。既是行者，就要放开了走。说到童心，大概人人都有，只是有时候被残酷的时光给掩埋了而已。写作，就需要把童心发掘出来。当一个人重温那些少年时光，脸上就会露出久违的微笑。

所以总体上看，写作是一种温暖的事情，是一场又一场的回忆和讲述。虽然讲述的内容也有千变万化，心情也在阴晴之间转换，但总归是安顿了自己的心灵。可以设想，如果没有这种记录和倾诉，一个人的岁月可能更加艰难。停下笔来，对于知识人来说就是扎住自己的嘴巴，这是最难以忍受的。在我们已知的一些年代里，就因为这样酷烈的惩罚，有的人最后伤绝而亡。

最温暖的故事显然要留给自己，留给孩子，留给心爱的人。用一种深夜炉火旁才有的声音讲故事，就像一条小河在潺潺流动，旁边有人依偎，这会是什么情景？

想象这样的时刻，开始这样的讲述。这是美好的生活，像梦一样。我们都是经常做梦的人。

越老越公而忘私

好的写作者对一种题材、一些社会层面的指向，对某个领域的特殊专注和重视，一般是比较模糊和淡薄的。因为他们总是不自觉地从完整和全部、从整个生命的方向去思考，以至于沉浸其中。这往往使他们的写作不能归到某一时期的大类中，这可能是另一种难言的结果。写作是对心灵的注视，是在折磨人的岁月中不断想象出来的一些个人方法，它们常常是并不高明也不深刻的，但这些设想和打算必须有，而且要真实诚恳，比如说在个人生活中的实用性。具备了这样的性质，日后看这些文字才不会觉得多余。除了这些，杰出的作家并无太大的功利的期许，过了那段时间又想别的、忙一些别的了。

二十世纪八十年代中期，可能是写作的激越时期，起码回忆起来好像如此。实际上那也是身心有力的、向上的时期，所以才有很多认真的深入的追究，对以往的事情、仿佛事不关己的东西想得很多、很激动。人处于青春岁月容易无私，而无私的精神才会感人。人上了年纪就有身体或其他方面的担心，还有长期以来经验得失的总结，所以就会变得多虑或自私一些。这当然是比较而言，是一般化地说说，相反的情形也不少见：有人老了，可是越老越公而忘私，能更勇敢地说出一些真话，为公众和社会争利益。这样的老人真是纯洁，是青春永在的人。

我期望自己在年纪渐大的日月里，认真学习托尔斯泰这样的老人，把他当成孔子一样的人。

异于常人

古代的诗人和学者，他们有自己需要面对的现实，有自己的心情。读他们是一个感动和感慨的过程，只要读进去，就会这样。我读关于他们的后来人，特别是现代人写下的文字，比如二十世纪七八十年代的文字，心里常有遗憾泛起。后来人常常过多地从我们现在的生活出发去要求他们、理解他们，有时到了蛮不讲理的地步。比如我们竟然不断地要求他们去进行阶级斗争等，这是不现实的。还想让他们努力地、公开地去反对皇帝和孔子等，这也是不替古人考虑，只为自己时下生存考虑，透出自私或天真无知。

那时的人尽管离开我们几千年或几百年，作为人的心理及人性的特征，与今天的人并无大的不同，他们面对不平、苦难、利益、权力、胁迫、疾病、饥饿种种情况，作出的反应大致和现在的人一样。如果有不一样的地方，那就要格外重视了，因为这一定是有重要的原因在里面，弄清这些原因才是极有意义的。比如一个古人突然极其勇敢，能够直接痛斥权贵；比如一个人快被处死了还能作出文采丰沛的诗文；比如一口气喝掉无数美酒后还能呼号欢歌者。这种种情形都异于常人，所以就需要从头、从深处找出缘由。这些寻找的过程，是认识生活与人，更是认识时代的大路径。

我们读古人，最易犯的一些错误还会有哪一些，自问之后才易于避免。诠释古人，除了要迁就今天的心情，还会将过去也包括今天一些有学问的人的看法，给予过多的依从。其实这种种看法或重要，或一点都不重要。任何人，包括权威和专家，他们的见解和看法只是自己的感悟，如果离开了自己的学识和见识，过于倚重当时的心绪和社会情势，也就失去了一半的价值。也就是说，随着时过境迁，有些意见可能变得浮浅，而剩下的另一半价值才是最重要的部分，其意义在于有"个人"。那是不可放弃的一点价值，它们达成审美和其他方面的一些共识，仍然能够打动我们。

可见我们学习后人的治学和赏读，主要是看他们的真性情与知识结合的过程中，透出的个人声气和生动的面容。这样我们在进行同样工作的时候，就会少一些僵硬动作，不做死学问，也不人云亦云。

差不多也就行了

一个人的努力工作或劳动，是一种乐趣相随的辛苦。在较长较大的工作任务和目标面前，眼睛望过去会感到畏惧，但只要从头干起来就好了，诸多困难也会迎刃而解。所以劳动者总是对自己的双手感到满意。他对长期以来的劳动积累下的数量并不敏感，而只对这个过程有更多感受和享受。劳动者的主要收获或馈赠，尽在于此。

如果写过了四十年或更长一点，工作对他意味着什么，大概总会明白一些了。在我们这里，在一个特定的地方，必有一些特别的辛苦与希望，有与这种工作连在一起的很多难言之物。是的，人生多艰，会不断地被绝望缠住，被不幸和哀伤搅住，但生活总要继续下去，写作也就继续下去。对自己工作持守的标准和原则，哪怕是最基本的，也有可能是很难的。我们会发现因为各种原因，文学的存在，于某些地方是不被理解和难以进行下去的。文学是心灵的生命的元素，如同呼吸，所以难以停止，这就多出一些痛苦。我有一次出差到一个地方，与一个很粗暴的人谈到了文学。因为这个当差的人是常常干涉写作的老熟人，我可以直言，当我劝他时，他就两眼发蒙地盯住我。

我好意相劝，说："差不多也就行了，你这里不能一点文学都不要，文学仍然还是需要的，就像空气要流通一样。"他马上吐出一串粗话，喊叫起来，大意是说：文学算什么，没有空气可不行，那样就憋死了。说着还做了一个抻腿瞪眼的滑稽动作。可我一点都笑不出来。

许多年来大家一直认为应该有文学，而且不是广义的而是狭义的文学。我知道那个粗人朋友听不懂，本来想进一步讲出这样的道理：一个地方没有文学看起来好像是小事情，作为一个表征也许说明和预示了更大的事情：连最基本的文学都没有了，也就不会有真实，不会有创造力，更不会有正义和怜惜，没有尊严和自由，也没有生活的快乐，总之没有未来。

怎样对待文学这种好像"可有可无"的事业，这是一个问题。"活着还是死去，这是一个问题"，莎士比亚笔下的王子提出了这样惊心的命题，其实也关涉到文学。我是这样看待文学的，所以尽可能不去浪费光阴，努力坚持诚实和干净的工作。这样度过时间，是对生存的安慰。现在我写出的文字，和第一部长篇的质地一样，一直在那样的状态中。

轻浮草率的编造

我对最好的虚构类文字还是十分着迷的，不过这种作品在书店里很少，为数不少的虚构都是胡编乱造，不属于语言艺术，看它们是白白浪费时间。我会更多地去找那些非虚构作品看，比如一些有意思的历史人物的一生，具有强大的吸引力。所谓的非虚构也是相对的，这些书也不可能没有作者的私货夹带其中，不过总的来说，还是比开门见山就说自己是虚构的那些文字要可靠一些。

没有比编造糟烂故事给人看再无聊的事情了。杰出的虚构故事一定是隐下了最大的真实，这都是我们能够看出来的。另外，这一类绝妙的语言艺术也不是其他体裁所能取代的。可惜这样的杰作很难见到，轻浮草率的编造太多。

如果写出那样廉价的虚构文字，写作者将羞愧。我严格防止这种情况发生。回头检查一下，好像还没有发生这样的事情。但绝不可掉以轻心。就因为这样的态度，宁可少写一点所谓的小说，而要坚持有话直说。散文和议论，这种文体我是重视的，在整个创作中占了一半还多，而且还将继续。

我认识的一个写作朋友有个聪明的见解，教给我说：一定要多写故事，少写或不写言论。问他为什么，对方使个眼色："故事是任人评价诠释的，它会在各种解释中变得越来越复杂、越神秘，也就越有影响；而一旦作家的言论多了，他葫芦里到底卖的什么药人家也就知道了，再也不感兴趣了。"我没有反驳，但不想听这种精明的计算，因为文学与思想，即诗与思，好像还不是这样的。

那种办法违背了为文的初衷。我不想精明作文，也不想为故事而辛苦，那都是机灵的买卖。从一开始出发即因为热爱，对诗意和真理的热爱。虚构仍然是某种形式的言说，也需要强大的说服力；非虚构的直接言说就更需要说服力。总之在场和发言，这才是写作的目的，应该尽力去做。

出于这种理念，我对直接发言是重视的，一点也不比虚构作品更轻视。我像讨厌假话一样，讨厌廉价而轻浮的故事。

2020 年 4 月，文学访谈辑录

云雀和刺猬

有话直说

我们如果打开一个小说家的多卷文集，特别是全集，会发现这长达千万言中，真正属于小说这种体裁的还不足一半。有的可能更少，只有三分之一多一点。当然情况也不尽相同，有的多一点有的少一点，但总的看其他文字一定是远远多于小说的。这会使我们想到很多，想象其中的缘故。难道以小说行世的作家缺乏职业专注性？或者小说这种文体太难，他不得不把大量时间用在其他文字上？或者还有什么其他原因？我们不得而知。

人到了一定年纪可能不再热衷于阅读虚构故事，除非极其绝妙的虚构文字。对于一个写作者大概也是同理。上了年纪的小说家有时会懒于创作，而要更多地记录实事。作家与一般的专业人士不同，这种心灵之业要服从生命的冲动。编织一般意义上的奇巧故事，这是他们年轻时更愿意做的事情。当然，如果遇到更复杂的意蕴需要表达、除了虚构而不能为的时候，他还会搬动"小说"这种体裁。诸种文字之中，有话直说、朴实记述，常常是格外有力的。

一个人要在不同的场合、出于实际生活的责任而不断发声，这样的人即便做了小说家，也不会是一个匠人。匠人是手艺人，尽管好的手艺人也令人尊敬。

毁掉的林子

我记忆中的海边林子已经全部毁掉了。这是我的椎心之痛，也是胶莱河东部半岛上许多人的痛点。我不止一次描述和记录那片小平原上的蓊郁，已经是心头永远的绿荫，当它失去的时候，我的人生似乎就没有了遮罩和爱护。那片光秃秃的土地是一些人的耻辱，当地人没能保护它，却不是因为他们胆怯。为了这片林子而大声呼号的人不是没有，但是一心毁林的人更强大。

林子消失的过程看起来很短，仿佛只是几天的事情，其实已经进行了七八十年。因为那里六十岁左右的人都会给我们讲述以前的模样，那时候海湾这里才是真正的林海。从海边洁白的沙岸往南走十里或更远，都是大自然最珍贵的馈赠，即细如白粉的沙原、沙原上面茂密的丛林。起伏的沙岭上是各种大树，每一棵的直径几乎都在五十厘米左右，它们的年龄比一般的老人还要大一倍以上。特别是高高的白杨和威武的橡树，给人的印象太深了。

从二十世纪四五十年代到现在，经过了一轮又一轮的砍伐，它们也就没了踪影。这里的自然环境曾经是世界上最美的，直到六七十年代，还曾经拥有一处国营林场和园艺场。这里的林木面积实在太大了，即便是放手糟蹋，也足够折腾五六十年。在长达半个多世纪的时间里，对于大自然，也包括其他领域，人类真的干了许多坏事，惩罚正在降临。

伴随着这片林树的失去，还有人们记忆中的一些最美好的事物，比如那些最有才华和最可爱的人。在生活中，我们常常没有能力保存最有价值的那一部分，无论是人、树，还是其他。大树没了，多了一些高高矮矮的楼房、一些工厂。海边上一个不大的村子，几年里就有几十个癌症患者。人们公认的一些坏人，却往往过着得意的生活，这让我们无语。

小平原上的人似乎比过去多了一点钱，但大多数人还是过得很窘迫，远远算不上富裕。与几十年前相比，主要是多了几幢高楼、一些大烟囱。说到这里，有一个简单的数学问题需要我们换算：将这六七十年来所有增加的钱拿出来，再把所有的高楼和烟囱卖掉，能够挽回三四十年代的林野白沙吗？大概只能挽回一个边角。最大的亏欠不在这里，而是其他，是风气的败坏和人心的丧失。社会财富总量往往并不是最重要的，最重要的是怎样分配和使用。小平原上的钱即便再多出十倍、二十倍，也仍然要看大多数人的实际收益。

还有一个至关重要的问题，就是一个人得到多少物质财富，就日常幸福而言并非唯一的条件，更要看他活得像不像一个人，是否受到了基本的尊重。如果劳民大众处于被侮辱被损害的地位，富裕既不可能，幸福也无从谈起。

说到这里有人还会想起来问一句：林子砍掉了，一座座沙岭、美丽的沙原去了哪里？让我告诉你，因为这是我亲眼所见：在十几年的时间里，它们给一车车地运到了码头，装船卖到不知什么地方；剩下的也被拉走，拉到远远近近的建筑工地。

到马戏团去工作

无论怎样的童年，都是人生的黄金。当然苦难的童年并不鲜见，但即便如此，人们也会珍惜至极。那是青春的前期，是生命之初，是最值得痛惜的幼稚期和出发期。二十世纪四五十年代出生的人和现在不同，二者在接触大自然的深度上有很大区别。人们现在感叹最多的是孩子们功课太多了，除了课堂上的紧张学习，还有课后作业和课外的各种辅导班。孩子们就此踏入了人生的竞争之路，接下去几乎不再有喘息的机会，这样直到六十岁甚至更晚之后才会稍有缓解，即所谓的退休了。也有人退而不休，那就意味着终生忙碌。过于紧张和生硬的生存节奏意味着悲剧，可是我们谁都没有办法解决。在这条奇怪的生命流水线上，一个人是不能按照自己的心愿行事的，自己是停不下来的。这命运、这一切，都是由时代和族群的文化特性所决定的。

二十世纪中期或更早以前的孩子，可能仍然拥有大量的野外时光，鲁迅即便是进了三味书屋，也还是能找到一个趣味盎然的百草园。今天的人去看看那个给了当年的鲁迅无比欢乐的园子，会觉得它这么小。然而它虽然小，在鲁迅笔下就不得了，简直是应有尽有，奇妙至极。由此可见大自然对于儿童来说是多么不可或缺，对于他们心灵的成长和知识的构成是多么重要。野外的一切给予人的营养之丰富之有机，远不是书本和课堂所能比拟和代替的。

在林野里会遇到各种各样意想不到的奇迹：人，动植物，溪水河流，风雪，流星银河，翩然而至的大鸟，踏着小碎步溜溜跑来的一只狐狸，可谓不期而遇。那样的童年要多少惊喜有多少惊喜，而被拴在课桌前的儿童就像失去了自由的小狗。小狗一天到晚系了绳索，悲哀可想而知。小狗被日日训练，只为了有一天能到马戏团去工作，这样的小狗学会了许多古怪的技能，会踏小飞车或更高难度的智力活动，比如辨识扑克牌、计数等。这样的小狗在主人那里是赚钱的宝物，可是一生基本上毁掉了。远离了本性和欢乐，没了自由，也就什么都没了；失去了流畅自如的生活，也就失去了全部。

俄罗斯作家契诃夫很小的时候，要在父亲的小杂货铺柜台后面接待顾客，几乎不能离开半步。所以回忆那段日子时，他说了一句令人心碎的话："我没有童年。"这种拘束的童年在他看来不是好不好的问题，而直接是没有，是被取消。

而今被"取消"的童年不是某一个，而是太多太多了。这是一种不可原谅的大面积的残忍。谁来挽救一个民族的童年？

我们见过的一所所小学、一个个补习班上的孩子，更有回家后伏在桌前的稚弱身影，想到的是被关在笼子里的毛茸茸的小鸭和小鸡。它们真可爱，也真可怜。它们应该出门游戏，捉虫或戏水。没有童年和拥有幸福多彩的童年，这二者差别多大，将来必会显现，也将形成完全不同的人生。没有童年的族群会成为一个畸形的群体，他们不会有出色的创造力，也不会有足够的判断力；由于失去了大自然的养育与呵护，在心理方面也会造成不可修复的残缺。

失去整个童年

谈到童年与写作的关系，从小被关在笼子里的人可以写写笼子了，写写笼子里的痛苦和挣扎。这是往好的方面说，如果遇上卡夫卡这样的天才，倒也极有可能。不过更大的可能是相反，是被那种环境所窒息。从小待在缺乏新鲜空气的地方，视野之内没有绿色，也没有地平线，肯定是十分糟糕的事情。

我们小时候，身边大人最担心的恰恰相反，是怕我们走得太远，在林野里迷失，怕不小心被一些野物给伤害。传说中林子里有妖怪，有难以预测的危险发生。比如说连小小的虫子都会害人，像林子里五颜六色的蜘蛛，有的就有剧毒。蛇，水潭，毒蛙，蜇人的黄蜂，甚至有一种带毒针的鱼能要人命，诱人的果子能让人昏迷。总之危厄太多了，不测之事难以历数。但也正因为如此，大地才充满诱惑，才让孩子们上瘾和着魔。

今天的孩子一天到晚待在屋里倒是安全了，可是这种局促的生活带来的是更大的危险：失去整个童年。

那时候我们在林子深处突然遇到一个老婆婆，有时竟会怀疑她是不是妖怪变成的，因为平时听多了老妖婆的故事。遇到一个故意吓唬我们的打鱼人或采药人，也会把他想象成一个闪化成人形的精灵。我们的忐忑不安或胆战心惊随时来临，也随时消失。这种冒险的生活就是童年。比如我以前讲过，我们一伙孩子甚至在林子里遇到了一个专门教我们干坏事的老头。林子大了什么鸟都有，老人也不一定全是慈祥的，比如这一位就是。他教我们怎样偷东西，怎样掀塌看瓜人的草铺，怎样捉弄老师，还具体指导我们怎样才能把女老师的大辫子剪下来，而且不被她发现。最奇怪的主意，是怎样对付一个凶巴巴的海上老大：那是一个平时在大海滩上跑来跑去指挥拉网的人，穿了一条肥大的短裤。老人要我们捉一只刺猬，在那人猝不及防的时候迅速揪开短裤，把刺猬扔到他的裤裆里。

我们喜欢大辫子老师，更害怕那个海上老大，所以最终还是没有听从那个老人的话。不过我们都觉得那个老人虽然坏主意不少，却极其有趣。有趣的人总是对我们构成了巨大的吸引力，相反有的人一点毛病都没有，可就是没什么意思。我们大家在海边上游荡一整天，连一个有意思的人、怪人都没有遇到，也觉得很乏味。可见交往朋友也是有风险的，这不光对童年如此，对人的一生都是如此。我们的吃亏，有时候就是因为交往了坏人：有人因为有趣，结果让我们迷上了，最后造成了不小的后果。不过说这些已经太晚了。

顽皮的童年配上顽皮的老人，这种生活才有意思。可是我们并没有因此而变坏。海边上不仅有各种怪人怪事，而且的确有大坏人。但是在与各种各样的人和事的接触中，我们反而变得爱憎分明。小时候，我们一伙不是没有干过一点坏事，而是干过许多，好在它们并不是什么太大的坏事，更没有造成不可收拾的恶果。

我记得最大的恶性事件，就是我们在和另一伙孩子打架的时候，我们这边的一个被对方不小心打坏了一只眼。从那以后他就剩下了一只左眼，不过这并不影响他成为当地最响亮最有名的歌手。我到现在仍然怀念他的歌声，惋惜的是当年没有业余歌手电视大奖赛之类，如果有，相信他一定会暴得大名。除了唱歌他还会吹口哨，吹出一首首迷人的苏俄歌曲。

无数的故事已经被我稍加改变写进了作品里，但仍然有许多没有写过。

登月的意义

诗是最让人迷恋的，可惜这不是轻易就可以染指的。写作者容易想象自己是一个极有才华的诗人，然后纵横涂抹起来，再然后就失望地退下场来。我四十多年里没有停止写诗，可见并不想退场。但是这并不意味着自己就一定能写出好诗，而且连一点可怜的虚荣心都难以满足。有人也许会感到怪异：诗在几十年里一直缺少读者，它就一种文学体裁来说，在中国可能从唐代以后就开始衰落，远比小说读者少。就此来讲，他们对一个写作者那么钟情于诗、汲汲于诗，总是感到费解。

怎么解释？这是一个稍稍深奥的美学命题，还有其他，是难以对专业之外的人讲明白的。那就作一个比喻吧，有时候没有比喻真的讲不清楚。人类在后工业时代最能够明白登月及星际探索的意义，这里不说它更遥远的功用，只说它抵达的目标所需要的高度和难度，它对综合科技能力的要求意味着什么。诗的写作，对于作家不是先进的汽车工业，不是建筑业甚至也不是电子和航空，而是太空活动。能够具备抵达月球和火星的技术与能力，回头制造一辆高铁或盖一幢摩天大楼，大概就不是什么难题了。

当然，地上的工作做得精绝、做到尽善尽美也不容易。这是另一个话题。人长期的稳固的居所还要建在地上，即住在我们最熟悉的房子里，而且周边的环境最好再有树和草、路和水，这些绿化与基础条件要做好，室内装修也要做好。这就好比长中短篇小说和散文，它们好比地上的建筑，可以让人更长久地待下来。在这方面，我只能说是全力以赴，做得怎样还不好说。

我也一直在写所谓的"儿童文学"，写给孩子们，因为纯真和天真的心情要时时验证，巩固它并保证它的存在。这是文学的某种基础。我以前有过一个比喻，说"儿童文学"是整个文学的"开关"：只有按开它，自己这座文学大厦才能变得灯火通明。

地上的居所

我最大的写作兴趣还是诗。这与写得好不好没有关系。诗对写作者失去吸引力，当是一个不祥的兆头。诗对于一个作家的意义在高空，不在地上。前边说过，一个人用它来长期安居不太舒服也不太实际，比如人不能大半辈子住在太空舱，在空间站也不行。专门的诗人不停地做高难度的发射，一些人造星体、一些航空器，就去了太空。但是一般来说人不能一直住在太空里，不能住在运行的航空器里。

人离开了土地心里会不安，不踏实。小说这种东西有人间烟火气，它好比地上的建筑。散文基本上也属于这一类。所以我写小说和散文的时间用得比较多。散文比起小说这种虚构的文字，有时会让人更踏实、更有着落。我的散文类的作品越来越多，可能也是年龄的原因。说一些直接的话、一些意见、一些记录，不是为了简单就便，而是比虚构更加不易。这样的表达是不能含糊的，而编一个故事，写一个人物，尽可以含蓄和任人解释。

以前会觉得散文类的文字最好留给边边角角的时间，现在看是不对的。它们需要整块的大时间、从容的时间，深思熟虑就需要这样。匆匆说过的话、即兴的话，是最让人担心的。

看一些重要作家的全集会发现一个现象：他们的文字多达一千万或两千万，虚构的部分只有四分之一或更少；特别是长篇小说，大致是七八部。为什么？结论是虚构文字太难了？不对，而是其他，是年龄的奥秘。用曲折的语言表达心绪的兴味，会随着时光的递进而下降，因为他们感到了时间的紧迫，所以才要有话直说。

文学阅读能力

文学都是"传统"的，是一条延续下来的河流或道路，割断了这种联系的写作者是没有的。任何时候的文学，都是生命的固有属性。所以文学写作没有传统和非传统这样的区别，只有优劣之分。杰出的文学必须具有强烈的现代性，必须是先锋的。有人可能说，某些文学表达从形式到意识都是陈旧的，但也有可能是很好的，是杰作。这是一种误解。没有任何杰作会是陈旧的，它只能是现代的和先锋的。

但这并不意味着它是对于一个时期某些时髦的模仿。它必须是紧扣时代心弦的东西，有现代和前沿的精神气质。这不会有什么例外。

杰出的文学不是用来吸引所有读者的，不管他是不是年轻。杰出的文学能够吸引读者，但这需要读者具备文学阅读能力。而这种能力虽然也是生命中固有的，但由于各种各样的原因，有的人会失去它。一旦失去，再找回来就要花费很大的代价、很多的时间。那是被伤害的生命，修复期会是很长的。凡是没有文学阅读能力的人围上去的所谓文学作品，是没有多少意义的。

是否拥有文学阅读能力，不是以受教育程度，更不是以年龄来划分的。没有这种能力，再多的知识都不能弥补。那些对诗意迟钝，对审美没有什么感悟的人，在博士或大学者那里也并不罕见，而在刚能读懂一些句子的少年那里，发现一个敏锐的感受者就更不罕见。

所以，坚持写给有文学阅读能力的人，应该作为写作者的一条原则。有时候为了市场、为了卖，不得不迁就一些根本不懂的人，这就糟了。

两个痛苦

现在就阅读来讲有两个痛苦：一方面是书太多了，信息太多了，选择成为问题，而且日常生活常常受到它们的干扰，令人心烦不已；另一方面有魅力的亮眼读物又太少了，以至于我们到处打听哪里才有这样的书，苦于找不到，时间就在这种寻觅中白白流逝了，真是可惜。回忆我们读过的一些割舍不得、担心读完的文学作品，是多么幸福，那时仿佛一切都有了着落，生活太美好了。可惜它们很快就被读完了，类似的精妙再也找不到，或需要很长时间才能遇到。这是生活中的苦恼之一：没有好书读。

有人说不是有经典吗？读经典就是了，还用找吗？是的，经典总是用来满足一部分人的，或者说是满足某一个时间段的。它的魅力是固有的，但我们作为一个生命是流动的。在一个合适的时间里遇到合适的经典，才会发生奇妙的生命共振。当然在公认的经典中寻找会更省心一些，不至于像大海捞针一样费力。

所以有些问题的答案非常简单：真正意义上的好书越长越好，越长就越能免除自己的忧伤和苦恼。在许多人的阅读经验里，都害怕好书早早结束。写出长长的好书，是所有作家的梦想。写出一个精粹的短篇也很好，但这种短篇累加起来最好也要多一点，不然读者会等不及，作者也会空荡荡的。

一个谦虚的写作者才有雄心。因为真正谦虚的人会不停地学习和探索，这一路上留下的痕迹、一些脚印，一定会比自我满足的人、比自负的人多出很多。一个写作者如果不谦虚，感觉太好，那么从某个方向给点奖励，或者给个好脸，也就满足了，哪里还会继续沉浸到辛苦而快乐的精神创造之中。

要满足后者

我遇到一个写作的人，他二三十岁的时候读外国书更多，四五十岁读的中国书就多了。五六十岁的时候不停地读两种书：古代诗文和一些有名的传记。小说读得越来越少，一旦遇到好作家，他会一口气把他全部的作品，最好是全集都搬到家里，然后开始了长长的享受。我明白，这是一个真正会读书的人，一个少见的大读者。这样的读者把读书当成生活的一个重要部分，而绝不是看闲书的那种人。读者其实不过是两种：看闲书的人和大读者，他们是不同的。有人可能认为这和空闲的时间多少有关，当然，但关系不像我们想象的那么大。大读者总能找到属于自己的时间。

我学习那个人，把苏东坡全集好好享受了一段时间，又把李白、杜甫、陶渊明他们的全集搬到了案头。赫尔岑的书真好。索尔·贝娄全部译过来的作品几乎在三四十岁的时候全读过了，马尔克斯的也差不多。有一些作家可能没有吸引我们读全集的力量，但他们有几本好东西，也让我们从心里感谢了。有大魅力的写作者太少了，他们的主要问题，离开远一点就看得清楚了，那大半是太迁就一般的读者了。他们心里装了许多人、太多的人，于是那些最深邃的、最优美的心灵就变少了。其实要满足后者，才会满足更多的人，因为这些人在时间的长河里积累起来，数量一定是最多的。不要低估读者，相反，要一再地高估读者，一定要相信：他们是最深刻、最别具情怀、最优秀冷僻的人，写作者总是很难满足他们。

云雀和刺猬

作家最容易犯的错误，就是低估了读者。写作者挖空心思想着怎么去讨好读者，都是不适合写作的人。努力拂去精神的、认识的、思想的蒙尘，说出真实的发现，包括最让自己感动的那些思悟的瞬间，这才是工作下去的一点理由。读者是各种各样的，我们站在哪一边，这是问题的关键。庸俗无聊的人以及毫无思考力、没有基本是非与道德的人太多了，过于考虑他们的态度并有所迁就，就一定会使自己堕落。我们常常说某件事"有争议"，那极有可能是一种委婉的拒绝或否定，再不就是用这种方法与之保持距离。这种说法等于什么都没说，因为世界上的事物，只要打上了个人的立场和印记，就一定会有争议，如果没有，也只是局部的和暂时的。有争议才是正常的，没有争议许多时候就意味着没有个人的见识。而一切真理，都是从个人见识开始的。

"文学家""作家"是一种极高的称谓，它包含了深邃的内容。一般化的从职业的角度去指称的做法，是从商业社会的俗见演化而来的，也是一种尊敬和客气的说法。其实如果个人认定这种称谓所蕴含的诸多标准，就需要极其谨慎了。不是不可以自我认定，而是要明白这意味着什么。如果认为自己是一位作家了，那么对待读者和文字就要相当严格。能够与其文字相匹配相对应的读者，虽然不如想象的那么多，但在时间里积累下来一定是最多的。

　　庸众和不怀好意的某些人，自觉不自觉地做着的一个工作，就是取消作家或文学。因为文学给人真相，发掘真实的情感，让人自由地发现和创造，所以文学的存在是黑暗和野蛮，是所有剥夺者、掠夺者的最大忌惮。从这个意义上说，极力地维护文学的存在、作家的存在，就是人类的一种最可宝贵的勇气。

　　在商业主义和娱乐至上的时期，更不要说其他的恶性元素了，真正意义上的作家的存在，近乎一个神话。许多时候我们赞叹或大肆书写的"文学"，不过是子虚乌有，就是说基本上不是什么"文学"。文学不是粗陋的故事，更不是啦啦队员的口号和歌唱。文学家不是天上的云雀就是地上的刺猬，他们或者为天空和大地忘情地不顾一切地嚎唱，或者只知道一件事，即对一片土地所表现出的惊人的固执和专注。有些时候我们这里连一只云雀和一只刺猬都找不到，只有半夜鸡叫式的丑拙，却要欺骗庸众，告诉他们我们这里什么奇迹都有，我们甚至有艺术，比如说，有"文学"。

　　文学没有那么廉价，因为它不是什么一般的社会分工和专业，不是职业，而只能是生命、自由、尊严之类的代名词。

远离卑劣

有人会盯住一片文字的局部说出自己的不满足，比如这里还缺少什么、还没有写到什么。是的，所有的文字都不会是囊括一切的。因为说到底，好的文学不仅是说了什么，还要看它没说什么。沉默是必要的。在一个房间里沉默，在另一个房间里有可能大声宣讲。要听其他内容，此处不宜，出门向旁边一转就到了另一个门口，那里有需要听到和看到的东西。

一个真正意义上的作家不是按照他人习惯去工作的，他的勇气必是鲁迅先生说的"真勇"。诚实，热爱，朴素，远离卑劣，这是他的恪守。紧紧地咬住自己的原则，寂寞不仅是常态，许多时候也是幸福。一个人在呼啸的熏风里听着喧哗风干至死，寂寞是没有了，生命却也完结了。

让一个诗人回到童年的林子里休养生息，慢慢回忆，是一种仁慈。在这样的时候，除了他自己要极力回避的那片淋漓的鲜血，别人是没有权利提醒他的，因为这除了无知，还有残忍。这世界上并没有多少人比他更知道鲜血的颜色，他这一族已经流血太多。

一个作家给一些天真的孩子讲故事，讲给他们那么多的脏丑、恶俗、血腥，以证明自己的生猛和雄性，是胆小鬼的行为，是我们一再使用过的一个词：卑劣。他换一个地方去讲好了，听这些的人有很多，他们有那样的耳朵。无论出于多么堂皇的口实，总是以演义淫荡和血腥为能事，都是胆小鬼所为。

那已经太晚了

不断看到虐杀动物的残忍，几近绝望。我们无论拥有怎样"先进"的世界观，也应该在深夜里恐惧和颤抖，会害怕报应。对于人类而言，他们对这个星球还能够做点什么善事和好事？宰杀大量的牛羊还不够，还要扭断小鸟的脖子，还要把最可爱最美丽的猫，把英武忠诚的狗，用残忍的方法杀掉。既然如此，人类自己为什么还要活着？

这个世界上只有两种族群：一种是善待动物和其他生灵的，为此而必有禁止虐待动物的立法；另一种是不知人类共同生存之伦理为何物，相当残忍和麻木的一类，他们连同类的怜惜都不会，连对同类中弱者的基本援助都没有，当然不会为保护动物去立法。他们有许多那样的机会和场合，但是他们没有心。

我们会看到生活中那么多爱动物的人，他们为了克制自己，不去亲吻自己的猫和狗，已经用了很大的力气。这是真正的人，有人性的冲动。动物没有还手之力，是真正的弱者和他者，不会侵犯人，所以只要是对动物施暴者，一定是世界上最丑恶最卑劣的生物，是卑微、残忍、无耻的丑类。这一类人就其本性来说，是这个世界上一切罪恶的源头，是随时都能扩散的病菌，这种病菌一旦将人类感染，人类就可能犯下各种大罪。我们如果等待一个人或一群人犯下了大罪之后才动手惩处，那已经太晚了。

每逢看到那些满怀真挚描述动物的文字，我就心头发热。我们如果正为自己的衰老和贫病而忧伤，对满目疮痍而绝望，那就把这目光和关注稍稍移向这里，它可以疗救你、安慰你，给你许多勇气。动物们纯洁无欺的天性，它们的脸庞和眼睛，通向了很远很开阔的想象的美。它们实在是生活中的重要启示，不可或缺的陪伴。

反复探讨与动物们一起生活的可能，研究它们之于我们的意义、它们对整个世界的补救，这的确是一部分最具诗意和发现意义的工作。有人将这种写作大致划入儿童文学，基本上是不太对榫的。儿童自小亲近和理解他者，焕发生命的自由精神，这当然十分重要；却不能让这种最具深层意义的事情，变为儿童独有，因为不仅是孩子需要健全的人性的培养，大人更需要如此。在我们这里好像不知什么时候形成了一个小小的通识，就是大人可以残忍，孩子要晚一点残忍。那么大人的残忍一定会感染孩子，孩子也可能从小就开始残忍。这样的社会不是太可怕了吗？

动物的问题一旦得到较好的解决，那么许多社会问题也会渐次得到解决。人的心灵品质会施加、表达到一切方面。对动物残忍和漠视的群体，怎么会得到一份完美的人生？这是根本不可能的。

视文学为天敌

现在有一种怪现象，即人的心口不一表现在对儿童的教育上。比如我们常常发现，一些很粗鲁、大字不识一个，甚至对文化文明时有讥讽的人，也希望自己的孩子学好文化知识，有的还送孩子去学钢琴、学拉小提琴。他们连送孩子去学国乐都不甘心，从心底认定西洋最文明，奇怪的是，就是这些人，骂起西洋从来都是最狠的，用粗话骂。这一类往往是在某个地方有了权力的人，他们中的一部分对文明毫无敬畏之心，视文学为天敌；不过就是这些人，他们也希望并往往用实际行动支持孩子到名牌大学去学文学，有的还不惜冒贪污的风险搞一笔钱，把孩子送到外国去学文学或其他。

看来他们是因时因地因人制宜，就是说他们是两面派：对于文明发出的攻击或鄙视的言辞，不过是为自己的虚弱和无知壮胆，是自卑的另一面，是一种发泄；他们其实也知道这不是什么荣耀之事，更不是人生的本钱。一个人对自己的孩子怎样做，最能表明他们对事物的真实态度和想法，所以我们不难看出这一部分人深层的自卑，更有显见的恶劣，其分裂的人格到了何等程度。

我们常常发现，提到文学艺术就大放厥词的粗人，通常见了有权有势的人表现得就像孙子；他们把孩子送到一些有名的文明场所去学习，甚至不惜重金拜下名师，也是很能引以为傲的。这其中的道理并不复杂：只有粗蛮才能获得现实利益，而再大的强盗，一般也不愿意让自己的孩子成为打家劫舍之徒。

以野蛮为荣，以无知为能，以谩骂知识人为勇敢，这在很长时间里成为一种风气甚至习惯和时髦。这种情形是怎么造成的，倒也发人深思。有的地方长期以来发出号召，让有知识的人向无知识的人学习，并且一再地教育和启发他们，让他们认为拥有这么多知识是一种耻辱。知书达礼成为最大的人生负担，从此将一辈子倒霉，这在任何一个文明的族群里都是最不可思议的事。可是在我们这里，大家已非常熟悉。我们随时随地都能看到那些欺辱知识人、对知识人毫无尊重的家伙，这些人最容易变成一个地方上最得意的人。他们得意了，文明和真理就得被踩到脚底下，生活还怎么会好？苦难民众还怎么能得到起码的怜惜？让这一类人横行霸道，我们也就只好忍受暗无天日的生存。

蜂拥的无耻之声

现在阅读的机会多了，方式也多了，一个软弱的人、贪图快乐和方便的人，很容易沉迷于碎片化的浏览，在乱七八糟的小道消息、各类见闻、低俗视频、谣言蛊惑中耗失宝贵的时间。我们的光阴是那样局促，网络时代时光如箭，一晃不是三五年，而是十年。没有比今天的时光再值得珍惜的了，这与百年甚至是十年前大为不同，二者在时间度量上好像不再等值。这样说是对读者，其实对作者更是如此。一个当下的写作者首先要安定下来，仔细想好，让自己归于怎样的一群和一类。

这真是个严肃到极点的问题。

追随时尚，在流行和习惯中顺水漂流，不知不觉就抵达了生命的站点，这样似乎高高兴兴一场下来，也没什么不好。这种并无脾气的和顺老好人是从来不缺的，可是如果都做这样的老好人，我们的世界将一塌糊涂。不，我们要更审慎地对待这个世界，沉思和鉴别，动笔三思。

一支笔要刻出不一样的痕迹，有力道，有擦伤，让麻木之物渗出红色，就要往下按，要用力。在泥沙俱下的时期，各种各样的苟且文字不是少了而是多了。写出自己的理性与见地、真心和实话，再不就干脆沉默。不能迎合卑微、为了一己私利什么都能出卖的人，不能满足那些百无聊赖者，不能服务于脑满肠肥的人。

文学的道理与其他都是一样的，不过是一个"真"字、一个"情"字，外加才华。才华是先天和后天的总和，是不能强求之物。但有时候仅仅依靠才华并不可靠，因为我们自古至今，看到了太多有才华而无良心的文字。所以在这个时期，不断地自叮自省实在太重要了。

在这个芜杂的网络中，要有重金属的响声。它落下来，被淹没；再落下来，再被淹没。可是一直落下来，就有意义。好的文学之页中一定有一颗非同一般的心灵，这个心灵由于一直诗意盎然追求真理，最终会像出于污泥的莲花一样。我们一起爱护它，培植它，栽种它。我们也想成为它。

在自媒体时代，深沉的发声不是没有，但时时为蜂拥的无耻之声所伤绝。这种哀伤是可以理解的。我们发现，任何时候都会呈现无法齐一的芜杂，不可能求得一律和单纯；但是一旦将某个闸口打开还是会震惊：这么多的阴暗和卑微，这么多的无知与憎恨，这么多的险恶与怯懦，痕迹俱在无法抹去。顽强和正直也在，勇气和果敢也在，在所不惜和愤慨执着也在，悲悯和仁善也在；关键是：沉默也在。沉默者无计其数。可是为什么要沉默？为自尊？为无言？为明天？为更伟大的使用？为黑夜和白天？不知道。答案也在沉默中。有沉默的大多数，我们为什么要失望？

所以，用一支笔，努力认真地刻下每一个字。真正的阅读者是存在的。我们只为明晰冷观的眼睛写下这一切，留下自己的劳动。

文明进化的初级阶段

有贪婪和自私就有残忍，这一点都不让人奇怪。许多灾难都从这里开始，有了这样的特征或倾向，就是卑劣的生命，这样的群体不会对人类做出任何贡献，只会伤害和腐蚀这个世界。憎恨一个群体是无益的，但根除一些恶习是必需的。一个群体有各种各样的人，其中的怜惜者悲悯者也大有人在，如果这一部分优秀的人作为代表去发言，将是我们的光荣。但问题是，这一类人往往声音不彰。

在有的地方，有人看到一个动物，哪怕根本就不认识它，哪怕它长得楚楚动人可爱至极，有人首先想到的竟然是怎样吃掉它、它的味道如何以及烹饪的方法。可见这样的人并非因为饥饿，不仅是怪癖，而直接就是一种嗜杀的恶性。这样的人不配享有安全的生活，也不配有更好的命运。我们的最大问题是，目前仍然有相当大的一部分人对这种恶性附身没有警惕，尚且与之共处。因此，一旦灾难性的报复加到身上，也就不必抱怨。

人类离幸福和谐的道路还很漫长。这需要有一个指标，即看人类与自然、与其他一切生灵如何相处。如果人类将另一方的被杀戮被损害作为生存的前提，也就不会获得安宁，报复将以各种形式落到我们身上。人类在地球上的各种屠宰场不能归零，苦难也就不会归零。如果我们仍然遵循丛林法则，又有什么理由将那些不可战胜的恐怖事件、各种各样的灾变拒之门外？

如果仅仅是对某类动物的屠宰食用，或视为人类文明进化的初级阶段，那么广泛存在的对动物的虐杀，就是任何人都不可饶恕的罪恶了。多少人喜欢牛羊的温良和美丽，却要宰杀食用：整个的人格分裂必有结束的一天，起码在这一天到来之前，人类不应抱怨深重的苦难。现在的科技已经能够制造动物蛋白，这也许是比登月事件更值得纪念和重视的。

万勿贪一种虚名

写作者也是公民，并且是一个敏锐的感受者，一个有强烈道德感的人。所以人们寄希望于这部分人能够为其代言，企盼清晰深刻地把问题讲清楚。所以社会上对于写作者的类似要求并不过分。但这样的要求仍然不能悉数满足，因为其中也包含了对文学艺术的深度误解，有认识上的混淆。比如有人认为写作者天生就应该冲到危险的前沿，而忘记写作者的这种勇敢，更多的还是公民和人的义务，而不是其他。文学和艺术需要更多的沉潜和孕育。有人在苛刻地催促并鼓动写作者做出牺牲的同时，免除的是自己的责任和良知，一时竟慷慨激昂，正义十足。这种特权式的正义和道德，其优越感究竟来自哪里，实在令人费解。

如果一个地方出了凶残大恶，害人无数，人人避之唯恐不及，有人却严厉指责起一位写作者：你为什么没有冲上去？人民养你何用？激烈问罪者忘记了，自己就是最早的逃避者，自己当时又在哪里？是谁规定了一个写作者首先要牺牲自己，而指责者就该躲在一个安全掩体中？难道唯有指责者自己可以怯懦并因这怯懦而变得振振有词？他不愿承认自己是胆小鬼，于是将"卑怯者的怒火"撒到写作者的头上。这一类情形在生活中是屡屡发生的。

让我们看一下鲁迅先生当年的《致榴花社》这封著名的信件，从中看出先生是一个多么锐利和清晰的人，他对青年、对艺术家的理解和爱护，那种仁善不仅感人和温暖，而且更有一种理性。鲁迅先生希望那些文艺青年"万勿贪一种虚名""战斗当首先守住营垒"。先生处于怎样的险境？"我也不能公然走路"，这就是他当时的处境。他推己及人，说有些做法"乃无谋之勇，非真勇也"。

作为一个思想者和写作者，漫长久远的恪守、矢志不渝的坚持，是最艰难也最让人感动的。任何一个时刻都不曾苟且，都贯彻一种理性：可以看到他的沉默，但从来看不到他的轻浮。这样的深沉属于杰出者，他们也许没有鲁迅先生所说的那种"专一冲锋"，但他们是最可以信赖的，因为他们是诚实无欺、几十年如一日，是从未懈怠的思索者，是视清洁如生命者。他们的坚韧与正直，不需要旁观者来督察。他们是自由的。没有这种自由，就会"贪一种虚名"，自然"非真勇"。无论是人格的力量还是创造的技能，我们都需要信赖他们。

写作者的文字是各种各样的，并非同一色彩和功能，既可以是即时的大声疾呼，也可以将种子植入心头。对他们而言，只有方式的不同而没有高下之别。尊重他的选择，就是尊重自由。

老办法自有妙处

用笔和用电脑不是什么问题，不过是记录的习惯。许多作家两种并用，并不拘束。大概各有所好，要看自己的喜欢和方便。电脑打字已经采用了几十年，在这样的网络时代竟然还有一笔一画伏案工作的人，好像古董。其实笔和纸是很难废除的，它有可能比电脑之类更顽固一些，就像筷子、锤子、剪刀之类很难从生活中消失一样。最先进的工具也有自己的短处。我们在旅途上想起什么，找个纸片就可以随手记下。一大沓方格稿纸，用一支笔慢慢填满，可成为一种诗意的手工。

我遇到几个写作量较大的作家，碰巧都不是电脑打字。可见记录速度对写作影响不大，因为这主要还不是思维等待一双手的问题，而大致是一个需要好好思想、冥思苦想、等待灵感的问题。写作之难，已经让人不太在乎记录工具了。我们都知道很早以前欧美人士就已经用打字机写作了，记者和作家们都伏在一台打字机前工作，那些照片在当年看了很是羡慕。海明威有几张这样的照片，不过我在他的工作室看到的，却是一张站式写字台。原来他愿意站着写作。

拉美最杰出的小说家马尔克斯有一句话引人注意，他说：如果早一些发明了电脑打字机，自己的作品数量可能就要翻番了。我觉得这是一句玩笑，是小说家言。一位作家的创作量哪里是什么工具的问题，像刚才所说，几位最能写的作家一直不用电脑，他们至今还用最古老的方法，即用一支笔在纸上记录。老办法大概自有妙处。

绝望的间隙

在悲伤惨痛的时刻，每个人的心情都很压抑，想象是无法舒展的。当一个人被关在斗室里，去不了更远的地方，也会焦躁。阅读的时间多了，却要慢慢适应这种情形之下的阅读。写作的时间也相应地多了，也要在这种心境下适应写作。心中会孕育许多，这段时间将是宝贵的。对于所有人，劫难中的观察和体验都非常珍贵。他们将看到和发现平时不可能知道的东西，一些事物将以更深刻难忘的方式出现，具有更大的冲击性。网络时代的人，在每天翻滚而至的海量信息面前未免麻木，麻木也是一种感受状态。

人类获得的物质积累是很容易失去的，原来一切是这样脆弱。在斗室中，我们更多地面对人类的精神积累即书籍，会有阵阵惊讶。我们不知道人类在漫长的灾变历史上，会有这样坚韧不屈的守望、这么天真烂漫的想象，以及这么多的顽皮。他们记下了各种各样的情感、事件、美和丑。一些荒诞不经的嬉戏，还有糟糕的沉沦、荒淫无耻，令人觉得是绝望的间隙。

在这样的日子里，写作者会不自觉地想象和揣测未来的劳动，其意义的变化、道路的选择、内容的展现，更有勇气、责任和生存方式这许多思忖。文字的记录的确是不可取代的，即便发明了视频录像这类方法，文字的力量还是以强大的特征表现出来。文字伴随了更大的自由，让深沉的灵魂隐匿其中。所以，让我们再选择一次，还是会选择文字。

2020 年 5 月，文学访谈辑录

下　篇

寻找和发散

一位写作的朋友情绪低沉，说："很长时间了，一直郁闷，很痛苦。""为什么？""找不到'自我'。"然后就不想说了。这是真实的痛苦，而不是随口一说，更不是搬弄时髦套话，而是写作者的有感而发。其实"自我"这个话题在我们这里至少说了几十年，算不得什么新名词新概念。

我们都知道，将"自我"比喻成一个东西、一件宝物，它真的不好找。有时候觉得差不多找到了，已经很"自我"了，但冷静下来想一想，许多时候还是在依从和沿袭流行的某些见识，只是盲目地跟从而已，并没有什么独到的坚持和探究，也没多少理性精神。也就是说，自己所做的很多事情，并非出于心灵。

在生活中，找不到其他的东西不要紧，找不到"自我"，一般来说是非常麻烦的。我也常常苦恼于此，只是不说。朋友用了探讨甚至请教的口气，希望得到一些启发，所以这里就算一起探讨。

"自我"如果按西方的概念去解释也很复杂，什么超越"本我"和"超我"，找到一个平衡，从而获得生命的自由，发现其意义和价值。如果以古人的说法，可能近似于孔子的"随心所欲不逾矩"

之类。反正它不是简单的倔强和自私，也不是那种不管不顾和一味放松的生活状态，而仍然有理性和责任在。

我们去找那个东西，直到跑遍世界，读遍经典，无怨无悔。可是这样地苦苦奔波直到耗尽生命，就一定能够找到它？谁也不能回答。当我们快乐了、充实了，自认为找到了它，可最后还是一场误解。我们每个人只有一生，谁都不想浪掷和空耗。

最可靠的寻找方法，从古到今好像也只有读书和行走了。这看起来是两件事情，实际上是同一件，前者指遨游于精神世界，后者指地理的或现实的探寻。穿行在这两个世界之间，却不能迷失，更不能将"自我"融化在其中，以至于最后没有了自己。时间是最宝贵的，花费那么多时间读与行，踏遍精神和现实这两个世界的许多角落，不过为了一场寻找。

这正是我们努力学习的初衷。有时候依赖导师，为了走个捷径，认为比我们高的人总会指条近路，给人启发。是的，真正的导师，只要认真而诚恳，就会给我们许多意想不到的帮助。不过这个过程也会发生相反的情形，就是过分信任他人的生命经验，照葫芦画瓢，反而弄丢了自己。再了不起的个人经验也是属于别人的，这只能是一次参照，而不能照抄。

学习的时候极易产生误解，会不自觉地盲从。所以处理好"自我与时代""个人与世界"二者的关系，实际上是最难的。我想对朋友说出自己的最大苦恼，即学习的益处和害处交织一体，常常很难分清。白天学到了，清晰了，夜晚无眠时又会发现自己正在跟随，跟得太紧，反而越来越不像自己。在这样的夜晚就会自问一句：明天我去哪里？

可是，当我们强调自己的时候，是否又在逞强使性，将倔强当成"自我"？如果这样，那还不如从前。除了导师的面授，还有什么方式？"学"是游走，是行动，是走遍世界；"习"是回味咀嚼的过程，是与个人的经历感悟融合一体，更深地发掘、认识，激活和焕发自我的创造力。这个时候产生的所有成果，似乎才不可替代，因为它是个人的，而且是走遍精神和现实的世界之后，进一步确认了的那个"自己"。

或许有人讲，如果不行走不阅读，不受各种影响和引导，也许能够更好地发现"自我"。这是偏激而神秘的观悟人士，近似于古代的岩穴之士。事实上人的一生对自己灵智的开发，最好不要求助于神秘主义，那会遁入变形的悲观主义，十有八九是靠不住的。对自我的发现，需要漫长的一生，因为诸多认知都非常有限，甚至会发生偏差，所以才要不断地学习和访问，于拓展中矫正认知。人对自己常常是模糊的、不清晰的，每个生命的能力和个性，都被一种无所不在的规定力所赋予和塑造，它们拘囿于先天，非得通过后天的学习来发掘和打量不可。这就是寻找自我的过程，而不是消融自我，更不是把自己改造成他者。

回到文学意义上谈"自我"，也同样如此。过去某出版社有一个权威，也是一位很有影响的作家，当他看好一部书稿的时候，就把作者叫来，让对方一遍遍修改，不停地灌输和施加自己的理念。如果听他的话改好，就可以出版，不然就不能出版。他对作者很是爱护，而且无私。但是他采用的办法，是将对方一点点变成他自己。

显然，所有好的导师都不是这样的，而是应该帮助学生寻找自己，确立自我。

　　作家韩少功说，湖南乡下有个地方很有意思，人过世了不叫"死"，而叫"发散"。这让人想起这个生命就此从人间蒸发。可是躯体还在，怎么就说"发散"了？实际想一下是很深刻的，这里的"发散"是指精神和灵魂离开了肉身，生命只剩下了一具躯壳。这是民间在现实生活中的深刻认知。

　　学习、游历、关注，这一切不是为了让自己"发散"，而是吸收和过滤，最后凝固起精神和元气。这是一个很重要的问题，是关键，所以千万不能让自己"发散"。"我"要在，不仅在，而且要越来越充实饱满，要生气灌注。

　　从事文学者最常问的就是如何才能确立自己的风格，写出不同于他人的杰作。这不易产生答案，因为都在摸索。这里说的当然还属于"自我"的范畴，是怎样焕发创造力。这方面的无数道理，所有大学课堂、教授和评论家都在讲。有的人上了年纪，慢慢总结出两个办法，就是"读老书"和"回老家"。乍一听觉得了无新意，仔细一想非但不错，还有很深的道理。古今中外的经典杰作都是"老书"，它们一般是背时的，不会是簇新之物；我们知道，在习惯中往往新的才是好的，都有一种追新的想法。要与老旧的文字亲密，将它们拿来对照身边的各种新，会发现差别，感悟原理。我们于是就会发现，最新的不一定是最好的，它们还没有被时间的老汤泡过，滋味不够醇厚。至于回老家，那都明白，就是找到过去的熟人熟地，一些陈旧的往事也就被勾起来了。

书籍和人事一样，不能喜新厌旧。只要与老旧的事物缩短了距离，人就不会变得浅薄，也不会追逐新潮。自我最容易在逐新中丢失，而难以在回溯中扔掉。

老书经过了时间的检验，也就更靠得住。有些书因为当时所处的环境、一些特殊的原因才获取较高评价，走红或畅销，然而换一个时代就未必了。时代的标准是不一样的，只有在每个时代都立得住的书，才会是可靠的，才有可能变成经典。把作品的时代荣誉计算在内，然后更多地交给时间，这就是老书。不到一百年，恐怕是很难检验出真金来的。无论多么权威的专家讲"当代经典"，都不要相信。当代怎么会有经典？

"回老家"比"读老书"还重要。有人说自己就出生在城里，没有老家。怎么会没有？度过童年的那条街就是老家。一定要与陪伴自己成长的那片土地紧密相连，走得越远越要回望。有人以为读了那么多书，上了那么高级的学府，已经和老家的人没有共同语言了，所以就没法交流了。这怎么可能？不止一个人言之凿凿，说回头见了青少年的朋友，特别是老乡们，已经没法往深里交谈。真不知道他们想深到哪里去。如果只交流对方感兴趣的，而不是自己感兴趣的，从这里进入，一切也就迎刃而解。老家的功课一生都不能荒废。大哲学家康德一辈子没有离开德国的柯尼斯堡小镇，难道还有人比他知道得更多吗？他每天下午都要沿着固定的路线去散步，和镇子里的人谈话，了解各种事情。他与这个世界上最粗壮坚韧的一条线索维系着，只要没有断掉，也就不会无知。这些知识连书本都不能弥补。

同样是老书，如果进一步限定和划分，那么还是要立足于本民族的部分。因为我们现在就文学观念上看有点像日本，长期以来总想脱亚入欧，不愿待在亚洲的气氛中，所谓的崇洋实际上是崇尚欧美。当代文学也是那个气味，翻译的气息扑面而来。如果本民族的经典气息浓烈了，就像穿了老式缅裆裤似的。民族经典不时髦也不先锋，还存在语言障碍，但是读进去是必需的，这是我们的血脉。本民族的诗性和思想，需要扬弃的当然有，这也是学习的题中应有之义。但它是本源和流脉，是无可选择的根性，不能让它"发散"。

现在的状况往往相反：向往大都市，老家的路径越来越生；读书选取流行和畅销，或一般人听起来很别扭的作者与书名。唯恐不知道这个世界上最时髦的人物、见解、科技、建筑、表演，生怕被潮流抛弃，有一种跟不上的恐惧感。有人觉得乡音刺耳，最后找不到回家的路。那些离老书太远的人，会认为古籍可弃，最后变成言必称网文的时尚人士。

实际上所有重要的写作者，包括思想者，成长的路径不是逢新必追，而是纵横寻觅。他们的方向感来自一次次综合，是从交错紊乱的痕迹中梳理头绪，经过不断的权衡和对比后，沉着和坚定，非凡的意志力，虚心听取与判断，对真理始终如一的热爱，对经验的普遍借重，这一切构成了他们的卓越。貌似保守陈旧的特征，实际上是由慎审和求知演化而成。满口新词的人少有可信者。

老书实际上和老家有极相似的一面，品质也差不多，都指向了原有和根本。这是植根生发之处，是让一个生命牢固的基础。脱离了它们是有严重后果的。学习和行动偏重到这里，看起来笨重守旧，但纵观那些事业有成的人物，他们身上一般很难抽掉这两个条件。这可能是迟来的觉悟。一些特别有才华的青年作者，前途无可限量，直觉、感受、文笔各方面好极了，可惜这往往只是开始。他们中的个别人投入大城市以后，只几年就不行了，身上有些极珍贵的东西很快就没了，好像蒸发了一样，这让我们想到一个词："发散"。

这里并不是说一个人要死守狭隘的精神与现实的边界，不再开阔视野，而是说怎样在纵横交织的潮流中立定。只有立住，然后才是其他。人需要深厚的根性，而无土不生根。天生肤浅的人一直待在老家，也很容易跟上风头，这样的人到了眼花缭乱的地方只能更糟。人生要有出发的勇气，但勇气并非一个方向。哲学家维特根斯坦告诫自己的学生：不要到大城市里来，这里氧气稀薄，还是回到小镇去。当然我们不能机械地理解这句话，而要从中听出深意，那就是重视自己的独立思考，在一种相对清寂的环境里感悟和创造。

我们一再警惕自己不要变得眼界狭小，所以要广泛地阅读和更多地行走。但这一切的目的仍然是让内心变得更专注更有力。从最熟悉的那片土地上起步，建立起个人的知识结构，搭起精神的脚手架。

这种事情讲起来容易，做起来很难。现在有一种倾向，即在消费和物质主义时代，回头打量我们一度拥有的那些珍藏，不仅没有亲近的欲望，反而对其不恭。好像它们在网络时代突然就失去了价值。谁来作出裁决？真是需要慎重。判断的失误将付出代价。举例说，有人把《金瓶梅》说得好过《红楼梦》，好像变成了一座高峰。其中市井生活的生动、民间语言的活泼以及深刻的认识价值都可以不争，但黄色下流会将其悉数毁掉。所以它一直是一部禁书。将所谓的"认识价值"独立出来，是根本不能成立的。文学艺术的审美价值从来都是一个整体。

物质主义时代常会给出一些荒唐的标准，它们是猝不及防的。雨果所说的凌驾于一切之上的道德的标准，在娱乐至死的时代备受质疑。钩心斗角、谋财害命、海淫海盗、低级趣味、肮脏淫乱，这只能是地狱里的美文。

认识价值、教化价值、审美价值，它们是绝不能相互剥离的，其功用一定是综合一体的、统一于完整的世界之中。所有的丑陋和残忍，一定是这个世界上最具有认识价值的部分。即便是文学艺术，回到常识也是困难的，会有一些莫名的"高论"去摧毁它们。康德说得好：所有在经验和常识中引起不适的，就是不道德。

学习就是上路，就是一路上遭逢许多东西。惊喜和恐惧都在其中，有时候难免模仿、强调和追逐，如果没有足够的警觉，也会耽搁旅途。当我们上了年纪幡然醒悟，已经有些晚了。在艺术的小时代，物质主义的腐蚀力会潜移默化，自我的迷失是随时发生的。有些朝气蓬勃的上路者多么可爱，他们身上带着一片土地给予的全部能量，离开了故土，到熙熙攘攘的人流中去了，隐没到高楼大厦之中。过了几年再次见到，会发现原来的那双清澈的眸子，满是嘲弄的意味，如此的玩世不恭。

他不停地说出的一些话，都是我们再熟悉不过的，是从所谓的"大地方"学来的，来自不成器的老师和朋友。我们以前听到的那些朴素而又自然的见解，全都没有了。整个人已经"发散"。

找错了路径和榜样，成长便不可期待。

我们要在时代的滔滔洪流里安定自己，然后判断和甄别，极其谦虚。不是把谦虚当成一种姿态，而是作为一个前提、一种个人品质。谦虚才有个性，才会在广泛的寻找中巩固自我。所有低能的人都是傲慢的。谦和、平静、自信，在网络时代里尤其宝贵。

2019 年 11 月 10 日，于万松浦书院

《独药师》内外

《独药师》这部小说发表于二〇一六年。今天讨论的是真实与虚构、生活素材和艺术结构之间的关系。它取材于一段特殊历史时期发生在胶莱河以东半岛上的故事，讲述了一位巨富、长生世家唯一传人与教会医院护士的热恋，以及他与中国同盟会北方地区总负责人的生死之谊。

人间和天外

山东胶莱河以东的半岛地区素有修仙和养生的传统，是中国方士文化的发源地，后来道家在这里发展兴盛，继承了方士传统，系统地归纳、延展和升华出一整套复杂的理论。现在有研究方士学的专家，他们才能够讲清这个渊源。秦始皇统一中国做了皇帝之后，开始考虑长生的问题。做任何事情都要找专家，所以他从东部半岛请来了许多方士。这些人擅长炼丹，研究长生不老之术，做的是最奇怪也最高级的一种专业，或者说学问。这种事情其实直到今天也没有停止，它演变成各种争取健康的方法，总之是同一个大的方向。当年方士们追求的是永生的梦想，是终极性的东西，所以有着巨大的吸引力，秦始皇要找他们。

古齐国大致是以黄河为界，河东岸是济南，从这里往东一直到海角都属于齐国。它的首都是临淄，即今天的淄博市临淄区，再往东不远就是那条极重要的标志性的界河：胶莱河。胶莱河以东便是人们经常说到的"胶东半岛"，这个半岛实际上是春秋战国时代齐国强大的物质基础，是它的腹地。这个地区直到今天仍然是最富裕的东部沿海一带的明珠，是黄金地带。这里有全国最大的金矿，是炼铁术的发祥地，有发达的渔盐产业，而且有密集的港口链、最大的果蔬和粮食产区。这样的地理优势是上苍造成的，所以齐国的富强固有原因。历史研究者将齐国名相管仲看成最大的功勋人物，虽有道理，但不是问题的根本。把管仲放到西部，他也就难有如此作为了。

半岛上物质发达，精神和文化上也有超越的地位，比如当时了不起的稷下学派就在齐国，那是天下的文心，最大的思想者、学者集中在齐国的稷下学宫。秦始皇统一中国之后，这个学派的重要人物流散到各地，但主要是一路往东，往半岛的边缘流亡。现在的考古以及出土的文献都可以证明，胶莱河以东地区的科技与文化水准是相当高的，有可能是那个时期最高的。方士的传统更为深远，在这样的文化氛围中成长起来的长生术，发展得更强盛和更普遍，所以几千年来一直被当地民众认可。在这个半岛上，仅仅是二十世纪中后期，一些村镇里还有不少人坚持修仙，即修炼长生不老之术。这在今天的许多人看来是一种笑话，实际上远没有那么简单，试想这么大的范围内有极多高智商的人在做同一类事，还是不要粗率地对待。如果没有令人信服的大榜样，是断然不会形成传统，也不会在长达几千年里，有大量的人跟随和实践。也就是说，长生的方法一定有可以看得见的收益，比如强身健体的功能，或者进一步的更大功效。

传说中真的有人修仙成功，这在半岛一带是常常听闻的：某个地方又出了一个长生不老的人。他们的故事生动逼真而且代代相传，不由人不信。一些修炼方法直到今天也没有完全绝迹，不过是变异和分解为医药学和其他，如气功之类，都在这个范畴内。这些要找那些专门的研究者才说得清。作为方士的起源地，这里笼罩了一定的神秘性。秦始皇那么强悍，也还是要求助于半岛文化，把方士们请到咸阳来。后来他们之间合作得不好，秦始皇一气之下杀掉了很多方士，历史上焚书坑儒的大事件就这样发生了。这前后还有一件重要的事情发生，就是秦始皇的东巡。他要亲自赶往东部，看看那片神奇的土地。

历史记载中秦始皇有二到三次东巡，可见他向往东方之强烈。这个半岛上最有魅力的可能还是方士文化，是长生术，是关于海外仙山的寻访。至于焚烧典籍和杀害方士儒生的事，发生在东巡之前、之间还是之后，没有人能够准确地厘清。有两件事是可以肯定的，一是东巡，二是焚书坑儒。人类文明史上的一场浩劫，竟然与追求长生不老的欲望连在一起，实在令人震惊。秦始皇吃过方士们的丹丸，受害或受益不得而知。古代的王公贵族多吃丹丸，特别是魏晋时期。这个传统一直延续下来，至今也未绝迹。不过今天的丹丸成分有了许多改变，道理仍旧是一样的。

半岛方士的长生术内容极为复杂，所以今天才有学者们专门开展这方面的研究。修仙也非常复杂，比如动功静功、内丹外丹之类。"长生不老"止于传说，但修持与健康的关系、增强体质的作用，却很少有人否认。现代人将它归结于体育的范畴，虽然这种归类十分牵强，但好像也只得如此。总之修仙和养生学在胶东半岛上源远流长，有着极为深厚的文化土壤。直到今天，当地的一些长者对此仍旧熟悉，他们谈起这些总有很多话要说，从方法到故事，可以成为一个长长的话题。尽管在半岛地区的年轻一代不容易理解，但起码对这样的话题并不陌生。像《独药师》这部书，如果是当地上了年纪的人看了就会觉得比较亲切，因为它接通了一片土地的文化流脉、风俗和传统。外地人可能觉得这个题目有点突兀，他们不理解这样的高科技时代，竟然还要讲长生不老的问题。

　　这本书的主体故事涉及研究长生术的一些人物、家族和事件，它们在历史上是实有其据的。对于二十世纪出生在半岛地区的人而言，这不过是一些自然而然的记述。那时候这里的人经常能够听到某某地方又出了一个仙人，他所拥有的惊人异能。比如说某人修炼了许多年，突然有一天傍晚说一声"我要走了"，就腾空而起，缓缓飞到了天外，从此离开了人间。"一人得道，鸡犬升天"的成语故事，说的就是这样的民间玄事。这种传闻在以前是经常发生的，而且逢说便有名有姓，是男是女、住哪个村子、多大年纪等，信息周详。受这种风气的影响，我们小时候到野林子里玩，如果遇到一些沉默的老人、采药人或独居者，就会想：他大概就在暗中修仙，说不定哪一天会飞到天外去，再也见不到他了。我们长时间端详他的模样，忍住心中的阵阵惊叹。有些老人每天要做一些功课，打坐或干一些令人十分费解的事情，比如眯起双眼定定地望向一个方向。

在村镇和其他一些偏僻地方，这样修炼的老人和中年人，甚至是年纪并不很大的人，并不罕见。他们都是准备随时成仙的人，与普通人大为不同，只是看上去并无太大的区别。好在大家谁也没有觉得这些人不该活在世上，没有与之格格不入，也没有急于赶他们离开。这种情形说起来好像十分隔膜，有多么遥远似的，其实就在二十世纪上半期，有的甚至离我们更近一些。因为一种文化一旦形成，要彻底消逝是很难的。我们都想早一些认识这样的异人、有大能的人，并不是想占多大的便宜，不是想让他们带到天外，没有那样的野心，而只是好奇。只要遇到一个古怪的老人、一个默默修持的人，或者是走街串巷推销神奇丹丸的人，我们就会接近他。说实话，那时候也没看出什么特别的令人吃惊的东西。

东晋的葛洪是修道家，同时还是一位了不起的医药家，可称为这个方面最杰出的代表、一个集大成者。他与陶渊明所处的时代不远，相差七八十年。葛洪曾隐居罗浮山炼丹，研究神仙术，一生著作宏富，《抱朴子》是其代表作。他的有些著作还算得上中医学的范畴，有的就很玄妙了，比如在历史上颇负盛名的《神仙传》，收录了许多仙人事迹。现代人把《神仙传》当成一本小说来读，因为其中记述的某些成仙经历太离奇，传奇性太强。然而葛洪这本书的不同之处在于对每位神仙的名字、年龄、修道和养生的主要方法，更有一生行迹都做了详尽记录。今天看还不能简单地说它是一部虚构小说，而是作者当时的考察记录，是他的采信。由于所记的部分有的实在遥远，也就只能这样了。书中的神仙人物大致可分为两类：一类是突然羽化而去，成了神仙；一类是寿命特别漫长，活了几百年，虽可成仙却并未离开，也许是留恋人间，乐于享受世俗生活之趣。

半岛人生存在类似的氛围中，所以常谈异人异事。其他地方觉得这些事物荒诞不经、可望而不可即，但当地人总是习惯地予以谅解。有时这种事就发生在身边，比如二十多年前我的一个好朋友说，他乡下的姨母因为修炼半生，七十岁左右突然就"成了"：正在打坐之际，突然腾空离地，可以随意飘移，快慢由之。我当然不信，但还是提议赶到乡下看望。朋友今天还在，莱州人，诚实而本分。这当然是太大的事情。在我执意要去时朋友却一脸悲伤，说"算了"，我问为什么，他说一个星期前民兵把她抓起来揍了一顿，结果所有功力全都丧失了。我说，这是多么可惜的事，为什么要揍她？他恨恨地说："因为嫉妒。"

这似乎成了一个无头案。他是一个诚实的人，但这样的人一旦幽默起来也是要命的。不过追求长生、修道成仙的方士文化，确是半岛未能消逝的一种地域文化，比如八仙过海的传说就发生在这里，而且人们大半信以为真。现实生活是从历史演化发展而来的，即便到了网络时代，传统也无法割断。文化是一种很执拗很倔强的力量，是土地的血脉，不会轻易地发生血型改变的事情，更不是一场社会运动就能悉数涤荡的。

内外丹今昔

内外丹的修炼在中国源远流长，体现了华夏先人的非凡智慧和传统文化的博大精深。《独药师》的故事当然要涉及这方面的学问，有关元素贯穿于历史和现实。如果有人把内外丹的研究以及这方面的物事只看成传说，也太过闭塞和天真。虽然炼制外丹起源于古代，但流长必得源远，它最晚产生于秦代。东汉魏伯阳的《周易参同契》，用阴阳论述金丹，被誉为"万古丹经王"。道家外丹黄白术在中国盛行了两千多年，所以"外丹术"比"内丹术"要古老许多。外丹是用黄金、汞和硫黄之类矿物冶炼成的药丸，秦始皇和古代许多帝王以及上层人物都吃过。这如同今天的一些高级养生药物，很难进入寻常百姓家的道理一样。有谁会嘲笑服用这些药物的人？大致上还是羡慕。

外丹术至东晋分为神丹、金液、黄金三种，并称金丹，据说烧炼愈久变化愈妙，人服下就能长生。鲁迅先生的《魏晋风度及文章与药及酒之关系》提到的"五石散"，即是这一类，那些贵族大人食丹之后不能休息，须走路"散发"药力，不然就会积在体内，有生命之虞。因为虚荣，有人吃不起金丹，便披散头发走上街头，伪装成食丹的上层人物。可见能够吃丹在当时成了一种身份的象征。外丹在唐朝非常盛行，二十一位皇帝中就有五位死于金丹。大诗人杜甫也跟着李白炼丹，最后因为缺钱而搞不下去了，可见这是烧钱的事。

因为食丹而毙命的唐代诗人不少，如白居易的几个挚友："服气崔常侍，烧丹郑舍人。常期生羽翼，那忽化灰尘。"（《感事》）"退之服硫黄，一病讫不瘥。微之炼秋石，未老身溘然。杜子得丹诀，终日断腥膻。"（《思旧》）白居易也烧制丹药，还描述过炼丹时出现的异象，但从未服食："白发万茎何所怪，丹砂一粒不曾尝。"（《对镜偶吟赠张道士抱元》）他诗中的"退之"并非一定指韩愈，因为韩愈是坚决反对服用丹丸的，也从未痛苦癫狂。

至北宋外丹式微，内丹兴起。内丹并不依赖外物，而是把人体当成一个丹炉，运用意念导引气流在体内运行，让意念影响人的生理机能，从而达到延年益寿和长生不老。这是一套复杂的理论，操作起来好像比火炉冶炼这种事更要难上几倍，于是成功者就更少了。内丹术成熟于元代，成为养生学派的主流。有人说内丹起源于宋代，可能不确。葛洪的《抱朴子》在强调外丹的同时，已涉及气脉的引导，接近内丹，却没有形成系统的学问，所以只能说在东晋开始萌芽。时至今日，内丹和外丹仍然存在，只是被赋予了新的概念，分别由健身的静功和各种医药补充剂所替代。人类希望长寿甚至长生的愿望是不变的，这是一种非常顽固的追求，绝不会随着时代的演变而终止。

内丹的根本在于意念导引吐纳，极为深奥。道教龙门派创始人丘处机写了一部《大丹直指》，这里的"大丹"指的就是内丹；"直指"，就是找到要点和关键。这是一部权威著作，其中的吐纳和导引等原理和方法，也不是一般人能够试验的。现在没有多少人研究内丹了，但是太极和气功以及瑜伽的某些基本原理，大致仍旧不离其宗。这些，今天已经没有多少人看成不着边际的荒谬和迷信。鲁迅先生说过，道家是中国文化的根柢，即指出文化的根性，它的缘起和流脉。现代生活节奏快、压力大，现代科学研究肯定意念和气息的调整对身心的影响。这其实不过是精神与物质的关系，情绪当然影响身体状态，这是非常好理解的事情。一个人陷入爱情时能够释放出超常的创造力，就是意念作用于生理的表现。所以不必把内丹看得过于玄虚。

前年春天我去了威海荣成的"天尽头"，那是一个伸入海中的石头犄角，属于大陆最边缘。秦始皇为求长生不老药，往东走得最远也就到了这里。离"天尽头"不远就是道家名山铁槎山，山上有一个道观，里面住了五六个道姑，年龄最大的七十岁左右，最小的四十岁上下。初春时节海风劲烈，山上尤其寒冷，我们同行的不止一个患了风寒。我们问一位道姑："你们这里山路陡峭，下山太难了，如果得病怎么去医院？"对方回答："我们从来不感冒，也没病过。"谁能相信？海这么近，风这么烈。但她又说了一遍："我们这里从来没人感冒，所以也没备什么药品。"

这是真实的。道姑非常认真，不开玩笑。这件事给我们一行人留下了很深的印象，铁槎山道姑的心理状态、精神状态、生活方式和世界观，与我们像是生活在两个世界。她们的力量一定是内在的。

在数字化网络化的今天，内丹和外丹非但没有消失，而且还在往前发展。太极、八段锦、瑜伽、站桩、打坐、冥想，都是传统内丹术的延续。各种食物补充剂多到不可胜数，花色繁多的药片和胶丸成为一些人的必备。现代"内丹""外丹"源自中国，但"外丹"似乎在西方得到了更深入的发展，它们依靠的是强大的科技力量。大家到欧美购回最多的就是形形色色的药丸，当然类似"外丹"。西方关于长生的梦想已经走到了更实际的操作，比如从基因入手，做器官培育等。据说人类将来一定会抵达长生不老之境，这是推测、是理念。这一目标过于宏伟以致脱离了宇宙的某种秩序，所以大可怀疑。古代的长生是个别修炼，而现代科技研究的是普遍原理，这二者差异太大了。

有一些西方富豪正在想法使自己活过高科技时代的上半场，然后借助飞速跃进的科技熬过下半场，然后就是长生了。他们预测生命医学将在诸多领域得到突破，没有什么器官不可以再造。这种依赖科学和理性追逐长生的道路，容易说服现代人，其实也只是一种推理。不过从这个角度看，中国古代所谓的养生和修仙，并没有想象中的那么荒诞不经。

过去一直说"中学为体，西学为用"，可以学西方先进的科学技术和方法，但本体精神必须持守本土。今天这样讲或许被视为落伍，认为是一厢情愿的事情，是保守和愚昧。西方的理性主义固然重要，而东方的实践和感性把握生命的哲学观同样不容忽视。现代西方的外丹学说是物质的、可分析的。内丹则更具东方色彩，是意念和感性的，极为强调精神的力量。今天怎样把内丹学和外丹学结合起来，对于当代社会和生活而言，也许是一个重要的现代课题，其重要性早就溢出了医学本身。

持守独药

《独药师》在翻译中，被译成了"孤独的药剂师"，显然不对。"独"不是"孤独"，而是独有、单独的意思。"药师"翻译为"药剂师"好像是对的，实际上也不对，"药剂师"是一个职业，难以传达出"独药师"的庄重、肃穆和威严的意涵。"独药"在书中是一味围绕长生不老而研制的神秘药方，涉及不同的养生者。比如邱琪芝侧重内丹，认为他的"独药"才是不可替代的。而主人公季昨非出生于历史久远的炼丹世家，家传药方是以外丹为主，所以他觉得只有季府世代相传的"独药"才是最重要的。这其中还涉及半岛上一个伟大实业家的声望、一个家族的辉煌历史。一味药确立的只是一方面，一个家族是半岛地区的象征，它意味着一种强大的理念和信心。尤其在半岛陷入中西文化冲突的最前沿、面临千年未见之大变局，这个古老家族的地位必须坚如磐石。就此看，作为唯一的继承人，他身上肩负之重，不是几句话可以说清的。

　　季昨非的对手有明有暗，在养生方面有一个宿敌即邱琪芝，这个人与季府周旋了不止一代，而今则是新一代独药师的死敌。他们之间的博弈不久即见结局，它似乎是以主人公的失败而告终。但是真正的敌人也许随时代的转换而变易，它再也不是围绕单纯的养生术来展开，而是更加复杂的文化与政治、所有时代难题的综合。一个王朝即将逝去，但仍然垂死挣扎；西方基督教最早于北方登陆，其立足点恰好就在季府所在城市；革命党北方的大本营也进驻于此，而且最高首领竟然是季府的养子徐竟，是与主人公有着手足之情的兄长。这位兄长的出现意味着毁家为国，意味着将整个季府以及独药师的全部抵押给革命。一场前所未有的牺牲，无法想象的巨大代价，都作为几个不多的选项摆在了季昨非面前。而这个自小软弱却又时而焕发出惊人的执拗的季府唯一继承人，在与多方不可预测的新老敌人奋力一搏时，正遭遇一生最大的险阻：不可救药地爱上了季府的天敌，也就是那个隶属于教会的西医院的至美护士陶文贝，此人仿佛永远不可征服。

为了陶文贝，主人公可以放弃一切，从万贯家财到其他。但这其中可能不包括那味"独药"。这是他致命的守护。

徐竟作为同盟会最早的发起者，是孙中山的左膀右臂，他像革命党的最高首领一样，坚持认为这个民族只有施以重剂才能挽回生命，这也是一味独药：革命。这个民族已经病入膏肓，持守一味独药的人或者说那个"独药师"，就是一位革命党，他的名字就叫孙中山。徐竟毫无忌讳地直接对兄弟说出了这样的断言，并告诉他从东瀛回到半岛的唯一使命，就是推广这味"独药"。至于季府，一切都要为此做出让步，全部献出自己也在所不惜。季昨非自小就是兄长的崇拜者，几乎听从一切，但即便如此，当他亲眼看到久别重逢的这个精瘦的青筋毕露的人，这双咄咄逼人的眼睛，这个一谈到"革命"二字即两眼放出锐光的人，还是有些害怕了。

他发现兄长已经变成了一个特殊材料锻制的人，仿佛是没有血肉也没有温度的一块金属，杀伐与牺牲全都不在话下，是一个无我者，一个没有多少人间情感的人。他害怕而又敬畏这位兄长，在犹疑和猜测中不折不扣地执行兄长的命令。就在这样的艰难跟从的日子里，季昨非还要与宿敌邱琪芝缠斗、与那个挚爱之人倾诉。无数的追逐，无数的沉湎，无数的痛苦、忐忑、恐惧和大喜过望。他沦落过升华过，灵魂出窍，死而复生。可是他最终仍然没有放弃内心的固守，作为半岛上唯一的独药师，终未辱没它的名声。

邱其芝是一个老谋深算的人物，他与季府的新主人采取的不是传统的抵抗，而是更为阴险的胁迫与腐蚀：以合作和友谊换取对方的信任和依赖，最终让内丹学说得到空前巩固，取得了从未有过的胜算。就这一局而言，季昨非显然是一个彻底的失败者，如果整个形势不是因为清廷高官康永德的插手而发生了戏剧性的逆转，季府主人在持守独药志业上的挫败，似乎已无悬念。

另一革命营垒中的元老人物王保鹤，是一个顽固的改良派。他是徐竟的左右臂，却又一直对革命党人峻急的半岛计划持怀疑态度。他既不同于当时的保皇派，也不属于激进派，而更像一个务实派。他于温和与隐忍中坚定持守，始终以新学教育等为推进目标，理性地加以权衡。

书中仅出现一次的角色是"老首领"，其实就是已经抵达半岛的保皇党党首。这个人在现实生活中是具体存在的，当然让人想到定居青岛的康有为。他虽然没有鼎盛期的巨大政治影响力，但毕竟是与革命党对峙的一极，在多方势力汇集的半岛地区，仍然是不容小觑的一种存在。当时清廷的挣扎已到最后阶段，清兵最现代的武装力量驻扎在相距不远的大本营青州，那里离半岛核心区域登州不过二百公里。康有为写过一部卓越的《大同书》，但他的保皇主义是坚定不移的，这是他为中华时局开出的一剂"独药"。

如上这些人都是难以妥协的，他们在半岛乃至于中国历史上扮演了重要的角色。徐竟是孙中山的代表者，某种程度上也是领袖在半岛上的化身。在他来说只有革命这味"独药"，对比之下，他对季府传人、自己的弟弟季昨非痛惜而又怜悯，从心底认定府中事业是微不足道的，这里的一切积累只有用于革命才有一点意义。在真实的革命党的历史上，徐镜心与宋教仁齐名，与不断发动起义的黄兴相差无几，所以有"南宋北徐"或"南黄北徐"之称。同盟会的北方支部首领就是徐镜心，这个支部管辖东北三省以及新疆、热河、北京、天津等广大地域。

养生、救亡、爱情、革命、宗教，这一切元素都汇集一起。当时最不能忽视的还有教会，它的影响力通过办学和医院而得到了大幅扩展，在社会生活中发生了越来越大的实效功用，这使以基督教为核心的西方文化在半岛扎下深根。民众对于腐败的政治和芜杂的世相早就失望，而对抚慰心灵开启心智并救死扶伤的基督教，则普遍心向往之。整个北方地区的基督教影响力，当时以登州海角为最大。社会正处于十字路口，何去何从，方法和路径都不一样。每种政治与文化势力都各有坚持，甚至宣称拥有独一无二的治世良药。即便在今天，不同的理念也会产生一些冲撞，往往很难相互结合兼收并蓄。不同文化间的合作与理解从来都是困难的，非此即彼，尖锐斗争，倾轧消耗，最后演变成巨大的灾难，这就是一再重复的历史。

三个人物

《独药师》书写的半岛，特别是那一段历史，起码有三个重要人物是至为关键的，他们深刻地影响了半岛的命运。一个是孙中山，他跟半岛的关系比较密切。历史教科书和影视剧大量描述的孙中山，主要活动范围在香港、广州或海外，总之偏向南部。但他的目光经常注视半岛，这里有来往频密的函电为据。他第一次来鲁即由北方支部负责人徐镜心陪同；第二次亲临半岛，徐镜心已被杀害。他住在烟台克立顿饭店，与当地革命党人见面，并会见各界名流，参观了张裕葡萄酒公司。他通过函电指挥北方革命活动，还直接派遣部队，委任一些重要干部来半岛。孙中山对北方支部及徐镜心领导的暴动时时关切，及时作出指示。总之这是一个与半岛革命进程、对这片土地的命运影响重大的人物。

孙中山在日本成立同盟会，发起者就包括徐镜心。而后受孙中山委派，徐镜心回烟台建立北方支部，黄兴去南方建立支部，是对应的统一安排。黄兴在南方发动了多次武装起义，大多都失败了，死了很多人，这和徐镜心在北方做的事情几乎完全一样：不断地暴动不断地失败。徐镜心领导北方同盟会，是北方革命党的总头目。当时的总部设在烟台，徐的老家是黄县，也就是今天的龙口，所以有大量时间是在龙口活动，比如筹措款项、发展会员等。徐镜心的许多重要战友和支持者都是龙口人和蓬莱人，而蓬莱又是登州治所。这期间有北方支部领导的一次重要行动，即"光复登州"并取得了胜利。这次胜利极大鼓舞了南北革命党人，孙中山为此专门发出通电。

可以说，同盟会北方支部的实际所在地是龙口。清政府已到最后岁月，所以针对革命党的围剿非常凶残，《独药师》所涉及的一些历史事件、大小战事，都有实据。比如当时黄县民政长叫王叔鹤，是北方支部领导下的坚定的革命党人，最后壮烈牺牲。民政长是县政府的主要负责人，他在书中更名为王保鹤。这个人在记载中是一个惊天动地的英雄人物：与清军战斗到弹尽粮绝，被俘后在北马镇受到凌迟，直至生命最后一刻还在痛斥敌人。徐竟的原型徐镜心的勇敢行为，完全称得上传奇，关于他的一些记事每每令人震惊。比如有一次他到济南，随身带了一把手枪，当与朋友步行到官衙附近，也就是今天的黑虎泉一带，迎面过来一顶八人抬的绿呢大轿，里面是二品大员。徐镜心立刻两眼冒火，对朋友说一声"让我取他首级"，挣身即要冲去，幸亏朋友将他死死按住。

徐镜心类似的刚偏猛烈不止一次。当时的朋友声声劝阻脸色煞白的徐镜心，他仍旧说："我连这点血气都没有吗？"这里需要注意的是"脸色煞白"四个字，这与《史记》上议论的那几种"大勇"之人的面色一致："血勇之人怒而面赤，脉勇之人怒而面青，骨勇之人怒而面白，神勇之人怒而无色。"（见《史记》卷八十六）以此推断，徐镜心属于"骨勇"。他一辈子发动了不知多少次大小起义，几次面临杀身之祸，最后因为拒不逃离，被袁世凯杀害。他最后的行为一如谭嗣同。这个为了信仰可以随时献身的人，似乎不止一次要抛掷生命，却也曾是一位热心研究养生学问的人，这一点多少出乎我们的预料。

孙中山是学医出身，既重视养生，又不信中医，五十多岁病逝；黄兴四十多岁病逝；徐镜心像宋教仁一样壮年牺牲，年仅四十岁。这些革命党人为自己的信念献出了宝贵的生命。徐镜心后来被国民革命政府追认为大将军，是这个时期与半岛命运紧密相关的第二个重要人物。

第三个人物叫张弼士，是烟台张裕葡萄酒公司的创办人，孙中山的商界好友，一位大实业家。他在南洋华侨中的产业数一数二，孙中山搞革命需要巨资，张弼士即是主要资助人。革命党在海内外的一些活动需要很大花销，张弼士最为慷慨，所以被誉为"革命的银行"。这位民族资本家是中国近代史上一个了不起的人物，主要产业在南方，但酿造葡萄酒需要一个特殊的地理环境，要靠近一道纬线，所以才在烟台建厂。一九一二年孙中山来烟台时参观了张裕地下酒窖，品尝了葡萄酒，并题词"品重醴泉"。这是孙中山一生唯一一次为企业家题词。

这些人的身影闪现于半岛，铸在历史之中，是不会消逝的。他们勇敢忘我，奋不顾身，事迹令人唏嘘。在一个物质和商业主义、娱乐至上的时期，懦弱与庸碌才是常态，反而对那些大时代中的英雄人物难以企及，不可理解。《独药师》的缘起，很大一部分原因是受到这三个人物的感召。张弼士与孙中山的照片并不难找，徐镜心的不多，但还是看到了：眉目峻逸，脸庞清瘦。说起来很有意思，有一次家里突然来了一个人，自称是徐镜心的嫡孙。遗传的力量不得了，一眼看去他和爷爷的照片太像了。我们谈得很激动，他留下的资料后来对我有很大帮助。这段历史太沉重、太漫长，也太丰富了，可写的东西实在太多，只苦于不好驾驭。这就是久久没有动笔的原因。

教堂和医院

书中花大量笔墨写到的教堂、教会和医院，在历史上都属于真实存在。教会总部属于美国南方浸信会，是基督教，美国新教。浸信会筹集钱款，在中国北方登陆，具体地点是今天的蓬莱和龙口之间的小栾家疃，建起了教堂和一所西医院、一所教会学校。这所学校后来又组建新学，曾改名为"崇实中学"。这在半岛上不仅是一个重要的宗教文化事件，而且在医学发展史上留下了浓重的一笔。它比洛克菲勒基金会在北京创建的协和医院整整早了二十一年，不知救治了多少人，在抗日战争期间发挥了不可替代的作用，曾挽救了许多抗战军民。因为教堂和教会学校属于教产，所以其中的一部分至今保留，现在龙口一中校园内。医院在抗战结束的前几天被烧毁，如今原址上有一座北海医院。原有的一处住院部在一里之外，所以没有毁于大火。

那是一座了不起的医院，当时是江北地区或更大范围内规模最大、设备最齐全、技术最先进的西医院。医院里的医生、护士等医务人员都是教徒，住院的人也参加祷告，念福音书，每周都举行宗教仪式。抗战时期的半岛是老根据地，八路军的大量伤病员都入住这个医院。日本人曾短期占领过，医院也就成了他们的战地医院，于是成为"敌产"，竟然在对方投降的前几天被烧掉。医院被毁之后，一部分医护人员被遣送回国，另一些去了北京参与协和医院的建设。从历史资料中可知，当时的一些国家领导人与他们都有交往。

医院的创建者是一位叫艾体伟的美国人。艾体伟是院长，救助过许多民众，包括国共两党的重要人士，当年的国家领导人还给他颁发过勋章。他离开龙口的时候很多人哭着为他送行，并为他修建了一座纪念碑。这个人很了不起。书中有一个美丽的陶文贝，是中国人，忠实的基督徒，由教会自小收养，这都来自史实。

从民族文化和宗教信仰的角度来看，基督教登陆中国，特别是具体到浸信会在登州海角建立的教会和学校，需要学术及其他方面的深入研究，远非这里所能论断。但仅就黄县小栾家疃的医疗和教育事业而言，其正面的积极的意义乃至重大贡献，已属不争。它推动了当地的文化教育事业，提倡科学与文明，那些传奇般的事迹将被永远铭记。这些意义深远的历史事件仅通过一两本书去追溯还远远不够，一切还要从细部还原。好在这些历史记录尚为清晰，哪怕简单从网络上"百度"一下即可知晓大概。

当年如果没那所规模较大的教会学校，也就不会有崇实中学，更不会有龙口及整个登州一带的"新学"热。革命党人开办的这些新学培养了大批新进人士。他们纷纷奔赴根据地和前线，其中的一部分壮烈牺牲，另有一部分成为各个领域的开拓者和领导者。在近现代革命名录上，一些人的名字是和教会新学连在一起的。更为不可忽视的还有，中国现代大学的建立仍然与半岛新学分不开，如齐鲁大学的缘起，如由此分立于上海和东北、江南江北的几所大学，都有渊源。

在当时特殊的政治社会文化背景之下，西方文化是新文化的重要组成部分，所谓的"德先生""赛先生"与传统旧文化的冲决，半岛地区成为前沿地带。由于教会及西医和新学的存在，更有革命党北方支部的建立，半岛的这段文化与社会变革的历史，与整个新文化运动的关系，总的看少有深入的研究。《独药师》只是开启了一扇小小的门，意欲走进这段历史的深处。一个局部的爱情故事，却植入复杂的史实之中，真实与虚构也就不再简单了。那些丰富的史料、惊人的事迹，又不能变成一部报告文学，那将是另一种实录。

爱欲的力量

书中似乎写到了强烈的"爱欲"。这在今天的虚构文字中并不罕见，却非同义，更非同源。"爱"与"欲"很难分离，如果拆分开来，可能"欲"偏重物质，"爱"偏重精神。从道德的意义上看，有时候"欲"是向下的、消极的，也可以是中性的，或居于中间；而"爱"只能是仁善的、美好的、积极的，其作用和效果也是如此。书中通过主干故事和主要人物写了几条对应关系，比如革命和改良、内丹和外丹、爱情与肉欲等。从不同的关系中都能看到，"爱"和"欲"都深深地参与其中，是不可抽离的元素。不要说主人公季昨非，就连那个革命党的核心人物、大首领身边的重要人物顾先生，也是一个深陷其中的人。他后来因为眼疾看不见东西了，但有超人的敏感，美女陶文贝只从眼前走过，他立刻就对主人公断言：这是一个绝色，万不可轻易放过。

主人公对肩负的整个家族的"独药师"的庄严身份，从未有一丝懈怠，即便是腥风血雨的半岛革命，也没能摧毁这一信念，却在一个绝色女子面前彻底慌乱失措。他的夜不能寐、神情恍惚、焦灼痛苦已到极处，整个人处于朝不保夕的高危阶段。这里面已经无法区分"爱"和"欲"的力量哪个更大，也无法预料它们所引起的致命后果将是怎样。只知道它像烈焰一样熊熊燃烧，一切即将化为灰烬。也就在这怒燃之中，家族宏业、兄弟情谊、血与火的争斗，全都冶成一炉，化为赤液流淌，最后是一场酣畅的浇铸。

"爱欲"结合一体的伟大力量可以吞没一切、左右一切，让一切再无逃路可遁。这在那个衰老的保皇党与独药师仅有一次的面晤中，也流露出玄机。那个老人对年轻的家族传人寄托了私密相授的企图，竟然不无荒唐地询问其中的奥妙，结果失望而去。他对季昨非发出了一大宏论：所有的革命党人都是"最能爱的人"。年轻的独药师听后立刻陷入大惑不解，因为亲如手足的兄长身为北方支部首领，他不食人间烟火，完全没有儿女情怀。他实在忍不住发出了质疑，保皇党首领立刻以"老猫知道肉香"的派头指出："那些不能爱的，都是一些'小革命党人'。"这使季昨非更加困惑，因为他分明知道，自己的兄长绝不是一个"小革命党人"。

书中的清廷高官康永德锲而不舍追求长生，却遁入邪路，与"小百花胡同"的绣花女子达成交易，因此而陷入另一诡秘人物邱其芝的圈套，差点被刺。长生术是至深的学问，凡是至深之学必藏奸邪，也是古往今来大奸大恶隐匿的角落。在这深渺的学问中，"爱欲"到底起到了怎样的作用，一直是许多人探讨的领域，也是半岛地区两个最大的养生流派交锋的焦点。

这里最不可绕开的就是北方支部的总头领徐竟，此人不仅没有"爱欲"，而且没有正常的人间温度，是一个真正的异人：季昨非曾在洗澡时留心观察，发现兄长泡在水中的身体已经没有脂肪，全由坚密的筋肉组成，皮肤变成了艮硬的，稍有一点蜡感的包裹层。整个人坚实顽韧，像被用特殊的方法处理过。他试着替兄长搓洗身体，伸手轻轻一托，水中的躯体竟然轻若鸿毛。这个生命体内没有了一点多余之物，已被重新冶炼锻造过。

出于爱惜和痛怜，季昨非日夜为兄长牵肠挂肚，为其安危操碎了心，因为这是他在这个世上唯一依靠的人、亲近的人，更是从小崇拜和跟从的人。他为兄长悉心熬炼丹丸，却发现对方以戏谑的口气谈论家族"独药"，将弟弟的神圣守护看得一钱不值。这给季昨非留下了椎心之痛，更有不可解开的症结。直到最后他才发现：兄长失去的也许不是"爱欲"，而是其他，一切正好相反，是一个生命呈现的奇妙转化。他悲伤却又无能为力，无比钦佩也无比惋惜。他知道亲爱的兄长再也不能拥有人间的男女之情，今生不会有任何一个异性陪伴他，他将一生孤单。所有这一切，都是因为"爱欲"之火太过炽烈，这火将他烧个不停，结果锻成了另一种性质的生命。这火焰焚毁了一部分元素，催生出其他元素。这种转化是少见的也是惊人的。从此兄长无比专心地"爱"着一种叫作"革命"的事物，强烈的"欲"时时喷发，只为了将其变为现实。

季昨非永远也搞不明白的是，年轻时即去了东瀛的兄长，只因为投身了那样的一个组织，就发生了这样的蜕变。他永远也不明白到底什么才是"革命"，不明白其中的隐秘究竟有多少。他只是爱着自己的兄长。他曾就这个问过兄长，对方的回答让他更加摸不着头脑："革命这种事，要么一开始就会，要么永远不会。"他傻傻地听着，只有一点是明白的，那就是自己永远都不会"革命"了。

季昨非一直苦苦追求的女子陶文贝，是一位信仰基督教的中国女子，一个被教会收留的孤儿，除了皮肤、五官等属于东方，其他一切都西化了。这对于一个深深浸染于东方文化的家族传人、一个独药师而言，二者隔膜不知有多大。他们可能终生无法在文化上合而为一，也无法真正在理念上沟通，但最终还是走到了婚姻的殿堂。

这有点不可思议。从书中看到的唯一可信的理由，就是主人公超人的、几乎是舍命的苦追，是他单纯的人性之美对另一个人的深深打动。但是更深层的原因我们仍会明白，它的主要依据还是"爱欲"。这个词语所包含的一切，它所居有的力量，实在是太大了。

"爱欲"之火可以冶炼出徐竟这样的奇人，为什么不能将陶文贝和季昨非结合在一起？一个男子费尽千辛万苦，殚精竭虑，直到最后摘取芳心。我写这本书的时候，陶文贝这个形象已经在脑海里活了很久，她的每一个细部都那样鲜明和熟悉，终于知道怎样才能打动她、获取她。我把一些方法和计划，于无眠之夜传授给主人公。精神、灵魂、物化的欲望，这些结成一体，形成一种推倒一切、克服一切、冲决一切的大能。扉页上有一句话："谨将此书，献给那些倔强的心灵。"这倔强之人很有一些，有的从事养生，有的从事革命，有固执的改良派，有拼死的决斗派。他们无一例外地执拗和忘我。这些人其实都拥有强烈的"爱欲"，个个都是大"爱"大"欲"之人。不过这些要命的元素也会转变成另一种表达方式，比如革命、暴力、矢志不渝的坚持。于是他们就倔强了。"爱欲"的力量一旦爆发，不论怎样变幻，都会以令人震惊的方式呈现出来。

陶文贝的形象含纳了实有的原型。有一次我在济南风景秀丽的南部山区，即城乡接合部的仲宫镇遇到了一位女教师，她讲述了母亲的故事。她的外祖母怀孕九个月生下了母亲，可是生下时很小，小到能够装进外祖父的皮鞋。现在也有这种婴儿，英文翻译过来有一个专门的术语，称为"足月小样儿"。书中的陶文贝就是这样的"小样儿"。有人读成"足月小样儿"，只把"样"字读成儿化音，是不对的，"儿"字在这里应该读重音。女教师说她的母亲个子很高，非常美丽，是在保温箱里好不容易才活下来的，当时多亏了教会医院，因为别处没有这样的保温箱。

后面的故事一如书中所写。

2019 年 8 月 19 日，于北京师范大学

海风吹拂之下

胶莱河以东

国人受儒家文化影响比较大，无论愿意与否。我受齐文化影响可能也很多，算是植根于血液中。但通常人们对齐文化谈得不多，因为它不是中国的正统文化。我开始并没有这种自觉，后来才慢慢意识到自己生长的地方是怎样的、文化上有什么不同。胶莱河以东半岛地区的人，实际上是受齐文化哺育的。从地理环境上讲，这里是山东半岛东部一个更小的半岛；从地图上看，龙口又是在这个更小的半岛上伸向大海的一个犄角。它属于海洋文化，这与山东中西部不同。我们从小听了大量的海故事，与大海的具体接触也很多。这对我以后的写作当然有影响，文字的内容和气息自那时形成，可以说是在海风的吹拂下，身体和精神的成长。

这里属于古登州，小时候可以听到许多蓬莱仙岛的故事。《史记》中记载海里有"三仙山"，徐福带领一支庞大的船队到海外寻找仙人，后来再也没有回来。这个地方修仙的人很多，是古代方士的大本营，所以民间讲的很多故事属于"怪力乱神"。尽管同为今天的"齐鲁大地"，但是齐文化与儒家文化差异太大了，所以后来就出现了蒲松龄这样的作家。这里的方士曾经被秦始皇请过去，结果他们把这个一心想要长生不老的皇帝给欺骗了。登州与内陆、与西部，最初是这样发生联系的。西部对东部充满好奇，东部对西部充满吸引力，无论是物质还是精神。秦始皇三次到东方，最后一次死在回去的半路上，那个地方叫"沙丘"。

东部是这样一片土地：临海，素有鱼盐之利，发明了炼铁术和丝织业。它的物质文明与精神文明在当时是最先进的，所以春秋战国时期齐国曾经是最强大的。它文化与文学的面貌自古不同，这不同，又由今天的写作者传承下来。他们一开始是不自觉的，也并未刻意追求和表现，只是自然地呈现出来。

文化和旅游部有一个"国际徐福文化交流协会"，它开展的一些项目我参与了，像《徐福文化集成》和《徐福词典》，我做了主编或负责组织。这成为我了解古航海、古代海外移民、东亚地区文化交流等的重要路径，对创作也有影响。徐福率领的船队在中国正史中得到了记载，所以不是虚无缥缈的传说。这个航海事件早于西方哥伦布一千七百多年，意义是多方面的。它包含了很多内容，如科学技术的传播、文化交流、汉民族与海外关系、移民等。特别是古航海这个领域，学问很深，几十年来能够有机会跟这方面的学者讨教，实在难得。

有关的内容已经散在好多作品里，像《你在高原》中关于徐福的描述很多。有一卷《海客谈瀛洲》，主要故事就围绕徐福展开。二十年前在《钟山》发表了一个稍长的中篇《瀛洲思絮录》，徐福就是主人公。

我写的关于徐福的文字有五六十万字。

在心上生根

我出生在林子深处，小时候社会交往少，与动植物、与大自然的摩擦多。自然环境塑造人的性格，也许更多地与另一些生命对话，就产生了感情，也更能了解它们。在这样的环境里，阅读成为很重要的事情，书中世界特别容易吸引我。我们存书比较多，这是值得庆幸的。我可以用书跟林子外边的人交换，这是最愉快的时候。较早开始模仿书里的文字，这样不再寂寞。后来去林子外面上初中，校长是一个文学中年，他创办了一份完美的油印刊物，我在上面发表了一些作文，今天看勉强算散文吧。我描述的一些事物与林子外边的人有很大区别，所以就受到了鼓励。

我初中毕业不久到了半岛中部的栖霞山区，自然环境突然改变很大，不太适应。一直想拜一个文学老师，但苦于找不到。初中时和同学一起找过一位老师，是报纸通讯员，我们认为这就是作家。印象中他教给我们最重要的写作技巧，就是多多使用方言。栖霞山区尽管离龙口海边直线距离并不太远，却完全是两个世界。我熟悉的是林与海，是滩涂沼泽，是无边的自然林，开始有几十万亩，后来因为工业化或战争、房地产等各种原因，渐渐所剩无几了。我出生之前林子大得不得了，直到少年时期也还是很大，国家在这里设立了一家林场、一家园艺场。到了栖霞山区以后，看到的是没完没了的山。因为不习惯山地生活，也就没能在一个地方待下去，有很长一段时间在整个胶莱河以东的半岛地区游荡，活动范围自觉得已经很大了。这一段日子像海边林子里的经历一样，都是重要的，也是写作的基础。

我觉得一个人的童年和少年生活，对以后的文学生涯有决定性的意义。尤其是童年时期，回忆中永远都是簇新的。大海与林野，在我这里是一个永恒的自然地理的板块，无数的动植物就是一生的友伴，是依靠和安慰，没有与它们在一起的岁月，就会有悬空感，好像落不到踏实的地面上。离开海边，游走范围扩大了，看到了更多新事物，经验和见识得到了补充。最东部走到了威海和青岛，那是大陆尽头，威海有个地名就叫"天尽头"；西边到了胶莱河，在当地许多人眼中，这可是一条了不起的大河，是一道相当重要的分界线，仿佛由它分成了东西两个世界；再往南就到了这条河的入海口，即胶州湾地区。这个范围，是完整的古代老齐国的东部腹地，是这个春秋五霸之首的物质和精神的最大滋生地。我在这段闲荡时期交往了不少朋友，他们有的热爱写作并成了作家，有的从事其他行业，也取得了成绩。他们是我的基本朋友。

到济南工作定居这件事像梦一样，以前完全没有预料，因为这使我跨越了胶莱河这条分界线，觉得自己就像到了异国他乡。离开故土太遥远，许久以来都有些忐忑不安。风土食物的改变让我大病了几场，一直到现在也不能说十分适应，可以说一边克服着水土不服，一边工作。这里的生活内容总是难以变成文学，进不到作品里去。而童年和少年却强烈地制约和牵引了自己，让我一遍遍书写，真是没有办法。我主要的读书生活也分成这样两大块，一是在海边林子里，那时得到的书连后来的千分之一都不到，可是每一本都像至宝一样亲切难忘，读到的每一行字都难以磨灭；再就是在济南以后看到的书，好书很多，花花绿绿，读也读不完，这些书让我大开眼界，但好比人与人的友谊，它们不是我童年的朋友。

　　林子里的安静孤独，还有喧闹，这个世界给我的知识原来是那么多，当时不觉得，以后就越来越珍惜了。在南部山区和整个半岛的游走，人们感受了更大的世界，它大到了超出想象的地步。我有时想，如果胶莱河以东变成一个国家，那一定会是很了不起的强国。它的面积只有古代齐国的一半左右，可见齐国是极大的国家，比欧洲那些国家大得多。我后来到了胶莱河以西的省城生活，实际上连古齐国的边界都没有出。世界就是这样大，我的经历和见识原来是极有限的。从海边林子里出来，增长的见闻主要是社会层面的，当然，连绵的山地，与海边迥然不同的地理风貌，也给我留下了深刻的印象。不然我就不会描述山。山和海相加才能代表完整的世界。山地和平原生活的互换，城市与乡村生活的交融，知识分子和一般山民渔民的不同，这种种内容的交织对我是极大的事情。我见到了各种各样的文化人，包括学校里的文学爱好者、口若悬河的人、省城里的画家、编辑、教授，一些神情恍惚的人、酒鬼和书呆子，各色各样的人士。再就是从省城辐射到周边的城市和地区，更远到国外，人事变幻不停，复杂到见怪不怪。这一切事物之间有一些对接和互换，不自觉的总结中，总要和少年时代海边林子里的人与事作比。我发现所有的这一切，概括起来有一个最大的区别，就是越到后来的越是匆匆而过，很难在心底驻留；而少年时期的所见所闻，却在心上生了根，很难移动，而且还在往上生长。

《你在高原》写了二十二年，它囊括了童年、少年、青年，甚至还包括部分老年。后来在济南地区以后的各种各样的见闻和知识都写在了其中。所以它应该属于"行走文学"。心里既有闹市又有荒原，有少年也有青年。因为是巨量的纸上劳动，需要不少的精力和体力。

我们汉民族和其他族群不一样，常常是安于定居生活的，对荒原有很大的陌生感，这与游牧民族毕竟不同。我们祖先见了荒原就会开垦，然后好好经营起一片田园，过自己的农耕生活。这会影响到我们的文学与精神的特质。我在很长一段时间内的写作，离这种传统的农耕文化有一定距离，因为总是写一个人不安的游走。可能这是农耕生活的前半期，即定居之前的荒原时期。我从童年、少年就开始面对一片丛林，那里人工的痕迹较少；而后的游荡生活也不够安宁。这使我在记录和表达时，一直离不开大自然和行走这两大元素。这与传统的观念有一定距离，不过要改变却很难。回到林野和大地，找一个地方安居，或找一个什么重要的朋友，这是潜意识里的东西。我在越来越多的文字记录中尝试改变，努力了，结果却很有限。我的总体情绪情怀，还有深刻一些的生活内容就是那些，表达出来就是那样。我觉得回到那样的境地才能和读者沟通。田园对我极有吸引力，我大概一直在找的就是那片田园。不过我想说的是，田园和荒野是有区别的，找到田园以前和以后的状态，也是有区别的。我写了田园，但许多时候它与荒野为邻，是长途跋涉之后抵达的一片田园。

紧紧抱住自己

我没有见过外祖父，只见过他留下来的一些东西，比如书。我不能谈得太具体。他是医生和基督徒，一个纯洁的人。写作者几乎把自己全部交出去：心灵、生活，还有对世界的判断与感受。写了上千万字甚至更多，还是写个不停。这是特殊的人生，不是苍白就是罪过。所以作家一般不愿过多地谈论自己，除非有特别的需要。最后自己什么都没留下来，这很可惜。人在冬天而又一无所有，在毫无屏障的地方，不得不紧紧地抱住自己，这就是一部分作家的形象。

我写过的登州海角、基督教会、那个很大的教会医院与教堂，都是真实存在的，它们在抗战末期大部分被烧掉，但留下的一部分已经很宏大了。这些传教士和医生有的被遣返美国，有的到北京去创办洛克菲勒基金会的协和医院。那所声名极大的医院其实比我写的那座半岛教会医院要晚多了，晚二十一年。那个教会当年还办起规模很大的学校，与医院三位一体。这里的学校后来发育了齐鲁大学，就是山东大学的前身。我写过这里最早的一批基督徒，还有大夫。这个海角地区是新文化运动时期中西文化交锋之地，是前沿地区，比北京的中西文化冲突还要早。我在《独药师》一书中写到的，都以实在为依据。

有些作家直到年纪很大了才写一点身边的人、写自己走过的路。其实作家一直在做的，不是写出自己的真实，而是力避对号入座，这是必需的。我到现在为止不过是写到三方面，这已经有些逾越了：

第一是海边野林，这种地理环境给予我的太多；第二就是那个海角，这是无法消逝的文化传统；第三是少年和青年时期在胶莱河东部半岛的游走。这三块生活和内容在方家看来，是那么微不足道，对我却差不多构成了全部。人没法假设自己的生活和历史，所以我也只能这样被决定和被塑造。个人的文学版图、文化版图乃至于世界观，也只能这样了。

母校改名

"鲁东大学"这个校名改得奇怪，不少校友甚至为此而心生痛惜。不过已经没有办法了。它的前身是二十世纪二三十年代的莱阳公学，即后来的莱阳师范，最后迁到烟台成为师专、师范学院。如果顺理成章，本来也就是"烟台师范大学"，不知为什么出来"鲁东"两个字。词语是有意境的，这两个汉字笼罩的氛围和意境让人不悦。这事办得不够谨慎。实际上这座学校的历史快一百年了，是那个海角上特殊的中西文化的产物，也是整个胶莱河以东半岛上唯一的一所大学。在齐鲁地面，大概除了山东大学，就属它的历史最悠久了。山东大学的发源还要追溯到半岛上的教会学校，而山东大学后来又发育为江南江北好几所大学。所以说最早的基督教与新文化运动，特别是半岛地区的复杂情形，需要从头好好总结。现在到龙口去，还能看到教会学校的建筑，上次我陪作家张承志夫妇去，他们都大为惊叹，一口气拍了好多照片。我们还到那个医院的旧址看过，现在改称北海医院，以前的建筑大都被烧掉了，只剩下几幢附属小屋和一座蓄水池。它是中国北方最早的大型现代医院。

海风吹拂

　　万松浦书院在二〇〇二年开始开展活动，到现在有十七八年了。最早是和复旦大学、上海大学、华东师范大学、烟台师范学院、山东大学的朋友一起发起，大家认为中国的传统书院很了不起，它的教学理念、恪守，更有它的精气度、它的贡献，应该延续下去。当时只有北京大学挂了"文化书院"的牌子，但不属于传统书院的格局，也并无书院的三大元素：山长，相当于院长，主持学术活动，这个人是相对固定的，有自己的立院理念和学术目标；院产，就是一个固定的地盘，有一片土地；传统功能，即有接待、游学、藏书和教学等能力。这三大要素齐备，才是真正意义上的"书院"。万松浦书院从一开始就遵循了这三大要素。

　　中国历史上的书院太多了，有几百几千所。可惜大部分只取其名，一般由县学、乡学换了个名字而已，就和现在的学校追求"大"和"洋"一个道理，与真正的书院没有一毛钱的关系。中国历史上有三大著名书院：岳麓、白鹿洞、嵩阳，它们是其中的代表。现在这三家已经是旅游景点了，因为三大元素早就失去了，只保留了名字和遗址。现在全国又产生了几百几千所"书院"，大部分与传统意义上的书院没有关系，是做书画和开蒙班的。

　　万松浦自开坛以来，严格持守书院理念，对传统书院的三大元素执意坚守。这里有大量的学术文化活动，虽然朋友们都在参与，但绝不想把它办成一个文学院。要有理想，有献身精神，不必听他人说什么，也不管岁月"静好"还是怎么，只管努力"负重"前行。

为自己的学术理念去探求和坚持的人,既在今天也在以后。设想几十年上百年过去,它如果还存在,还有人铁硬地坚守海角,不是很光荣吗?不是悲壮,而是意义,是需要。书院当年建在荒凉的河边,找了个没有林木的空地。河边两岸的林子有好几万亩,到处没有人烟。现在林子都毁了,成了房地产小区。书院刚建时曾有诬讦,朋友大多认为不必在意:既然在做事业,那就只需努力下去。

接近二十年下来,书院的学术坚守、接待和游学藏书都做到了。讲学成果积累了几百万字,这是实在的努力和记录。它一直秉持传统书院的理念,校正目标,寸寸前移,只要方向对,速度不怕慢。这里一直注意,不要因为追求速度而把方向搞错,那样的速度越快越是坏事。有人以为现代科学这类事物主要就是提高速度,其实是错的。盲目追求速度就是奔向毁灭。慢慢做多多思考,自我校正,这是最重要的。速度常常与虚荣连在一起,只要速度而不要道德和真理。这些年来,有大能的人找到书院合作,说把书院"做大做强"。这让书院感谢之余也十分惶惑:为什么要"做大"和"做强"?扩大规模?这不是书院的初衷;让更多的人听从书院号召?那更不是书院的意图。这里只做一些力所能及的事情、文化建设的事情,尽心尽力做下去,这才是它的意义。电视台要给这里拍专题片,要书院"走向世界"。书院谢绝了。因为安静还来不及呢,安静就是生命。失去了出家人一样的修行条件,一切也就全废。自信,沉寂,远离喧哗,在这种环境里好好学习和思考,学习古今中外许多大榜样,多么难得。时间已经很紧张了,不可再有荒疏。

这些年,书院的人总结和研究古代那些有名的书院,体味学术恒心。现代书院也面临好多新问题，属于时代特有。比如说网络时代纷纷糟蹋文字和语言的时候，敬重文字和语言，自我苛刻，就成为重要的内容。许多的毁坏是从语言开始的，由此毁掉思维，颠倒伦理，践踏道德。从此基本的伦理规则全都改变，人们之间不再信任，真实全无，生存就来到最可怕的时期。所以书院对语言的守护，意义还在其他。

书院明确地跟物质主义和商业主义保持距离，保持精神和文化的专注性格。能做多少做多少，不贪大不求快，不求虚名，不为名声也不为事功所动，每个人只努力做好自己的事情。要有一种自信。书院属于全民而不是个人，既是公器，就要有公器的样子。我们一些朋友无偿地做了它的义工，这是高兴和自愿。几百小时授课，辛勤劳动，没人收取一分费用。这种修行帮助了所有为之付出的人，让其收获了更重要的东西，那是心灵的欢喜。对心灵的助益，需要心灵知道。没有心灵，与之分辩就是浪费时间。这里使人稳定，减少浮躁，生成平常的劳作心。

很多人来我们这儿讲过学：山东大学、山东师范大学、北京师范大学、香港大学，包括海外一些大学，法国、日本、韩国、苏格兰、新西兰，许多学者来过。海内外一些学人在这里举办学术活动，参与讨论，相互收获很大。这是书院的正常工作，书院有一些理念，有修行的空气，有沉寂的属性。一个现代书院需要学习，接受八面来风。我们不热心对外影响，只立足学习。我们自己的个性在学习中形成，而不会因为虚荣而蒸发掉。有的参与我们工作的海内外学者、学术机构纷纷留言，说到书院对他们的帮助和影响，那算一种鼓励。

合作也是接受吹拂。对植物来说，不透风就不会好好生长，风太大了就会被连根拔掉。再大的一棵树也会在风中摇动，不是不摇动，只要不折断、不连根拔脱就好。树在风中摆动的样子很美，它将更茁壮。书院最初建成时，四周有六万多亩黑松林和槐林杨林，后来开发商的高楼大厦把它们挡住了，有一些树木就发黄干枯。开始以为招了虫灾，后来才知道它们必须接受海洋的风，让这种风来梳理，不然就会枯萎。书院不过是海边的一种文化植物。

我们的合作者有好多大学，这里搞学术活动时就来一些老师、硕博研究生、少量的本科生。书院有一个七十五米长的学生公寓，有两人间或一人间，还有学者住的其他地方。如果没有集中的学术活动，也会有个别专家在这里研修。长一点的学术活动是半个月、一个月。有不少学者和书院的人一起做体力劳动，而且乐此不疲。

我们的经典

经典对人的作用更多的是无察的、缓慢的。几十年来读书的重点有所转移，当然国外的也在读。和过去不一样，二十多岁时翻译作品本来就少，这个窗口刚刚打开，有时候一架子译过来的书全都读过。年轻人的眼睛和脑子处理文字快，记忆力好。中国古代经典主要是雅文学，通俗文学不能算经典，读多了，会对自己的文本气质造成不可修复的伤害。如果读多了《七侠五义》《响马传》这类文字，肯定没有良性作用。有人说阅读最好是"杂食"，这是一般说说而已，其实不对。少年时代读四大名著，除了《三国演义》有点困难，其他还是能读。但陶渊明那些大诗人读得很少，后来才开始补课。中国的雅文学传统主要是散文和诗，小说不多。我在中华书局出版了四本古代诗学方面的书：《也说李白杜甫》《楚辞笔记》《读诗经》《陶渊明的遗产》，是几十年的阅读心得。

中国雅文学的小说类主要是一部《红楼梦》，还有一点笔记小说。《金瓶梅》是市井通俗小说，有语言和民间世相的生动描述，但大致还是一部淫秽读物。说到中国雅文学的传统和继承，要从诸子百家，从散文和诗词入手。这些书可以让人变得安静，靠近民族诗学的正源。通俗文学不是没有贡献，只是对汉语言的发展，对读者的精神风貌、艺术趣味的形成，造成的负面影响更大一些。以四大名著为例，《红楼梦》《西游记》的价值观是好的，《三国演义》和《水浒传》就有许多问题，就塑造国人观念来说，并没有起到多少好的作用。《三国演义》讲计谋、帮派义气，与清正挺拔的追求真理的现代人格是格格不入的。《水浒传》更是野蛮，只讲目的不讲手段，杀人越货，歌颂的是一些不正之义，很残忍。拉山头搞帮派、哥们义气、封建官场文化，会洇染成一种很坏的社会与民间文化。所以《三国演义》《水浒传》这种文学，从根本上讲是不利于国民的，艺术上当然好，因为是民间文学，由无数的时间和人来参与创作，趋向某种完整性和生动性。但它们不像一般人认为的那么高，有重大的缺陷，比如它们糟糕的价值观，也会影响审美价值判断。它们写到的很多英雄，其实根本不算什么英雄。总之我们对这些传统名著要有新的审视眼光。这方面，文学理论家刘再复先生谈得很好，建议去读。

关于作品的外译

以前，我们对作品外译太理想主义了。这一方面表现了对语言艺术的敬畏，另一方面也表现了无知。那时我常会找国外的朋友把一下关，看一下译出的片段和章节。有时反馈回来的消息让人吃惊。如果我们觉得译文与自己的作品差异很大，甚至没有多少关系，还乐见出版吗？翻译中的各种复杂情况，远不是作者能够理解的。很长时间以后，才知道不可强求"至境"，即一个杰出的语言艺术家与原作紧密结合所产生的新生命。那是可遇而不可求的。几部书由最好的译者译出，如美国的葛浩文、法国的安妮、瑞典的陈安娜和罗德碧、日本的坂井洋史、俄罗斯的叶果夫、土耳其的吉莱等。他们的译文应该让人信赖。当然还有许多译者不了解，只能听出版社的。

对于"走出去"的效果不必过于关注。一个作家的作品永远是母语表达、母语呈现才会是语言艺术，这在整个创造中处于重心和中心的位置。多个语种不是坏事，但也大致与作者没有太深的关系。对此不可有一点虚荣。交流是好的，但交流是有限度的。语言艺术的交流尤其困难。外国人喜欢《金瓶梅》而不喜欢《红楼梦》，这说明了很多问题。所以不能迷信其他语种的互译和认可。

乐观是一种成熟，通常就是这么回事。再深刻一点去理解，可能就不太悲观了。比如我们读了大量的翻译作品，收获了许多快乐甚至陶醉，却不在于它们有多么贴近原作。我们中国翻译力量之所以那么强大，是因为我们在文学上有西方中心主义的倾向，中国人多，翻译水平从数量到质量，都可能是世界上最强的。但即便这样，我们也不敢保证所读到的一定反映了原作的品质。想到这些，明白这种事情如此复杂，也就只好不去管它了。一本书出门交给读者，那就等于开始了一场流浪。拿到国门之外是更遥远的流浪。它已经是一个新的生命，与作者有关也无关。让它像一个孩子一样经历自身的成长，到世界上去。

所以那些翻译的事，作者不应该管得太多。既不要对翻译把关，也不要把作品在海外的阅读情况归于自己，那是不可靠的。它与自己肯定有关，但关系不像想象的那么大。它是另一个全新的生命，身上顶多保留了作者一半血统。

考虑到这些，明白所谓的"走出去"是一个美好的愿望，它显得和蔼、亲切，是作者面对广大世界的态度。我们是汉语写作者，国外的优秀作家也是这样，只会紧紧地咬住母语，只会依赖它。因为离开了这个源头一切都不成立。文学是语言艺术，不是别的什么，离开了一片直接影响其口音和声气的土地，哪里会有什么深入的表述，哪里还会有什么艺术。

文学是不能自卑的。其他方面或可自卑，语言艺术不能，这会是非常可怕的。那些语言强势国家的作家，他们的作品被译为东方文字，作者也是高兴的，但并不像东方人这么看重。他们觉得自己的语种才是重心和中心。这与国家强势和语种大小有关，但还不是最主要的。主要还在于作家对语言艺术本质意义的认识，对语言艺术传播规律的认识。我们必须用一生来使用和操作的这种语言，与之生死不离，一生挚爱，构成了这种生命关系，有这种情感的深度，不然一切都谈不上。

谁看到过一个美国作家、德国作家或英国作家，为作品翻译成中文而急切和焦虑？他们就是客客气气、高高兴兴和东方交流而已。过于急切和依赖，往简单讲是一种自卑和失落，往深里讲是没有理解自己所从事的劳动到底是什么、意味着什么。语言艺术不是那样传播和交流的，严格讲它是不可译的，把不可译的东西硬译出去，还如此充满期许，似乎有些不必。

概而言之，我们欢迎交流并渴望心灵相通，但是不能对这种交流寄托不切实际的幻想，也不能将其意义看得超越本土传播，不能本末倒置。语言艺术一旦离开了母语和本土，就是一次流浪，它将来的落魄或辉煌，主要是它自己的事情、它自己的命运。那是一个新的语种、新的生命。

关于作品的改编

至于作品改编成戏剧或影视，就是更严重的问题了。不光是外国经典，中国也同样如此。比如把中国的一部小说改成电影或戏剧，它与原作有些关系，但那更是另一个生命了。好多人有误解，对改编成功多么自豪，失败了又多么沮丧，这都是不必要的。它是另一种艺术，跟原作的关系没有想象的那么紧密。既然是语言艺术，如果能够用电影来表达，那就直接做电影好了。越是好的语言艺术，就像马尔克斯所讲，就越是难以转化成其他艺术，因为杰作一定会对语言本质抓得更紧、贴得更近。他说，自己还没有看到什么杰出的文学作品能改编成非常棒的电影，倒是看到了很多平庸的文学作品改编为成功的电影。这是马尔克斯的话，不是我的话。

他就是一个作家

　　写作的人，也包括文学研究者，不宜把写作过于类型化，所以不必分成搞儿童文学、搞成人文学、搞散文的。更可怕的还有搞军事文学、搞煤炭文学、搞妇女文学。哪有这么多文学，只有文学。文学的类型化，是研究者在某个限定的层面上所讲，他们加以分类和量化是为了学术清晰。但杰出的研究者从来不将这种分类溢出边界，一定会限定在某个语境中。不然就是外行之言。一个作者如果把自己类型化，一定是有害的。文学不分题材不分领域，只有优劣之别。一些好的写作者从来不把自己当成一个"小说家"，只是一个作家，写所有认为应该写和有兴趣写的文字。生命需要自然而然。我迷于诗学，也写艺术鉴赏文字，像二十年前出版过一本《远逝的风景》，二○一八年由四川文艺出版社再版，是关于现代油画的。我的散文和文论类文字几乎占了整个创作量的一半。

　　一个写作者自我类型化的后果也许很严重。尽管我们也尊敬那些类型化作家，因为也有好的作品出现。但严格讲，生命对外部世界的感受不可能只作用于一种形式，这是不言自明的。什么题材、什么形式、如何表达，都是自然而然和水到渠成的。散文、理论、诗歌、小说、戏剧、儿童、成人，适合则写，冲动则写。大诗人艾略特写诗也写小说、戏剧、理论，还当杂志主编、出版社总编，一生的主业是做金融。他的生命表达方式是多元的，因而是自然可信的。只能写儿童，只能写妇女，只能写部队，只能写煤炭，只能写海洋，只能写打猎，哪有这种怪事？

我一九七三年就写过所谓的"儿童文学",几十年来写了上百万字的这种文字,没有想过"转型"。写给儿童当然要注意一些,考虑他们的接受,孩子要说孩子话,这和写其他内容是一个道理。其实没有什么"儿童文学"和其他文学,也就是文学。有人专门做儿童文学研究,那是研究者的事。安徒生和马克·吐温不是儿童文学作家,他们就是作家。有一篇文章还批评有的作家"逮着什么写什么",这就对了。如果作家专门写某一种而回避其他,那是怎么回事?生命对世界的感悟和表达去了哪里?都留给一些专门家?对不起,不能留,因为我们本身就有感动和表达的自由。一门手艺把人束缚了、固化了,这也成问题。

所以,对真正自由的自然的生命,对作家,不存在数量与门类的问题,只要求诚恳认真地去做、去劳动,如此而已。作家不要相信那些古怪的谬论,说什么写得多了就会写得差,写得越少就越精,那是呆子理论。大作家写了一千万字还觉得写不好,有人写了一百万字就杰出了?这么聪明和幸运?不停地练都练不好,还要少写?埃及作家马哈福兹写了三十四部长篇小说,还有大量中短篇和戏剧和理论;美国的奥茨写了三十几部长篇及其他;福克纳的长篇近二十部;海德格尔的哲学著作有三千多万字;歌德近三千万字;托尔斯泰文集一百卷。怎么到了我们这里就变成了越少越好?杰出作家对自己必定严苛,让他粗制滥造太难了。粗糙是天生的。一般来说我们太迷信"一本书主义"了,再要多写就开始胡编,这不是好的劳动者,而是懒汉懦夫。没有强旺的追求真理和艺术的定力,没有顽强的意志力,想多写也难。

比如鲁迅，人们只看到鲁迅的精确、深刻与不朽，忘记了鲁迅的勤奋：在同等的写作时间里，还没有一个当代作家有鲁迅那么高产。

要自然而然地劳动，自然而然地感受和表达，诚恳朴实地对待自己的工作，不要在意多和少，只在意写好每一个字。

神经绷紧

一般来说，越是长的篇幅，在心里存放的时间就越长，需要找个合适的时候写出来。时间是最重要的元素，没有相应的时间，作品是不会成熟的。心中的种子还没有发芽，就得等待。有时候觉得体力和心力不足、中气不足，就等一段。我构思了四个短篇，其中三个觉得成熟了，大概有二十多年了，但总觉得身体储存的力量不足以把它们完成。我的作品在心里储藏十几年二十几年，几乎没有例外。有人会说储存这么长，算一下不对。它们的出生是交错的，不是一个在心里，其他就不能进入了。心灵好比一片土地，可以栽种很多，不能十亩地只种一棵玉米。

现在还没有写长篇作品的想法。心里总是装了好多可写的东西，但觉得不成熟，不能动笔。有时候是状态不好。越是短的作品，越需要在一个单位时间里有很强的冲刺力，它不允许犯错误。长篇犯了错误还有机会改正，短篇就没有。长篇的回旋余地大，可用来弥补的空间大。短篇的失败和成功都在方寸之地，所以作者一直要神经绷紧。有人说不放松就写不出好作品，也对。但这种放松，可能也是外松内紧吧。

顺理成章

写作不是一种物质生产，不是眼前生存的必需品。维持生命没有物质生产不行，精神既非常重要，又放在满足基本物质需求之后。精神贫瘠一点不影响存活。所以精神方面的生产，从人类诞生之日起就一直是业余的。该做什么做什么，忙生活做实务。人要有一份实务，即便是分工越来越细的今天，有这样的一份工作还是心里踏实。现在有人专门靠稿费生活，中外都有。这种生活比较自由，有大量自由支配的时间，可以读书或做其他自己喜欢的事情。想写作了就坐下来写一段，不担心没有空余。可是当一个人脱离了社会生产，这里指物质而非精神，毕竟会有些空荡荡的。最初是体力劳动之余产生了一些冲动，喜悦或悲伤之类，再诉诸笔端。现在有了专门的管理工作、教育工作，这些虽然不是从事物质生产，但离生产还稍近一些。有些作家选择体力劳动，业余写作，可能是最好的。

我们现在有专业作家制度，这有非常好的一面，但也有负面的因素，对创作产生扭曲作用。一个人因为某种原因被分配到一个地方专门发动灵感，写诗或小说，总有什么不对头的地方。发现这种方式的荒诞性和危险性，它的不正确性，在有人看来是多余了。他们的理由是，现在本来就有一些"自由作家"。但这个稍有不同，那些人不是被"分配"来的，而是自己闲置下来，打定主意卖文为生。这一般不是终生的，而是一个时期的计划。总体来看，这仍然是一种业余状态。我不太赞成职业写作生活，尤其不赞成社会分工式的职业写作。从历史上看，最杰出的作家哪一个是职业化的？李白还是杜甫？陶渊明还是苏东坡？他们忙日常生活，有了感悟和表达欲就写下来。这叫顺理成章。职业地坐在一个地方"感动"，不好。

这里面的道理也不难懂，但具体实践一番也不容易。一个人一旦做了职业作家，再要改变心态和工作方式就难了。人是懒惰的，一旦变得懒散了，再紧张起来就难了。我从二十几岁做了这种工作，深知对自己的损害。当我发现它的时候，是下了很大决心才走出斗室的，走出这个囚笼，精神和身体的囚笼。必须找到一个坚实的、让自己信服的理由走出去，去做体力及其他事情。有这样的打算是一回事，怎么落实又是一回事。

我自二十世纪八十年代末离开了专业写作，把大量时间用在了胶莱河以东的半岛地区，从那时到现在，基本上是一种业余写作的状态。每当有了写作冲动，就会找个地方坐下。

我一直用手写。在二十世纪七八十年代一度用电脑，几年后改用手写。只要不是教学中形成的电子稿，都是手写。

教学任务不重，我在华科大、浸会大学、香港科技大学都讲过课，连续时间较长。上课备课，是很好的学习方式。写作学、古典文学都讲一点。这等于自己再上学。与其说我在教别人，还不如说我在这个过程中进一步增加自己的知识储备。

遇到了硅时代

技术带来很多便利，这是肯定的。但许多时候，只要方向对，不要过分担心速度慢。现在我们人类的很多问题，毛病也往往出在速度过快，因为速度越快越是需要更高的判断力。人类的智力、判断能力，自古到今并没有多少进化，基本的人性元素也没有多大改变。在李白、杜甫的时代，人们的情感模型和现在也差不多，智力并不比我们差，甚至很聪明，写的诗比当代人还好。

在知识的积累方面，特别是科技这个层面，现代有了很大进步。但是积累快的、看得见的，都是相对容易的部分。比如说电脑、因特网、上天入地、机器人写小说之类，这些东西还是相对容易的。最难进步的是艺术、道德、思想等人文层面。我们会发现，唐诗在诗歌方面所达到的成就，《红楼梦》在小说方面所达到的成就，现在不光难以超过，而且很难攀比。有些事物没有可比性，有些比不过古人，比如写月亮就比不过李白。我们也不能说当代人的道德水准就一定好过唐代和宋代。人的文明修养、道德水准，要进步是很难的。进步快的与积累快的，都是相对容易的部分。人类往往关注相对容易的这一部分，对它们取得的每一点进步都要激动起来，如果眼光放远一些，就会冷静下来，并且还会看到事物的利与弊。

从这个角度去思考问题，可以全面一些。对那些比较容易积累的东西，比如科技等，要理性地乐观，而不能一概依赖，更不能惊慌。艺术与道德等人文方面的积累不仅困难，而且经常发生倒退。所以对这些领域要更加关心，对它们发生的每一点进步都要珍惜。现在常常是反过来，有时候对生活中一些雕虫小技的意义过分夸大了，而对最重要的部分，比如社会和族群的精神状况、文明素养、道德水准，那么麻木不仁。科技的发展是必然的、自然而然的，能够得到有效的积累，一定会不断进步。高科技难不难？量子技术宇宙飞船难不难？人类耗去了几千年才走到今天的水平，当然很难。

但尽管如此，它们比起人文方面的发展与进步还是显著得多，看得见摸得着。物质与科技的变化是显性的，比如很快就大楼林立，汽车塞路，家家上网，这些惊人的变化在区区二十年的时间里就完成了。对科技和财富，对这些物质范畴的积累和发展既要正视，又不能惊慌失措。一个族群的人文素质与道德状况才有最终的决定意义，不然，毁掉那些科技与财富的积累也是很容易的。

我们现在过于迷信速度，好像生活中的一切都是越快越好，其实不是这样。因为我们的判断力、智力，几千年来都没有多少提高，这二者形成的反差就是危险。在更快的速度面前，人的判断力稍微出一点问题就会铸成大错，后果是灾难性的。现在是利用高科技手段，让生活的各方面一再提速，隐患巨大。判断是需要时间的，我们的时间越来越不够用，因为高速度快节奏不容许我们稍有耽搁。这就是现代人面临的巨大挑战，也是巨大风险。

人类社会在人文方面需要跟速度匹配。到现在为止，世界上还没有任何一门高科技能够解决伦理问题、精神和道德问题，现代人也没有因为拥有高科技而变得更仁慈、更富有同情心和想象力，相反现代人的物质欲望，比如贪婪程度，可能变得更强了。

科技的意义主要体现在两方面：一是对抗疾病，二是天体物理等空间技术。最大限度地让人活得健康，其意义不必讨论；地球有寿命，人类最终还要移民外太空。所以这两方面的进步是最需要期待的。科技在其他方面尽管也有助益，但并不是最重要的，如果在思想和精神范畴去信任和依赖它们，会是荒唐的。从人类发展的历史看，至少在工业化和后工业化的进程中，科技不但无助于提高人类的人文素养，许多时候还起到了相反的作用。看来科技只能解决科技的事情。

一开始有电脑、有办公自动化的时候，人们预计很快就要进入无纸化办公了。三十年过去，我们的办公用纸是过去的几十倍。早在电子阅读刚刚萌芽时，又有人说很快就不会有纸质书了，结果二十年过去，现在的纸质书印刷量是以前的上百倍。

我们担心纸质书会消亡，文学也要消亡，从预言到现在已有了二十年，我们文学图书的印刷总量和品种，不知翻了多少番。看来还不能轻信那些预言家。人类的视觉器官适应反射光，是几万年进化的结果，单讲纸质书的阅读习惯，至少也要从羊皮书开始养成。可见问题没有那么简单。进化了几万年才抵达的一个结果，怎么会被眼前的一点发明、一点科技进步就彻底摧毁？

那些一见了新科技就发慌，不停地做出预言的人通常都根柢浅薄。前一段有人说什么"硅时代"来临了，今后再也不会有大师了，因为电子贮存和数字搜索无所不能，再不需要聪明的头脑去记忆了。这里抽掉了最重要的一个条件，即大师的灵魂。大师的洞察、立场、判断，还有非凡的心灵，"硅"能取代？如果真是那样，就不是遇见了"硅"，而一定是遇见了"鬼"。

人文、精神、艺术，要在时间里经历漫长的生长。它们与科技绝不是相伴共长的同步关系。

三十年前有一个作家，从一个大城市开会回来，一进门就喊："要到'信息时代'了！"那时候还不知道"信息"这个概念，完全是一个新词。什么是"信息"，他也说不清楚，只是说到这两个字的时候脸色都变了。记得他当时也不想吃饭，只没完没了地踱步。其实即便真的到了"信息时代"，也还是要吃饭。

　　三十年过去，那位作家大致处于"信息时代"的焦虑中，再也没有写出什么。他被新科技吓坏了。而那些根本不在乎的写作者，三十年里从未停止自己的工作，写出了许多好的作品。

　　至于看到电脑写诗这一类游戏，就更不必惊慌了。

　　　　　　　　　　　　　2019 年 8 月 27 日，于上海文汇讲堂

译来译去

译者的自由

作家都希望自己的作品能够广泛传播，这大概少有例外。传播的范围、数量和质量几方面，当然更关注质量。可能作家们在一个阶段会追求翻译的数量，但以后一定会回到质量。最终译文质量才是最关键的。二十世纪九十年代初国外开始翻译出版《古船》，那时还没有加入国际版权协议，所以是十几年后才看到这个版本。我发现原作有些章节被挪动了位置，可能是为了当地读者阅读方便。

如果译文出了较大问题，严重改动或未达其意，会直接影响到那个语种的读者对原作的理解，也许还会产生其他不正确的印象。可见译者手笔是关键因素。现在因为交流的便捷，译者与作者互动很方便，情况要好得多。作家觉得开始可以译得少一点，但最好细细打磨，中国老一辈翻译家对译进来的作品就是这样做的，我们这一代作者所受到的外国文学的影响，就得益于他们的杰出劳动。草率的译本会起到负面影响，伤害一个语种的读者，让他们失去基本的信任感。这对一个作家来说是最不好的事情。所以前些年自己的作品译出一些片段，我会找境外朋友看一下。他们反馈的信息有时让人吃惊：译成异国的文字竟然与原作意思相差很远，有时甚至没有什么关系。这当然是大出意料的，可惜这种现象并非罕见。

翻译也不是一个简单的转化过程，不是两种语言的对调移植，这毕竟不是产品说明书，还有诗性的因素要考虑。译者既要考虑到本国读者的习惯，又要在审美上与原作深度契合。所以还要给译者较大的创造空间，这就变得非常复杂了。如果以过于苛刻和机械的标准去要求译者，也会极大地妨碍作品传播。从二〇一二年左右，我开始不太关注翻译的事情了，也不再找人看译出的样章。因为实在太麻烦，而且原作者过多地介入翻译可能不是什么好事。

这样作品的译本较以前稍多，有二十多个语种。这里边泥沙俱下是肯定避免不了的，但好的译本也有可能产生。如果像过去那样严苛地处理，就可能把一些好译本过滤掉。因为要考虑到译者在不同语种间的移植过程中，出于许多理由，会对原文做出一些变动，这也不是原作者能够完全理解的。过于苛责地从技术角度要求翻译者，对方就被辖制了创造力。译者和作者一样，需要一个生长的自由空间。

遥远的共谋

近些年来，很多译到国内的外国作品偏向通俗的更多，它们在国内销量可观。这是利益驱动的原因。但相当一部分高水准的读者只看雅文学，他们与这种通俗作品基本上是隔离的。这些译进来的作品主要是面向一般娱乐的需要，没有多少语言艺术的含量。

如此相对应，国内作品译到国外，作家也不希望成为那一类的需要。因为雅文学或者纯文学既是语言艺术，就希望译者能够进入语言的层面和维度，而不仅仅是译出一个故事，或单纯抽出一个社会性的思想来强化，这些外在的东西翻译起来并不难。把一个意思搞明白了，把情节的线索搞清楚，这只是初步的工作。难的是体味原作的韵律、意境，并且还要将地域性的特质表达出来。

文学的个人性和地域性，会是译者较难处理的。越是好的文学写作，地域色彩及个人印记就越是强烈，所以译出的文本应该带有独属于原作的气息。作家最担心的是丢失了这些元素。有时候这不是译者的语言水准问题，而是对方是否拥有某些条件：一是他要了解作家个人的生活，一种文化的培植，还有文化修养；再细一些，就是造句的一些特征，词语调度的某些倾向和习惯；最后当然是意境方面。这些恰是语言艺术中最重要也是最难翻译的部分，它通常是一些微小而细密的点散布在作品中，以此触动读者，产生审美快感，引发共鸣。

阅读的过程发生了与原作者的"共谋"，这是第二次创造。看起来这是复杂微妙的，其实是真正意义上的语言艺术必有的功能与效果，也是对翻译的基本要求。译者的任务多么沉重。所以，当我们看到译者把基本的意思和情节、具体的场景都译错的情况下，又怎么能指望他把那些极微妙的东西、细小的点，在其他语言中一一找到对应？更不能指望这些译出的文字，能跟当地读者发生什么"共谋"。

举例说，作品中写到一个很严肃的老学究，他本来很保守很严肃，突然在对话中用了一个网络流行语："那是个什么东东？"那该如何去翻译这个句子？怎么把他的身份、老教授故意追逐时髦，以及那一刻所透露的幽默意味译出来？类似的环节又不能依赖过多的注解。所以译者要对生长变化着的语言环境非常熟悉，了如指掌，对语言的气息非常敏感。

《你在高原》里写到一个附庸风雅的人物，是一个高官的孩子，喜欢藏书，还不到二十岁就被人叫作"黄先生"了。他在家里经常举办高层次的读书沙龙，名流云集，当中有古文字学家、作家和诗人。大家激烈地讨论，到最后阶段该请主人说话了。年轻主人站起来，小小年纪留了背头，微微一躬说："'书籍是人类进步的阶梯'，我的话完了。"大家报以热烈掌声。这是高尔基的一句话，如果直白地把它译出来非常容易，但是这个人的身份，包括这句话在对外开放之初的二十世纪九十年代或八十年代末意味着什么，还需要意会才行。在当年，这句话是刻板的、永远不错的，被无数次引用过的，比如常常贴在图书馆的墙上。它让这样一种身份的人于这个场合说一遍，全部蕴含要译出来是困难的。译者对作品所描述的时间段、当时的社会状况等要有一点了解。同样的一句话、一个流行语或书面语，都在随时代而生长变化。

作家特别在意的是跟读者心底发生呼应的一些"点"，它们连缀在作品里，将其翻译出来是最难的。在我们的揣摩中，翻译好像随处是埋伏、是陷阱。

这在一般的译者那里往往给忽略掉了。造成这些失误的未必是对方的语言能力不够，而实在是需要其他诸多条件。译者不可能既熟知一种语言，又对这个地区的社会生活与文化诸事烂熟于心。所以文学作品译出之难是不言而喻的。一种语言变成另一种语言意味着什么？意味着忍受和牺牲，还有割舍。

在这样一种预设的前提下，作家的作品变成其他文字，的确要突破一点心理障碍。如果是写得非常粗率、简单、概念化表面化的通俗文字，译起来可能很痛快很容易，而且译品极有可能比原作还好。当作家不是这样的写作，而是真正意义上的语言艺术，那就需要设定更高的标准，于是彼此都要做好各种心理准备。

译者知难而退也是很有可能的。但是译成中文的作品又是怎样的情形？比如这些年在中国翻译频率最高的略萨、马尔克斯、米兰·昆德拉这三个人身上，还有后来的帕慕克，我们读这些人不同的多种译本，又会产生一种觉悟和乐观。看马尔克斯、略萨和帕慕克的作品，到底是不是译者之间互相感染或学习不得而知，反正我们都能够从其中嗅到属于不同作家个人的生命气息、一种独有的行文味道。如果是这样，还真让人高兴。也就是说，不要说多么优秀的翻译了，只要是差不多的及格的翻译，细心的读者都能通过他们的译文去领受作家原有的文学和生命气息。

有了这种感受，我们又会觉得翻译是让人非常宽慰、非常高兴的事情。有时候可以想象，如果不同的译者完成的书，在英国、法国、日本或者俄国，他们虽然年龄不同性别不同，就像我们读到的外国文学译作一样，仍能够从中感受到字里行间特别的生命气息、语言气息，那该多好。那一定是来自原作的。所以我们实际上渴望的是什么？就是希望译者能把这些转达出来。要翻译作家的语言和气质，而不仅是翻译所谓的"思想"和"故事"。后者不是文学中的什么大问题，可能也不是什么难点。雅文学写作，所有的大目标都在方寸之地解决和实现，他们会用局部的、小小的"点"去解决至大的问题。

通俗文学和一般意义上的社会化写作就不是这样，它们一定是通过一些很大的、显性的场景或故事，去解决一些很小的问题。雅文学写作一定是反过来的，所以这就要求好的译者从小小的"点"上入手，以接触作家所要表达的深邃的、大的问题。

说到这里，对翻译的要求也就非常清楚了，即在这个过程中注意一些隐蔽的地方，不能疏忽，紧扣语言，这才算真正的翻译。粗粗地转述一个故事，只是一种貌似的翻译，实际上与原作关系不大。对一般读者是一回事，对真正的文学读者、好的读者，他们一定会注意语言中那些极为细密的小小的"点"，是它们织成的一张诗性的网络。

语言艺术需要读者和作者的"共谋"，是共同创作的一个过程。读者一旦缺少审美力，也就没有一点办法。文字无非是一些记录符号，如果读者不能把这些符号解码和还原，构筑不出一种意境空间，那就没有一点办法。不要说其他语种，即便是和作者使用同一种语言、生活在同一个时代的读者，也会有这种缺失和遗憾。我们有时感叹，一部绝妙的作品竟然不能引起一个人的兴趣，就因为对方是麻木的，连基本的理解力都成问题，有时甚至看反了。这样的人缺乏初级的解码能力。

如果带着这样的问题去想象译者和读者，也就感到了巨大的难度。基于这些想法，就会理解一个杰出的语言艺术探索者、创造者，他们在期待什么？期待一次遥远的"共谋"能够发生，那片土地上的读者将进入隐藏的、潜伏的、密集的文本，它们可能是幽默，也可能是一言多意，是在整个布局里十分曲折的关联，是这一切综合而成的魅力。

这些需要融会于心，不然就没法进行这场极其繁复的转达。译文全部的难度几乎都体现在语言层面，这既是基本的，也是最高的，要抵达这样一个效果和目标，要给予译者信任和自由。更多的机会、更多的方式、更自由的状态，才有可能产生最好的创造和发挥。

大错和小错

我以前说过，理想的语言好像有三种。第一种当然是原作的语言，有可能的话直接读原作最好。但这里也有一个问题，就是不通过翻译，很少有人能够直接阅读原作，靠磕磕巴巴查字典，审美快感就全部抵消了。所以有时候即便是勉强能够看懂，仍然也还需要好的译文，这可以让我们在流畅的阅读里去享受语言，即享受文学。

第二种即译者本人的语言。这里的译者完全是以个人修养为基础的，他长期以来已经形成了个人的语言特征和表达倾向，这与经历、学习以及长期秉持的表述方式有关，所以无论由他翻译哪一个作家，都完全是他自己的风格与气息。这样的书跟原作关系不是很密切，我们读到的只是译者自己的语言。

第三种语言可能是最理想的，这就是译者与原作者的深度合作交融。译者拥有语言艺术家的水准，但又能对翻译对象深入把握，对原作的语言习惯、独特个性、意蕴及其他，无不成竹在胸。这样在翻译中，他就可以对应性地建立起一种新的语言关系，实际上是两者紧密结合、高度融洽的合作，这样完成的译作等于是二者结合生下的孩子。

这个新生命是原作品吗？不是，但原作者的基因血脉、生命密码全在。这个新生儿可能又像父亲又像母亲，带着一种新生命的朝气蓬勃来到世间。译者是母亲还是父亲不好界定，但是诞生这样一个新生命就已经非常完美了。我们现在所读到的一些很活跃很有影响的域外作家，其作品大致都是这样的新生命。

蒲隆翻译的索尔·贝娄的《洪堡的礼物》就非常好。马尔克斯、米兰·昆德拉的一些作品，比如韩少功翻译的《生命中不能承受之轻》，就非常好。韩的这个版本据说有硬伤，而其他译本较少。但韩的版本更好读，我们打开书页，几乎能够立刻捕捉到作者的那种机智、狡黠、沉默、诡异，包括对语言掌控的从容自信、一些自我满足和傲慢，甚至还有一点点炫耀。

原作的创新图谋在译作中得到实现，这个过程中作家本人所获得的快感，我们从译文里能够感受。一部作品由作家来翻译，大概更能够感同身受，在技术层面也会相当敏感，把握作者的心理状态，进入作家的语言系统时，尽可能地做到"不隔"。由于并非专业译者，或许会有一些硬伤，但这只是"小错"。某些译作没有这样的"小错"，犯的却是"大错"，即语言享受方面的未能满足，读起来疙疙瘩瘩。译者对原作的生命世界无法把握，在技术上迟钝，没法做到从容自如和流畅叙述。

如果由一个偶有"小错"而不犯"大错"的国外译者来译我的作品，我只会高兴。犯"小错"不要紧，不要犯"大错"，这实际上对译者的要求更高。这不仅是一门外语的掌握和熟练，还有其他很多。他不能把某一种语言仅仅当成工具来使用，而是要当成活泼的生命去对待；不是机械地运用一种语言，而是能够在这种语言中畅快地呼吸。

无可奈何的芜杂

作者请朋友看译文样章，技术上也是不可持续的。有些小语种找到合适的鉴定人很难，而且出版社及译者的工作自有流程，也很烦琐。比如尼泊尔语、泰米尔语，基本上不可能找到懂它的朋友。

这种事情要做起来其实很麻烦，除非只盯住一两个作品和语种。不允许对方犯"小错"是不可能的，即便"小错"不犯，犯了"大错"就更不知道了。这超越了作家本人的能力。请朋友鉴别"大错"也是很难的。随着作品传播的增多，国外译者和读者之间也会有更多交流和沟通，这就可以发生一些参照，以至于在这个过程中越来越接近某种真实的风貌。我们能从大量译介过来的国外作家作品中感受这些。当一个作家偶有一本书译到国内，没有对比，也就不知道他的气息；但是一旦有许多不同译者的不同版本摆在面前时，每一个版本都等于打开了一扇门、一扇窗，这时候就能让我们从不同的侧面去遥望作者。门和窗多了，才可以知道得更立体更全面。反过来也是这个意思，外译版本多了以后，国外的读者才能更好地理解一个作家。

网络时代的写作者应该有的觉悟之一，就是在令人无可奈何的芜杂中，更加专注于自己最重要的工作，这就是写作。全面地应对干扰不是精力够不够的问题，而是根本不可能的事情。翻译和交流是令人欣悦的，但如果总是忧心忡忡就不好了。我如果在二十世纪九十年代中期就对译进译出的作品看淡一些，并且在阅读方面偏重于中国古典，情况可能就不太一样了。

方言写作

我的作品基本上是采用普通话叙述。有几部是使用了比较多的方言，浓郁但不费解。因为这种方言在使用时已经做了适当处理，比如用于特定的语境，阅读起来就不难理解。方言融入普通话写作，这里面其实也有个"翻译"的问题。

《丑行或浪漫》方言用得最多，其次是《九月寓言》。这两部的方言经过了改造。我在香港讲《小说坊八讲》时，较细地谈到了这方面的问题。有的学员完全用粤语写作，那就很难懂。他们不理解，问：为什么方言表达力这么强，却不能直接这样写？有的作品在出版时被对方提出很多修改意见，作者不同意。这有点不好回答。从某种意义上讲，方言才是真正的语言。有些事物离开方言的表述，音调和语境、特殊的语汇都失去了，有一些意思是没法表达的。让作家放弃方言，就等于让他放弃语言艺术，这个问题太严重了。但是没有办法，中国统一文字后，大多数人使用起相同的文字，这和欧洲不一样。

今天的一些地域语言，其实是没有相应的文字去对应的。有的发音虽然相差无几，但意思也有不小差异。发音仍然没有统一，统一的只是文字。而文学是书写下来的，所以就有一件棘手的事情发生了。要想让作品在更广大的范围内获得理解，就要做出让步和牺牲，就要有所割舍。这与我们谈的翻译，道理几乎完全一样。

纯粹的地方语言，要放在更广大的地区里阅读，又不能有那么多注解，当然是很困难的。写作并没有百分之百的普通话，都要多少带出地域的特性，这就需要写作者在下笔的那一刻自己动手译为普通话。由此来看写作也是一个"翻译"的过程。一个好的写作者在这个过程中会有一种完美的转译，而且常常是在不自觉中完成的，几乎无一例外。北京地区的作者也有这种"翻译"，因为普通话并不等于北京话，所以也有个方言转化的问题。但是这种所谓的"翻译"，并不意味着把方言全都改成标准的普通话，而是适当改动，或放在某个语境里让其得以化解，使读者一看就懂。

从这个角度看，把汉语转换成瑞典语、日本语、德语和英语等，道理都是相同的，只是难度更大而已。比如瑞典翻译《丑行或浪漫》，对方遇到的问题和我担心的差不多，就是浓郁的方言怎么办。我实在想不出一个好的办法。当年日语《九月寓言》的翻译也是一样，那时我出了一个主意，就是能不能在日本找一个接近于"老齐国"，也就是今天胶莱河以东半岛地区的方言，用这种对应法来翻译？那种方言在当地语境中就有浓郁的地方气息。我把这个想法告诉了瑞典的译者。

如果不用方言来对译方言，怎么能让读者感受原作的地方气息？可能没有其他道路可走。但这样做的困难，也许远大于自己的想象。译者要寻找和体味异域语言在本土落地的感觉，体味本地区的方言和老齐国的方言在哪个方向上是接近的。这就得考察当地方言：在整个瑞典语的板块里，哪个板块和我们的半岛相近？在一种语言板块里，其位置、气味、构成的角度，异同在哪里，包括颜色、温度、难度，都做充分比较才行。这不是随随便便就能做到的。

《九月寓言》的日文翻译，最后坂井洋史先生选择了北海道那个地方的方言；瑞典的译者也找到了国内某一地区的方言。如果不用本民族的一种方言去对应，原作的方言意味是不可能呈现的。

我年轻时读过一本危地马拉的长篇小说《玉米人》，阿斯图里亚斯的作品，给我印象很深。它翻译得极好，能让人感到这部作品中方言的意味和力道。这个作品在中国，大概到目前为止只有一个译本，所以还没法相互对比。该书的方言令人觉得特别有意思，它让人立刻想到的还不是汉语某个地区的方言。想到了哪里？那就是作者的祖国危地马拉。译者借助什么达到这样好的效果？借助了我们这里的方言。事实上它带有我们的方言气息，很多时候甚至觉得有点像胶莱河以东的半岛地区，可有时候又不太像。这就是译者的高妙。

看起来译者要下的功夫很大，还不能是机械的。也就是说，他即便以我们这里的一种方言做基础，也要在这个基础上有所创造和偏移。不然的话，完全用汉语地区的方言去翻译危地马拉的文学能行吗？要让汉语读者想到方言，同时又能有所超越，觉得不完全是本土之物。那种游疑的状态，在于分寸的拿捏，在于对另一个民族，即原作语言的深刻感受。也就是说，用本民族的方言翻译另一个国家的方言，这虽然是一个前提，但并不意味着完全采用本民族的方言，这绝不是那么简单的事情。译者的再创造，那个度怎么把握，就看译者的水准、看他的感悟力和语言天分了。

这是翻译中的一大难题。所有的写作都不是百分之百的普通话，都有方言成分。我的其他作品大致是用普通话写的，虽然也自觉或不自觉地采用了一些老齐国的东部语言，有那种味道而已。日语译者关根谦先生翻译的《远河远山》，就有这个特征。

任何一部作品的地域气息，都需要从作家生活的环境里寻求，而不能凭空想象。这涉及其他方面，包括历史和现实，特别是地理状况。译者有时候要了解一下写作者生活的地方，感受一下当地文化，回头再了解作者的语言习惯，在个别词汇使用上的独特性。法国译者居里安·安妮为了译我的一些短篇，曾经到胶莱河以东半岛地区去过，这对她后来翻译《古船》也有助益。

最近有个编辑与我商量，要改掉我作品中几个现代汉语词典中没有的词，因为校对审核的规定，只以这本词典为标准。我并无为难，因为改几个词很容易。但我还是不能同意，因为这样做涉及的原则让我有些为难。作家的创作过程中要处理多少复杂的意蕴，如果只要是这部词典中没有的词就不能用，那就太说不过去了。这部词典里什么时候才能有这些词？十年还是百年？作家能等这么久？时间来得及吗？生命可以这样无端地浪费掉吗？这是不是一种荒唐的规定？所以我最后还是没有改。

自我翻译

我在这里讲的是作者都要不同程度地使用方言，但写作时一定是经过了"翻译"的。他用的也肯定不是原汁原味的方言，不是拿过来就用的，那样的话他人就读不懂，就不是一种好的语言艺术。语言艺术就包含了对方言的翻译和改造，没有经过这个步骤，就没有个人化，也就不可能进入语言艺术的层面，可能只是一种类型化写作。所以我们要把作品中大量吸纳方言，与直接用方言去表达的写作做出区别。后者严格讲还属于一种类型化，应该是低一个层次的。

真正意义的雅文学写作，一定要吸收地域语言的色彩和元素，这会形成语言的内在推力，形成个人的语言艺术特征。这跟我们一般意义上的外语转译、少数民族语言转译，还不是一回事。语言艺术家吸纳方言，是为了增强表述力，而不是增加障碍。障碍要在写作者那里处理掉，他不会留给读者。当然，他更不会留给翻译者。如果一个翻译家看到一个完全使用方言写出的作品，一般也就可以放弃了，因为这种类型化的写作很难懂。我有个朋友完全拿老黄县话来写作，结果很少有外地人能读。

方言上升为语言艺术，就像冶炼某种金属一样，要高温、掺兑、改造和熔化，经历一系列极复杂的工作。在全篇的意境和格调上，须经过一番耐心艰苦的工作，然后呈现出的就不是原来的方言了，而是有所区别的另一种面貌和色泽。这是极为小心谨慎的工作，不是简单的一对一，不是痛快地搬过来就用，那样是没有多少价值的。

《你在高原》中用了"大痴士"这个词，其实是源于印度佛教用语，正确的说法是"大乞士"，一种云游乞讨的僧人。在胶莱河以东半岛的发音中，卷舌音是没有的，读起来"痴"和"乞"也就不分。一般的讨要者穿得破破烂烂，像傻子，所以当地人把傻子和乞讨者混在了一起，也就那样称谓了。研究语音学、词源学和民俗学的知道那是同一个字。那个"大痴士"最初出现时下边有过注解。

不看注解会被难住，因为要讲到佛教，涉及一个地区的发音特征之类，译者又不是专门做这个的，会搞不懂。当地人看那些乞丐，他们一个个满脸灰尘，言行随便，不是规范的社会成员，胡乱弄些东西就吃，看起来真像傻子。其实他们这部分人一般没有智力问题，有的还相当聪明。他们已渐渐不太习惯在一种受拘束的环境里，甚至部分地喜欢上了乞讨和流浪的生活。

与译者的交流

二十世纪九十年代初，与译者没有充分交流的条件，因为我和他们之间没有联系，那是国际环境的问题。版权是随便的，所以他们拿过去也就不太注意忠实于原著的问题，那时没有这么多讲究。译者跟作者建立起沟通的渠道之后，那就会好得多。作者无论多么忙，也会考虑和对方一起解决一些问题。因为作品是心血，是一个离开母体流浪的生命，一个孩子，就一定会注重他在异乡的穿着打扮，还有他的命运。作家会和译者一起扫除翻译中的障碍，会把这件事看得像写作一样重要，只要有机会就会解答译者提出的问题，这是很正常的事情。不是担心译者水平不够，而是对方必然要遇到一些费解之处，这与水准高下关系不大。译者不是生活在作者的社会环境里。而且即便生活在同一个地方也不行，还有这里的历史和文化、生活传承等。这是极复杂的一大沓子事项。例如有的外国人跟中国人结婚了，在这里居住了几十年，甚至会说很多方言，但我们跟他交谈时就会发现，对于本地习俗、一些话的深层意思，他还是不能明白。所以两个地区和民族的语言沟通，是最困难的。

关于与译者交流，这些年来回答最多的译者，可能就是日本的田井。但后来她突然就失去了联系，许多日本朋友都不知道她去了哪里。她是极认真的译者，通过电子邮件提了许多问题。我觉得特别有意思的是，她提的一些问题，后来有许多译者也提过。

这就启发我们，无论从哪个国家和族群的角度出发，投射到语言上的目光都有相似性，在文化和其他层面上，都会有一些共同的部分不好理解。比如说《古船》中关于《海道针经》的那段话，英语和其他语言的译者都问到了。英语译者葛浩文先生问的问题，有的地方是全新的，但有的部分田井女士也问到过。

坂井洋史先生是用书信与我交流的，后来才改用电邮。去年在上海开国际研讨会，他投影中的那些信件，我大部分已经忘记了。他后来还在龙口住了一段时间，当面交流方便多了。书中涉及的一些问题在我们这里是常见的，在对方看来就成了非常艰深的问题，这就是语言系统和族群差异造成的。一部作品译出去是这样，译进来也是这样。我们翻译国外的作品，道理也是相同的，有时候在国外是非常简单的一个东西，到了我们这里就变得不好理解了。这种交流既曲折也愉快，为什么愉快？因为通过回答对方的问题时，正可以反观自己的语言以及观念，思考它造成歧义的原因。

本土气质

我们从译者和被译这两方面谈，是站在不同的立场上思考。译者也好，作者也好，都有一个和外国读者发生关系的问题，这实际上也是非常重要的角度。

许多作家希望自己的作品在国外获得更多读者。这就存在一个怎样适应、迎合甚至是调适的过程。这个工作主要还是译者来做。译者要更多地面对一本书变成本国文字之后，如何面对读者的问题。原作者要充分地理解这件事情，他会有期待、有要求，也会有一些矛盾的想法。一方面期待自己的作品有更多的异国读者，另一方面又不希望去简单地、过分地迎合对方，比如说为了让国外读者喜欢，把一些段落和说法改得面目全非。译者有时需要完全调换成本国人喜欢的或习惯的文字，那对原作的损伤会很大的。

比如当年的林琴南，是个大翻译家，但他不懂外语。他用文言来翻俄罗斯的东西时，是由俄语专家先跟他讲，再由他转换成古汉语。这个工作俄语专家干不了，因为毕竟是语言艺术。现在的许多问题是，无论是中国还是外国，常常有一些语言方面的专家代替了语言艺术家，这当然要出问题。把其他作家的个人性，把其他语种和地区的气质再现出来，让我们感受它的陌生化、它的异域之美，是极重要也是极难的。如果译者完全为了适应本地读者，就会造成失误，也是短视。当年林琴南有贡献，但有些做法在今天看是不可取的。他的译文中有"花开两朵，各表一枝"，还有一些对仗的章回标题，在今天看是非常不俄国化的。过分地中国化，就失去得太多。

这种语言方式中国人读起来似乎好接受，但另一方面过分地同质化，在审美上就丧失了一种异域气质，这些东西恰恰是最宝贵的，把它给弄丢了，译者是有责任的。

原作者其实最怕的就是这样的结果，他们肯定不希望翻译家过分地迁就本国读者，而希望他尽可能地保留原作的本土气质，有固有的陌生感和不适性，让读者在这种特别的语境中调适，以感受异国文化、异国情调和异国艺术。这样说会产生一些矛盾，即究竟是迁就哪一部分读者？高层次的读者在阅读时会预留一些空间，会有探索和研究的心情，并不希望吞食"流汁"。自己咀嚼，也是一种享受。饮食上的全流汁是给失去吞咽能力的人，把蔬菜、海参、馒头、鲍鱼等打成稀溜溜的糊糊，用管子打入胃中，这实在是因为没有办法的事。

所以我们不希望一个外国的烹制者，或者说文学大餐的烹制者，把原来生鲜活泼的食材全给打成流汁。我一直以来是这样认为的，到现在还觉得是对的，就是既不能过分地迎合国外的读者，也不能过分地迎合本地的读者。这方面，杰出的译者是完全知道的，他们和原作者是一致的。

好奇心之后

优秀的作品在本地不会全力迎合读者，相反，要努力坚持个人性、个人立场。艺术通常是这样的：越是个人化，就越是会告别大面积的阅读；但随着时间的推移，一定会走向深入的、持久的阅读。

短时间内会失去许多读者，因为不迁就他人。但是时间终会让人明白，写作不是为了迁就他人，阅读也不是。文学源于心灵，它不可能是商品。走向国内读者和走向国外读者，这个过程和路径稍有区别，但基本原理还是一样的。

真正的语言艺术，不可能像一些通俗作品那样，短时间内拥有大量读者。实际上被译出最多并拥有更多读者的，一定是通俗作品。就当代文学看，没有哪部雅文学作品比中国的武侠小说译出更多，也不会有哪一种深沉的写作，会像那些市井故事一样得到更多的接受。非常自我和自尊的写作者，是独处于他所热爱和迷恋的精神世界中的，不可能为了一点声名物益而放弃这个持守。前十年我的作品译出不多，到现在也只有二十多个语种。语种稍多的是《古船》，但我明白，对方感兴趣的更有可能是它的社会性，而对它的诗性，却不一定产生多少共鸣。译出是好的，但要看译出的原因。审美价值的实现，才是最有意义的。

最早以一个作家的身份到国外时，比如二十世纪八十年代中期，感觉我们的当代文学很受关注。为什么关注？是因为这个族群的文学对他们来讲很冷僻，传入既不久也不多。比如说在八十年代到国外去参加文学会议，来参加的外国人很多，很大的会议厅常常爆满，来干什么？来看热闹。他们想看看什么是中国作家和中国文学。也就是说他们是带着好奇心来的，而不是对我们的文学热爱成这个样子。到了后来，到了最近这十年，情况有了很大变化。

中国作家参加国外的文学活动，当地的参加者很少。中国人习惯在一个装几百人的大会厅里开会，而在欧洲人看来，装一百人的厅就很大了，这就是文学的会议。不会有那么多人来探讨文学，国内国外其实全都一样，一旦人太多，反而不太真实。习惯了人气高涨的中国作家会感到不适甚至尴尬，但慢慢就会适应。

现在中国作家去国外参加文学活动，安排在一个小厅里，往往都坐不满听众。这并非是文学的影响力下降了，也不是翻译减少了，而是他们慢慢对中国文学和作家熟悉了，不再好奇了。当然，也有失望的成分在。有一次我和一个中国作家一起参加会议，那是很好的一个作家，我们在两个厅里演讲，我晚十分钟开始，于是先到他那里去看了一下，结果让我大吃一惊：里边只有一个听众。

前不久有人陪一位中国作家去某个英语国家演讲，作家本人也是有影响的，可是演讲开始后，先是有三个人在下边听，讲到一半时，厅里一个人也没了。但我们作家的优秀之处表现出来了：他就像面对一厅的听众那样，耐心和节奏都没有变化，一直把这篇演讲稿读完了。而且在这个过程中，还边讲边做手势。这才是对作家的考验。在一个没有听众的厅内，有这种气魄、这种气势，令人感佩。写作是不是也有同样的道理？好好做自己的，听众多少倒在其次。

这与之前一个真实的故事相似，它讲的是很早以前的北京大学，一个著名的教授在厅内演讲，有人从走廊上经过，听到里面慷慨激昂的声音，以为正有一个坐满听众的盛况。他忍不住推开门一看，同样大吃一惊：下面只坐了三个学生。就此我们可以明白，演讲者此刻面对的更多是问题、是学术，而不是听众。

或者说，他面对的是真理，是他最爱的事业，一旦投入其中，不管有没有听众，都会同样认真地付出。我讲这两个例子，一方面是说明国外现在不像过去那么好奇了，另一方面也很赞赏作家们的这种冷静态度。做好自己，而不要刻意寻找听众，也不要迎合他们。他们欢迎当然好，不理睬也不要慌乱。文学交流，就是这样的道理。

前几年法国国家图书馆有一个《古船》首发式。那一天我担心没什么人参加。主办方趁我来欧洲开会顺便做一个活动。那些天关于当代文学的会议，参与者一直不多，欧洲的读者照例缺少讨论的热情。但当地文学读者很多，这更正常，因为文学一般来说并不需要讨论得太频繁，而是要安静下来好好阅读，学会独处。而我们这里的情况正好相反，认真读书的人往往不如热衷于讨论的人多，就是说，许多人平时并不能静下来好好读书，却很爱参加文学会议，爱热闹。法国国家图书馆是很重要的一个文化场所，记得十年前在这里开一个很大的会，那时来自几个国家的作家汇聚一堂，非常热闹。这次的发行式当然不是那样的一个大会场，但也是不小的一个厅。出席会议的除了作者，还有译者和出版方。会议开始前，我从边门看了一下，见到了满厅的人，还有好多人坐在地上。我退出来，以为走错了地方。后来我才发现喷涂的背景墙上有《古船》的封面，这才进去。

《古船》是法国高等考试书目，在刊物上发表过一些章节。译者居里安·安妮前年在武汉的中法文学周上，介绍了报刊上的一些评论文章。

发行式后，几个出版人与我一起去用餐，中间介绍了中国当代文学在法国的情况。他们说一般来讲最好的时期已经过去，原因很多，主要是没有了新鲜感。因为他们读到的内容多有重复，大致是同一类。欧洲人也猎奇，这在世界许多地方都是一样的；但是像法国这样的欧洲艺术中心，浪漫、雅致和诗性，有更为长久的传统。

互联网时代的阅读正在发生变化，纸质阅读减少了，西方也发生了同样的情况。但对中国当代文学热度的降低主要还不是这个原因，主要原因仍然是西方读者的好奇心减弱了，一些格调不高的庸俗读物又让他们失望。开始出于好奇，但年复一年，总读这些也不行。一部比一部更大胆，一个比一个更放肆，时间长了也撑不下去。

其实他们的选择也有误区，中国当代文学并非全是一种模样。是他们自己败坏了自己的胃口。他们的失望以至于放弃，主要责任还在他们自己。说白了，他们的选择长期以来仍然不是文学，而是其他。他们常常是以非文学的态度对待东方的，一般只有社会性的猎奇，而没有多少诗性的期许，没有多少审美的专注。有一些高傲的西方人士并不想和我们认真地谈文学，他们认为还不到好好谈这个的时候；他们固执地认为中国有古代文学和现代文学，但几乎没有当代文学。所以他们阅读当代文学，读到的并不是语言艺术。他们现在失去兴趣是可以理解的，因为最初听到喊了两嗓子，就拍几下巴掌，如果对方一直喊下去，他们也就懒得拍巴掌了。这种不平等的心态，既鼓励了一些很糟糕的当代写作者、一些机会主义者，同时也伤害了中国当代文学的声誉。从更深处说，这种西方的高傲，也是对他们自己的伤害。这个不必讳言。

到欧洲国家，与那些文学人士出版人士谈文学，会觉得他们对这里没有很高的期待。我也许孤陋寡闻，这些印象没有多少参考价值。但这些感受是真实的。造成这个的原因，前边说了，一半在西方，一半在我们自己。

不是姿态的克制

我不知道"话语翻译"和"语言翻译"有什么区别，"话语翻译"是不是指社会性的接受？

如果是那个层面，我们希望的是"语言翻译"，就是进入语言的细部、艺术的细部。我们不太希望那种社会化的、通用化的理解，那不是翻译文学，而是翻译一些社会层面的东西。语言要进入那种非常晦涩的个人的内部，所以有时候是矛盾的：既要"走出去"，又要具备强烈的个人性。一个国家的文化"走出去"，应该对世界有帮助，对文明的进程有帮助。文学是文化传播和传承里面的核心部分，任何一个国家，如果把文学抽掉了，它的传播和承载，主体或者骨干的部分就被抽掉了。

中国的文化主要保存在文学典籍里。所以文学对于文化的传播、对世界文明的构成，承担着重要份额，这个自不待言。但另一方面，社会层面的一些要求，对作家主体的认定，包括对于写作的设定，有时候是矛盾的。作家一定是带有自我欣赏的、独处的、安静的、沉寂的个人状态，对语言艺术有一种强大的把持力，有这样一种自为、自由、自我肯定和放松的状态。没有这个状态就不会成为好的作家。而那种所谓的"走出去"，则需要一定的外向性，需要一定的普遍性与迎合性。

那种一心向外走的文学，客观上看了令人高兴，是一个好事情，但实际上不会代表一个民族心灵的和文学的深度。它很大程度上可能是表面的和肤浅的。因为作家的创作精神，需要一种孤独的、孤芳自赏的倾向，需要自我玩味和自我把持的状态。有人会说这是脱离群众，是的，必须有这样脱离的心情，有这样的定力，这属于坚定的意志力。只有一度脱离，才会回归"大众"，其实是回归时间。刚才讲的那种松弛和自由，就是需要作家保持的一种"自我"。叫清高和清贵都可以，叫寂寞也可以。这个不容易讲明白，只可意会。这样，他的文笔、文本才会深邃、高贵、独特，才能构成世界文明和文化，特别是文学中的一个重要组成部分。他跟大面上的这种潮流、时尚、最大公约数的传播，一定要保持距离。这样的一种保持会带来两个结果：一是他的"皮"特别厚，要穿凿这层"皮"进入内部并不容易；二是让他走到外部，需要的时间和空间、诸种条件很多。但也正是因为如此，他最终才能走远，才会对世界文化文学文明做出贡献。不然，只讲艺术的最大公约数，就一定会被剔除。

我们不能简单地去讲"越是民族的就越是世界的"。那种局部的猎奇的东西，或者说某种特别强调刺激性、将局部放大以引起世界注意，以此变成世界性的这种预期，是不会成立的。那种"民族性"和"地域性"能够成为世界文明板块的组合和补充吗？不太可能。这要看地域性和个人性，是否符合整个人类发展进步的需要、符合整个人类的价值观。如果不能，那就迟早要被剔除。所以不能存有幻想，认为尽力提高自己声音的分贝就可以了，没有这样简单。

"越是民族的越是世界的"，这个命题只说对了一小半，另一多半它没有说到。那些违背了整个人类进步价值观的东西，无论多么猎奇多么特异，最终都不会被整合吸纳到世界性之中。

所以这里的原则怎样把握，写作者要有充分的准备。总的来讲，作家只需专注于自己的工作，与传播学、商业主义应该有所区别。有些配合需要做出，比如说对译者及时解答一些问题，并对这种传播抱有更好的期待。但在写作上一定要恪守，要非商业性、非迎合性，严格地坚持自己的追求，执着于审美理想，始终强化个人趣味。要保守地对待一些东西，跟时尚保持距离。只有这样，才能为世界文明的构成做出自己的贡献。如果把不同的工作性质和做法混淆了，彼此都有伤害。做传播的好好传播，做翻译的好好翻译，做商业图书运作的就好好推广。每个行当自有操守，自有原则。

现在我们常常看到，越是糟糕的写作者越是急于"走出去"，越是热衷于炒作和营销自己。所以说，好的作家签字售书也不是不能做，但是少做一点会更好。他们不会到一些场合去没完没了地喊叫。这种自尊不是考虑到社会观感，也不是姿态，而是自己所从事的工作、所需要的那种得失寸心知的持重，一小点一小点，一小块一小块，都要自己去把握。

所以在这个网络时代，在非常强调"走出去"的情况下，做语言艺术的，头脑要清醒，对待自己不妨苛刻一些，这不是姿态的克制，而是品质的坚守。

我的阅读

对我影响最大的作家，分前、后两个时期。前期，就是二十岁到三十五岁，对我影响最大的还是那些十九世纪的经典作家，包括中国现代文学的一部分，像歌德、雨果、巴尔扎克、托尔斯泰、陀思妥耶夫斯基、屠格涅夫、普希金、莱蒙托夫等。稍晚一点的美国作家有德莱塞、萨洛扬等。中国古典文学的主要诗人和散文家几乎对我都有影响，现代作家中鲁迅读得最多，其他几位也都读过。三十五岁以后这些作家中的一部分仍然对我有影响，有的回头还要读，可以说常读常新。国外的现代主义文学阅读量开始增多，美国"二战"后的一批作家，从海明威、福克纳再到海勒、梅勒；垮掉派的一批；后来又是罗斯、索尔·贝娄、波特、厄普代克、奥茨、契弗等。拉美和其他国家译入最多的是马尔克斯、米兰·昆德拉、略萨、奈保尔这些，有的浏览、有的细读，受益很多。卡夫卡、博尔赫斯、乔伊斯等，还有诗人休斯、帕斯、米沃什等。翻译过来的很多，大多读过，大量的已经记不清名字了。日本的老一代作家我很喜欢，紫式部、清少纳言那一批人；到了川端康成只读一点，再后来读得少了。

近期译过来的一些有影响的作家，如帕慕克、库切、石黑一雄等人的作品，都读过。翻译文学对我们来说是一个既大又好的窗口，现在这一部分与中国古典文学结合起来，构成最重要的阅读。不然就太寂寞了。对活跃的国外作家，只要译过来的都比较关注。随着年纪的增长，一是读中国古典作品的数量增加了，再一个就是重新回读三十多岁以前对我影响特别大的那些经典。

信任感

因为特别注重译文的准确性，并寄希望于语言艺术层面的互译，对译事有点"理想主义"了。这有点极端化和简单化。我认为以后顺其自然就好。当然寄希望于好的译者，但这是实践中的事情，作者实在不了解哪些译者更好，只是尽可能地配合。

明年有多本书在境外出版，有英语、俄语、阿拉伯语、印地语等，还有其他一些小语种，十多本。这些书大致译了不短的时间，可见译者是认真的。出版的过程长一点并不是坏事，这大概需要慢慢打磨。我知道自己的文字译起来可能会比较困难，因为不是讲通俗故事，许多问题要在语言的细部加以解决。现在，汉语书籍的译出去，与国外书籍的译进来，比二十世纪五六十年代快多了。那时国内的大翻译家是屈指可数的，读者多么信赖他们。现在译事快多了，因为是网络时代，一切都讲究个快字。国外译进来的文学书多极了，读者有些眼花缭乱，对这些读物的一部分只能浏览，对其中的某一部分则要看得细一些，信任感正在一点点建立。

心情不可以芜杂

我的作品译本有百种左右，包括一些小语种。在东亚，我的作品译出不多。当然数量不太重要，关键还是译文质量。像《古船》等二十世纪九十年代初即在东亚地区译出，中短篇等也出版过。《寻找鱼王》出得多一些，大约有十个语种。我的作品不算通俗故事，所以只能从语言入手，这样也很好。有人曾尝试译出一个流畅的故事，甚至要压缩原作，结果也就不成样子。中国的优秀译者在翻译马尔克斯和索尔·贝娄时，是非常专注于语言的，我们阅读的最大享受也在语言。可见译进来与译出去，如果是雅文学，那就只能从语言入手，没有其他路径。我想国外的读者从语言进入并关注中国当代文学，应该是最让人满意的。

如果成为一个通俗化的符号，就可以传播得很广，获得更多读者，但没有什么文学意义。我仍然期待自己的作品传播时，能够相对集中和局限于文学领域。也就是说，最好面对具有相当文学阅读能力的人、有诗性接受力的那一小部分读者。各语种的读者层面都是不同的，我不希望一些寻找娱乐的读者喜欢和接受，这既不可能，也无太大的意义。文学书写只有在文学阅读中才变得可靠、可信，也才有满足感。一部书获得了民众的普遍阅读，可能并不是什么好事；作者哪怕稍微放宽一点，让中层白领喜欢，大概也要付出很多代价。作家迫使自己变得通俗，去迎合一部分人，会是廉价和轻浮的。

比如国外译进来的作家，像帕斯、索尔·贝娄这一类，一般的白领作为消闲读物看是无法进入的。真正的诗性写作一定需要文学修养很高的人才能进入，享受那种独特的美。要谨慎地对待语言艺术，这虽然包含了娱乐功能，但不是一般的娱乐品，不是那种路径。当代汉语文学无论在东亚还是在西方，要把自己的读者和阅读立场调准，远离一般的商业运作和类似需求。对有些过于市场化的接受方式，既不期待也不奢望。要寄希望于那些具有敏感审美力的人，他们才是最可靠的。

从传播来讲，几乎所有具备大的时间跨度、拥有最大阅读量的作品，都不是从满足通俗读者开始的。从一些小小的"点"漫洇到四周，再一点点扩大到社会层面，这会是比较理想的传播状态。文学与其他艺术形式不同，它大致还是面对有教养的、比较高的阅读层面。

在多媒体时代，传播会比较芜杂，但是写作者的心情不可以芜杂，也不可以喧闹，他必须安静沉寂。他的对话者是不大的一小部分人，即便面对世界，也完全是同一个道理。这一部分人不一定接受了较高的教育，而是指那些具有较高生命感悟力和接受力的人。这是一种天生的能力。所以一般化地强调白领、强调什么中产阶级，这在审美上讲是没有多大意义的。不能笼统地谈阶级和阶层，这与通常的社会性划分还不是一回事。一个写作者的志向、志趣和高度，主要体现在对话的方式和方向上，这一点必须恪守，不然写作品质就会败坏。

看起来在说国外传播，实际上是在讲一种工作态度。

文不对题的人

刚才我谈的是传播的真正意义：读者一定不能出于好奇、热闹和猎奇，如果从这个层面去接受，对好的作品反而会失望的。如果他能进入语言的核心地带，从文学品质方面去寻找一些文字、一些人，抱着这种心态来接近，才会有更多收获，而作者也一定是欣悦的，也愿意展开交流。作者常常遇到一些文不对题的人，相互都觉得无话可说。

我原来有一个误解，觉得喜欢我的书的人都在三四十岁或更大一点，他们有一定的社会阅历，是这一部分人。但是通过在香港、华科大、上海与读者的接触，包括其他一些地方，比如国外，发现也不完全是这样。对文学的兴趣往往并不以年龄来划分，而是以特殊的敏感度、以审美倾向和能力来划分的。

有些年轻人阅历简单，文字历练也不足，可能满脸稚气，但谈起文学来常常有一些深入独到的见解，绝不是泛泛而谈。可见他们天生有那种能力，这种能力如果后天不被扼杀，到八九十岁也会保留。反过来，如果没有这种能力，给他再多的教育，一口气读到博士并送到哈佛（大学）、哥伦比亚（大学），也还是白搭。这不是一个年龄问题，也不是一个学历问题。

2020 年 1 月 8 日，于山东文学馆

斑斓的节日

首届"贝壳儿童文学周"开幕了，这是一场重要的文化活动，是文学界和教育界的一件盛事，是我们共同搭建起来的一座五彩平台，一个斑斓的节日！

鲁东大学是一座具有八十九年历史的悠久学府，各个专业学科，都曾经培养出一大批优秀学子；特别要指出的是她深长的文学渊源：产生了写入中国文学史的一个现当代作家群。鲁东大学是我们的骄傲，她的昨天与今天，都镌刻着时代的光荣。

一个民族的力量来自强大的心灵，而文学是心灵的事业。诗心和童心，是文学的核心。我们在此可以说，儿童文学是整个文学的基础和入口，还是整座文学大厦的开关，只有打开这个开关，它才能变得灯火辉煌。我们今天要做的，我们现在，就是伸出自己的手指，按向这个开关。

这就是我们设立"贝壳儿童文学周"的初衷，也是它所具有的深远意义。

为了迎来这个节日，主办方付出了辛勤的劳动。国际儿童读物联盟、罗马尼亚北京文化中心，以及在国内外享有盛誉的儿童文学作家、研究者和出版人、媒体界的朋友们，专程赴会，共襄盛举。特别要提到的是，一九七九年创办《贝壳》杂志的老朋友们分别赶到了会场，这是最为令人兴奋的事情。

在这里请允许我回溯一下几十年前发生在这里的文学场景，一些迷人的往事。那时一起做这份刊物的朋友们今天都来了，这使人一下想起了那些文学聚会、那些不眠之夜，为一个封面或一篇作品争论到面红耳赤的样子。我们当中有刚起步的诗人、评论者和小说作者，还有最好的油印刻板人。天南地北的一些大学的文学社邮给我们刊物，这就像一束束燃着的薪火一样烤人。我们除了在宿舍里、空下来的合堂教室里讨论刚刚写出的作品，还到学校西边的果园里，在一片片荠菜花旁朗诵自己春天的新作。

学校图书馆阅览室是大家最爱的地方，那里总是摆满了散发着浓浓墨香的文学杂志。刚出版的刊物打开来，香味立刻弥漫开来，直到现在对这气味还是记忆犹新。当然，那是文学的气息。

我不知道在座的朋友们还能否记得那种气味。几十年过去了，走出校门之后踏向了不同的路径，并且一直向前。在深夜，或在某个安静的时刻，我们的面前还会蓦然飘过那种墨香。这就是青春和文学，是它的气息。

今天，我们又陷入了这种熏陶之中。

整个文学周期间，将举办十九场演讲与座谈，并进行"布拉迪斯拉发国际插图双年展历届获奖作品展"的中国首展。本文学周参与的专家之多、层次之高、设项之丰富，可以毫不夸张地说，这是一场文学的盛宴！

各位来宾，朋友们！

让我们为自己的见证和参与、为即将到来的精神大餐而庆祝！祝她——首届"贝壳儿童文学周"获得圆满成功！

2019 年 6 月 11 日，于鲁东大学首届"贝壳儿童文学周"上的致辞

前生是一只兔子

何为作家

职业写作者从外部看上去是幸福的：自由支配时间，时有作品发表，在很大程度上满足倾诉的个人欲望。好像如此，其实未必。这是十分辛苦的工作，如果是一个比较有自尊心的人。他面前横亘了无以数计的艰难险阻，大多是无形的。每次开始都要面对一张白纸，从一无所有起步，一个个字积累，直到这一次的任务完成。拉美作家曾说："作家是世上最孤独的职业。"

我因为小时候居住的地方离煤矿不远，初中同学也有许多煤矿的孩子，并熟悉很多挖煤的工人，知道矿井下面的劳动是怎么一回事，又有哪些危险。于是我在相当知晓了写作者的感受和经历之后，最经常想起的就是小时候了解的这些人的情形。是的，写作在很大程度上极相似那种在黑暗中挖掘的劳动：开掘矿藏，有光和热的能量，还要警惕冒顶和瓦斯爆炸的危险。不停地往前掘进、开采，耗尽最后的一点力气。一场辛苦的劳作之后才能升井，休息，然后是再次到工作面去开掘，就这样循环往复。

你能够想象这样的劳动吗？你可能看到的是写作者交给世界的成果，是它们引起的感动或注目。是的，我们在冬季享用热能时也是愉快的，但我们并非时时想到了挖煤的人。有人还会说，有那么辛苦吗？是的，煎熬的是一滴滴心血。还要问：有那么危险吗？不，也许更危险，这只要翻一下中外文学史就会知道，这一部分人付出了多少血与泪、多少生命。

有人会说，我看到的、我熟悉的写作者多么悠闲适意，他们又快活又舒畅，甚至获得了很多利益、各种利益。也许是的，不过我敢肯定这一部分人不是真正意义上的作家，或者是一些很平庸的文字匠人。

行走的格调

关于这部书《你在高原》已经谈得太多了，不过又不得不回答一下，比如现在。我再次说，这是很长的一部书，耗时长，篇幅长，也需要耗费很多资料；书中某些地方有点行走笔记的氛围与格调，所以尤其需要走很长的路。再就是，我特别想去看一看过去给予了深刻印象的地方，比如说更年轻时见过后再也难忘的地方，看看隔了这么多年有了什么变化，这种好奇心很大。这期间会有些对照，记录下这种变化来也是好的。在行走中能遇到很新鲜的事情，它们总是出乎预料，把它记下来很有意义。小说不是报告文学，不是散文，它不是现实照录，这就需要在心里面发酵、孕育。但整个还是来自行走，它的格调也是这样的。

第一本和第二本

《古船》是我的第一部长篇，当然对我很重要，因为任何一个作家的第一部长篇都非常重要。在专业内的评价，可能《九月寓言》更受重视一些，这是我的第二部长篇小说；但是综合的社会与文学的影响，《古船》显然更大。平常说的"冲击性"、阅读和传播的广度、社会层面的反响，好像更强烈一些。它的发行量很大，版本也较多，有五六十个版本。因为它发行了三十多年，这是积累的结果，并非短时间的效果。《九月寓言》出版也快三十年了，有四十多个版本，不如《古船》的版本多。

这两部作品发表时都遇到过一些波折，让辛苦写出它们的作者受到不小的触动。现在看也很正常。一本书顺顺利利出版的情况也有很多，遇到坎坷也应该接受和理解，这都是文字生涯的"题中应有之义"。

前生是一只兔子

诗歌应该是文学的核心、艺术的核心。它化为外在形式，可以分别是戏剧、绘画、语言艺术（散文或小说）。它们的内核还是诗。大家会问：一个"诗"字概括了这么多，说说很容易，可"诗"到底是什么？这真的很难解释，要不怎么是"诗"呢。解释可以，主要还是自己去意会，因为每个人可能都有自己的体味。随着阅历的增加，会对诗的本质、它是什么，有越来越深刻的认知。诗肯定是微妙的，常常不可言状，所以才写成诗而不是散文或其他形式。它是极致、灵思、最深入最强烈的某个瞬间，是欲言又止的刹那之悟，是万千事物和真实一现的节点。很难形容。所以我以前只是笼统地做了一个比喻：诗是灵魂的闪电。这样，也等于什么都没有说。

我出过六七本诗集，从一开始就写诗，现在还在写，今天中午刚刚写了一首小诗，题目叫《遭遇》："我想找一片／如花似玉的原野／跑啊跑啊，寻觅不休／忽来一个背枪人／单腿跪地，瞄准／打得我左胸染血／我将重返自由之路／我的前生是一只兔子。"

我是不停写诗的人，诗一直处于我所从事的文学的中心部位，是它让写作变得愉快和沉重。我写的诗的数量不是最多的，但它对我特别重要。困难，所以难产。诗在这个时代的功利性是最小的，没听说诗能在社会上有多大的影响、能赚多少钱。诗总是费解的，凡人未可解。有些诗很直白很好听，但它们真的不是诗。它那么纯洁，不食人间烟火，又洞悉大烟火。我刚写的那首小诗最后一句是"我的前生是一只兔子"，这就连上了你们刚刚的问题，关于本散文集《海边兔子有所思》。可见我很喜欢兔子这个意象，首先是这个生灵。兔子是一种食草动物，很可爱，跑起来很迅速，在原野上很自由，没有侵害性。猫也很可爱，但猫有侵犯性，杀了好多小动物，虽然我也喜欢猫。兔子没有侵犯性，多好，活泼，自由自在。

我出生在海边林子里，从小就见过很多兔子。这里不是家兔，是刚生出来的、棕色的、草丛里拳头大的小野兔，可爱到没有办法。从那时候起，我对兔子就亲近无比，它们安慰了我的童年，并引起我对身边的东西，草、树、原野，都很亲近。兔子和草木一样常见，我看它的眼睛、奔跑的姿态，与之交流起来，比草与树更方便。

就是一种回忆

关于"童年"，上课那天我讲了很多。童年不光是对写作的人，对所有人都太重要了，规定性和塑造性都很强。童年的生活与经历，特别是接受的教育，对人一生的特殊性、不可替代性，无论怎样设想、怎样强调都不过分。童年之伤，一辈子都会留有印记，这个伤口很难愈合。童年时期的幸福也会跟随一生。那些研究心理学、做心理咨询的人，他们一定会反复与人探讨童年，因为很多成年人的心理疾病与童年经历是分不开的。

人一直处在回忆之中，写作的人尤其如此，他们实际上一辈子都在回忆，写作就是一种回忆。写眼前的生活也是回忆吗？也是回忆。今天的生活只是一个入口，一个借助的对象，它像一道门，进去之后仍然是写经历过的一些事件和经验，主要是情感经验和社会经验，这些经验里最顽固的一部分还是童年。即便写的不是童年，但是童年就站在叙述者一旁。

精神旅程

文学表达总会遇到困难，但有阶段性的不同，严重程度也不同。快乐来自困难的克服，是克服它战胜它，走出困境。写作者要自己独自面对，别人很少能够提供帮助。写作就是处理一个又一个困境，不断地解决问题，往前走下去。没有陷入困境的作家大概没有，越是杰出的作家，可能面临的难题越大，因为他总是往更高处做出探究。

谈到对一些社会问题和现象的直接发言，写作的介入，这是人们常常说到的。作家的责任心和正义感是写作的基础之一，但表达方式主要还是文学的。公民的良知不单单属于作家，每个人都应该具备。就创作而言，不一定要写社会谴责小说、写问题小说。这一切都要化入整个的创作过程中，而不是将问题和意旨当成主题。社会谴责小说是通俗艺术的一种，它和情爱小说、市井小说、武侠小说、谍报破案小说等小说一样，属于通俗读物。这些作品只要写得好，仍然是很有价值的，民众会非常欢迎。但这通常不是雅文学的表达方向，雅文学是诗性写作，蕴含更加复杂，通过人物、故事、语言，调度各种艺术手段，尤其要将一切融入语言艺术之中。它肯定包含了社会问题，也肯定有自己的强烈态度，但不是直接和简单的回答与表态，因为这一切不能直露和罗列在作品中，那就成了概念化和标语口号式的写作。

文学的价值首先是建立在审美基础之上的，诸多价值都综合在其中，而且无法独立。如果尝试将其他价值抽离出来，就一定是不能成立的。所以有时候一部分读者要求文学承担的任务，是每个人都要承担的任务，即良知和勇气；而文学写作除此以外，还要有审美的深度和高度。

一些读者养成的习惯是，总将文学当成论文，要从中看到结论，看到主题，看到论述和例证。这是误区，是没有审美能力，也就是没有文学阅读能力。一部小说是不会有所谓的主题思想的，因为它表达的这些思想和问题太复杂，所以才不得不用厚厚的一本书去解决它。阅读者要放空自己，不要带有成见，不要去求一个直接的答案，无论这个解答多么令人痛快，它都不是一部小说的任务。有人回忆自己的阅读史，会发现真的有过这样的痛快时刻，认为那是酣畅淋漓的过瘾的阅读，所以那部书也就是杰作。这可不一定，而且极有可能是一部浅显的并不高明的"文学"读物。

文学阅读就是沿着语言、贴紧语言往前走，走多远算多远。每个人的审美感受力不一样，有的人有才能，对语言敏感，就会得到得多；有的人迟钝一点，或者被模板化概念化的教育遮蔽了扭曲了，失去了这个能力。这样就会将非文学阅读的方法用到文学作品上，就会把小说和诗不自觉地当成论文去读：通过什么说明了什么，目的是什么，回答了什么，论证了什么，论据是什么。这不是阅读文学的方法。文学最好不要带着问题读，也不要急用先学。这是一次审美体验，是一次心灵的精神的旅程。

比如我们从这里出发往东，走到集贸市场这一路，路上有大杨树，还要过两三个路口。这一程看到了很多，包含了很多，很难用几句话概括。我们不是为了发现主题思想，只是走了一路，阳光、树荫、风、人群、鸟鸣和气息，这一切都在其中了。我们从初中开始写记叙文、议论文，要解决"段落大意"和"主题思想"，那是小时候的基础训练，不是文学创作，文学还没有那样直接和简单。这种训练是必要的，是最初的文字练习，但将这时候形成的习惯带到文学审美中，就非常有害了。

将一部文学作品硬性归纳出主题之类，不是不可以，那是某些搞理论的人做的，这些人是蹩脚的。他们是在割伤这个作品。一部作品局部和整体都会有倾向，或者有些强烈的表达，但总体看是没有"主题思想"这种东西的。就像一个人活过了九十岁，问他这一生的主题，可能就太简单了。九十岁的蕴含太复杂了，一言难尽，需要从头品味。一本书那么厚，这里边有情感、有倾向，有恨有爱，还有比恨和爱更难言的一些没法表述的情绪，它们远不是黑白分明，我们怎么概括和提炼？不需要这样难为自己，而且我们也做不到。我们所能做的、正常要做的，只是品咂和感悟，是欣赏，就像与一个朋友在一起那样，正常地、好好地相处。我们如果见了朋友，一定要把他的"主题思想"搞明白，朋友会躲开我们的。

不属于同一种事业

高考中关于我的作品的考题，常有学生问到怎样回答才算正确。在考卷评判上有专门的答案，这个是不能听原作者的。作者回答出来不能作数，因为他当时写的时候想得很多，就以这种混沌和模糊才能写得好，这就是常常说的"意境"，这个"境"是开阔而烦琐的，不是几句话可以说尽的。作者自己归纳自己的作品，不会是强项。而选用和使用者就不同了，他们专门从考试的角度、可量化的角度研究它，从中找出最大公约数、不太有争议的方面。这样就可以用于考试。所以考卷的标准答案才能为准。有的同学听了有点失望，但事情就是这样，也只能这样。至于大学读下来，并有了更多的创作方面的体会，回头再看一些作品，或许会觉得除了当年引申出来概括出来的条目，仍然还有一些想象的空间、一些其他的可能性。

关于作品的归纳有没有意义，有没有合理性？有的。不仅是考试，还有学术，这些工作往往离不开量化指标。学术和艺术，批评和创作，二者之间有相通点，也有许多不同。做理论的就需要很强的逻辑思维，而且要以之作为框架。创作者缺少逻辑也要坏事，但这种逻辑的使用不能当成骨架裸露在那里，那就坏事了；创作者将逻辑的骨架泡进感性的温水中，让其变得柔软，或者直接化掉大部分，只作为元素掺在其中。

大理论家都是审美高手，他们能够享受语言，能够陶醉，能够在微妙的分寸感里把握和掌控大局。他们善于归纳，但也明白一归纳就错。所以这种知其不可为而为之的批评家才是最优秀的。那些对语言麻木甚至忽略不计者，根本就不是面对文学，他们与文学无关。文学作为语言艺术，除了语言还有什么？什么都没有了。所以批评离开了语言，就等于什么事都没有做。

审美活动被简单的归纳代替，"理性"了也"逻辑"了，头头是道了，但也从此与文学分家了，不属于同一种事业了。审美不光要有理性思维，还需要有质感、有猜想、有联想，这一切因素的通力合作与运作才能最终完成。就因为一次归纳，把其他那些因素全都排除了，也就把自己关在了语言艺术的大门之外。

一个俘虏或囚徒

作家如果有身份上的多重设定，这里指自我设定，可能会更好。有人是写作者，还是教师，还是记者，还是其他，尤其是一个公民。一个文化人需要承担的很多社会公益事务，是不言而喻的。有人常常说到专业的纯粹性，甚至会误解一个写作者离开了写作就是不务正业。什么才是"正业"？专门作文作小说写诗？它们要有怦怦跳动的心灵，而不是模板式的匠人文字，也不是单纯的技术和手艺。它是生活的感叹和觉悟，是生命留下的痕迹。一个人除了自己从事的专业什么都不干，都不用心，都不动感情，这太不正常了。一个不正常的人会是一个好的写作者，我们不太相信。

理想的作家极有可能是这样的：有非文学的自我设计，有对社会生活的强大热情和激情，却拥有第一流的专业技能。这不能是颠倒的，比如语言能力很一般，却在日常生活中极为专业化，对文学之外的一切都不闻不问，不感兴趣。作家应是一个积极的社会人，认真地投入生活，有责任有义愤也有冲动，然后就一定会写出来。杰作就是这样产生的，历史上没有什么专业作家。

一门心思写出又多又好的作品，并且是获得大量读者的作品，这种意念会攫住他，让他变成一个俘虏、一个囚徒。从此他不再自由，也很难吸一口开阔地上的新鲜空气。一张桌子、一些书，几个谈论文章的朋友，生活如此而已。我相信如果看一下中外那些富有创造力的作家，会发现他们大多是活动半径很大的人，在许多领域都留下了足迹。也有的并未到处游走，基本上在不大的地方度过一生，但我们会发现他们十分投入地干了一些其他的事情，为生活实务投入精力很大。

当然任何事情总有例外，写作者也是各种各样的，我们也并非用一种固定的模式来排除其他方式。我们不过是在此探讨一种更合理更理想的状态。一个写作者的"业余性"，往往是生命力强盛的表现，是他的情趣和兴趣广泛的表现。探究心大，创造力一定更强。

现在的所谓专业作家有了大量时间，然后就关起门来，直到实在疲劳和无以为继的时候才出门去，但大致仍旧是无所事事。如果这时候他分担一点社会工作，在社区或农村工厂做一份工作，大概是最理想的。

有人种了一片地，还有人栽了许多果树；有人到学校兼职、搞地理调查；有人和养蜂人交了朋友，最后自己也搞了一个小蜂场。他们过得十分充实，脸色红润，生气勃勃。这期间也有十分想写的时候，于是就坐下来，笔力变得空前强劲。因为感受是生鲜的，描摹对象也是具体的。

一个有写作能力的人种地、当工人、打鱼，这样的人一般很厉害。古今中外这样的"业余"人物很多，他们都是实力强大的。像福克纳认真经营庄园，一生却写了近二十部长篇小说，还有大量中短篇小说和诗等。托尔斯泰干的事情更多，办学校、当兵、管理田产，那么热心于宗教。大诗人艾略特一辈子做金融，当出版社的总编、杂志主编，一直是业余的。马尔克斯大半辈子是报纸记者。杰克·伦敦前半生基本上为生存折腾，后半生尝试很多，仍旧折腾。这些人的创作数量都很大。

立足之地

荒野和乡野还不太一样，它是指没有经过人工改造的大片土地，莽莽苍苍的原始景象。乡野是复合体，比如田园加野地，包括了村庄。长期以来这里孕育了最大的创造力和生长力，因为占有最广大的地域。乡野出现了各种各样的人物、奇迹、传说、物产，还有其他。作家从数量上看也主要来自乡野，他们尽管后来大半离开了故土，但营养主要来自那里。

作家对于事物的看法，有一部分是很早形成的，而且是相当固定的，它们就来自一片土地。一个地方的文化习俗是强有力的，它左右于一个人，很难被改变。这些大致是良性的，对人有益；但也有可能使人变得狭隘、孤陋寡闻。最初的经验太丰富也太顽固，后来经历的一切，往往都要有意无意地与这些经验对比，或者嫁接上去。老家留下了口音，还有习气。人要走出去，要敞开，吸纳各种各样的声音、知识、看问题的方法。所谓的"开放"就是这个意思。但这并不意味着失去根性，它是立足点，文化和精神都有立足点。有了这个立足之地，也就可以对外发力。

一个作家一生要写很多事情，但是老家那里的故事会直接或间接地写个不休。有人可能在老家待过很短一段时间，然后就是满世界跑，那么他就会写很多他乡见闻。但是奇怪的是这些见闻渐渐也会生出根来，它的根须竟然还要扎在老家。故乡真是一种怪异的存在，对于生命来说，它很神秘。它既是物质生活的原初，又是精神生活的根据地。

一大害物

读书是方便的事情，几乎在哪里都能阅读。现在与过去不同，很早以前是苦于没有东西可读，而今可读的东西又太多，每天入眼的文字和图片太多，以致变成了生活的妨碍。就阅读来说，并不是读得越多越好，有时候正好相反。把自己的眼睛闭上，或者看一看窗外的大自然，一度让它离开文字，对生理和精神都有好处。

信息时代好的方面是显而易见的，就信息流通来说是极通畅的，不过也造成了拥挤，许多信息相互矛盾，莫衷一是，也是一个大烦恼。就文学阅读来讲，专门的电子阅读器已经便捷多了，最后还常常要让位于智能手机，这是很糟糕的。再好的书通过手机来读，也会大打折扣。它占用我们的大量时间，把我们的视野束缚在小小的荧屏上，实在是一大害物。

我们的纸质书要没有时间读了。大量的文字通过手机拥进来，每天有几百条古怪的小文，什么文学、奇闻秘事、社会新闻，一切混杂起来把我们淹没。它夺走了不知多少人的宝贵时间和精力，但没有谁会痛下决心像戒烟一样戒掉。因为伴随它的坏处的，还有许多好处。最终是益处大于害处还是相反，今天还很难做出判断。但有一点我认为可以不争，即它对经典的文学接受来说，具有极大的破坏性。

要进入真正的有品质的阅读，就必须远离手机上推送的无数文字垃圾，而且要毫不客气毫不犹豫。让那些不断地为这些芜杂所兴奋的人去拥抱它吧，其他人尽可以安静下来，坐到书房里来，这里才有书香。只要有一部手机，而且它不是用来通信而是阅读，那么我们的烦恼就远没有尽头，各种文字垃圾会夜以继日地繁殖，最后淹没我们。耗掉了时间就是毁掉了生命，这没有什么好说的。

人们常说人要有意志力、定力，其实谈何容易。在所谓的信息时代，被无聊的信息席卷而走的情形每时每刻都在发生。这是有毒的生活。有人提出了各种解毒的方法，比如关掉手机，比如到大自然当中去，比如埋首于纸质书中，比如更加热爱自己的书房。这些办法都是有效的，但有的很难实施。手机已经成为普遍通用的通信工具，不是自己所能决定是否放弃的，有一个朋友一直坚持不用手机，但用力忍耐了三两年，最后因为别人都找不到他，不停地抱怨，他也就只好使用起来。结果从有了手机的那天，它给予的方便和无比的痛苦，一下就全来了。不用智能手机，等于不食人间烟火。

把手机比作"烟火"，那么这烟火又实在太大了，它把我们呛得鼻涕眼泪一大把，步履维艰。高科技时代的好处说得太多，这里不争，但它对我们健康生活的破坏，却没有足够的讨论。任何时代都有它的优长和缺陷，甚至是致命伤。也许到了好好考虑一下的时候，看看哪些事情能做，哪些事情不能做。不能因为大家都在做，也就跟上去。每个人的情形是不同的，选择也不应该一样。

每个时期都有时尚，回头看它们常常十分怪异。比如三四十年前到处都有人做气功，现在突然都不做了。五六十年前流行打鸡血，好多人从小公鸡身上抽了血就往血管里打。大约也是三十年前，正是君子兰热，一棵君子兰要卖天价，有身份的人都要栽一棵君子兰。这些都过去了，恍若梦境，难以置信。所以面对潮流和热点，一个人即便很有定力，不被吸引也是不可能的。像现在一样流行穿乞丐裤，女人光着膀子在台上大喊大叫，几十年或更久的时间过去之后，或许人们还会陷入恍惑，不敢相信有过那样的时期。对时代风尚具备超越的眼光，这谈何容易。

"文革"时期大多数人参加"造反"，不"造反"的人很少，从不足十岁的孩子到八十岁的老人，不让他"造反"他一定会十分委屈。这种事不过是四十多年前发生的，今天的人会相信吗？在我二十几岁的时候，徐迟的《哥德巴赫猜想》发表了，写了一个数学怪人，呆里呆气，光知道读书，戴了深度近视眼镜。从那时起许多人模仿这样的呆子，男男女女为了找对象，不在家里好好读书，要捧一本书到路灯下看，走路时还要故意撞一下电线杆，装书呆子。这些大概也不会让人相信。翻开二十世纪八十年代的杂志，很多青年杂志和妇女杂志后几页是征婚广告栏，一个个征婚者的情况介绍中都写一句："本人爱好文学。"当时爱好文学是个时髦，今天的征婚广告上没有这句话了，风水变了。

所以不要根据时髦来设定自己，规定自己生活的方向和内容，因为流行之物终要过去。一些常理常识、一些恒久的东西，才应该是我们向往和遵守的。猫找到了自我，狗没有，狗是一切以人为中心。猫想自己思考，把它抱过来也不行，它还要挣开，回到自己的地方去思考。所以要向猫学习。狗身上也有好东西，比如勇敢、忠诚、热情，心里装着所有人，唯独没有它自己。

艺术与大众趣味

在任何族群任何时代都难以解决雅俗共赏的问题。有的地方整个社会文明素质高一点，有的地方就差一点。艺术欣赏水准总体还是取决于族群的素质。如果一个群体脱离文盲还没有几十年，那么极通俗的娱乐就是最大的需求。人人都需要娱乐，不能剥夺他人娱乐的权利，但通俗的娱乐也有不同的层次。糟糕的是一些本该是很专业的人士，也在盲从低俗、不分雅俗好歹，这比较反常。

任何时候通俗的娱乐的才是大众的，真正的雅文学、纯音乐，都需要拥有很高教养的人来欣赏。不排斥大众趣味是对的，但也不要排斥这一部分极有教养的人，这部分人几十年或更长时间内积攒起来，数量也不算少。有人错误地理解了"高贵者最愚蠢"这句话，弄不通它的语境，于是低俗向下、受没文化没教养的人喜欢的，就成了标准。这样的认知怎么会使一个族群向上？也只有一路向下，走向最末端。

高级的东西是专为高级的人准备的，这个高级不是指权势，而是指精神和心灵、指修养。劳民都能听懂柴可夫斯基的《第六悲怆交响曲》，这是不可能的。大家都去欣赏舒伯特？欣赏《二泉映月》？也不会。就像一个很大的城市，交响乐专场也只能演三到四场，多了也卖不出票，道理在于就那么多人能欣赏，那也没有办法。我们总不能因此把这些经典交响乐全部贬掉，说它们根本不如一些搞笑的小品吧？当然小品演得高级也不容易。一个人为什么要接受教育，不停地读书？家长们都想让自己的孩子成为一个拥有很高教养的人，在精神和艺术享受上能达到一定的高度，这是一个理想，一种艺术理性、精神理性。

雅文学写作者面临着复杂的、漫长的、刻苦的学习和训练，而且这存在于生活的一切方面。因为一个人就那么多时间，用在一些低级粗糙的东西上面，就没有时间去读更高的，就很难积累更高的文明修养。一个人整天泡在通俗艺术中，除非就是做这个的，而即便做通俗艺术的，也需要更高的修养和见识。好的电影也可以看一看，不过电影总体上来说还是通俗艺术，是广义的艺术，不是严格意义上的个人艺术。

　　真正的艺术创造是一个人的，超过一个人的就是合成的文化产品。文化产品也有高下之别。狭义的艺术是哪一些？是个人的，是生命个体的创造，比如文学。两个人一起写的是不是？不是了，除非一个人挂名，真实的情形是一个人创作。两人以上合力而成的艺术品，严格讲是运用艺术手段完成的一件产品，不属于纯粹的艺术。

2019 年 10 月，于华中科技大学

精神的存根簿

藏书的人

前几天参加了几位藏书家的集会，这对我来说还是第一次。大家聚在一起，正赶上年底，有一种暖融融的感觉。有的藏书人也是作家，写了许多作品，结识了很多书里书外的好友，他们从大江南北赶来，让人很是感动。敬业的人，认真的人，从来都是可爱的，这样的人最宜为友。当时我想，就作家来说，写出再多的文字都不必骄傲，写出心中的好书，并因此而拥有许多藏书朋友，这才是值得高兴的事。

人事贵在纯粹，没有那么多功利，爱文学、爱书、爱创作，当成生命，这种状态伴随一生，就是美好的岁月。藏书人大多从很早就爱书，有了好书就相互交换。一个城市没有藏书家，这个城市就会显得单薄；一个时代缺少纯粹的人，这个时代也很渺小。无论一个城市多么现代，高楼大厦多么炫目，但如果没有自己的文化人，这个城市就会变得浮浅。一个时代即便有了很多名人，但如果缺少真正纯粹的人，这个时代也不会令人向往。

一些文化古城文脉深远，至今没有断掉。保存一线古老的文脉要依靠一些特别的人，像藏书家和著作家，就是最可依赖的中坚。藏书家真的了不起，他们倾心用力，有韧性，有情怀。作家要好好劳动，才能对得起藏书家，对得起他们的执着和热情。他们的存在，会使一个写书人做得更好。

围绕藏书来开会，汇聚起一群朴素的人、热爱的人、认真的人。大家笼罩在书香里，分享幸福。

救助自己

一位朋友收养了一条小黑狗，它真是可爱到极点：油亮的卷毛，会说话的大眼睛。他和全家人都因为它的到来而改变，变得亲切温和，更有耐心。而以前他们不是这样。交谈中我进而得知，它来这里之前是一条城市流浪狗，瘦小多病，满身脏物，是一个等待救助的可怜生灵。这样的猫和狗很多，它们并不新奇，可是当一个人真的走近它，让它加入自己的世界，就会被深深地打动。我们会目不转睛地看着它，体味它的意思、它的心绪。它们在流浪的日子里与我们无关，尽管那可能是各种各样的传奇，有许多陡峭的悬念，只是我们一点都不知道。

它和邻居家的朋友在一起时，大概要讲述自己的故事：怎么遇到一个男子，这人多么英俊，见了我这个落魄的流浪者怎么惊讶和爱怜，怎么注视和接近。总之相互取得了信任，被收养，然后来到一个陌生而温暖的地方。这里的气味要花很长时间才能适应，比如茶和咖啡的香气，比如炒菜的油味儿。它在他们一家人盯住一个花花绿绿的、闪烁不停的屏幕时，觉得实在太古怪了。它在他们不在的时候，悄悄地绕到那个黑色的平板后面看过，什么都没有。这个东西发出的嘈杂声，紊乱的图像，让它想起了北风吹拂的街头。那些痛苦的日子不敢回想，可有时候又十分怀念。

朋友爱上了它。它在他们心中的位置，由一开始的不起眼和小可怜，到聪慧机智美丽、不可或缺的伙伴。

我们是一个宠物大国，有最多的猫和狗。关于它们幸福和不幸的故事越来越多了。它们更多地介入现实生活，与我们一起经历时代的喜怒哀乐。它们目睹人类的各种遭遇，一起承受，用纯真的目光援助和安慰我们。可以毫不夸张地说，如果没有它们，我们可能过得更苦。

也正是因为这样的机缘，人的心灵质地就得到了严格的检验：有那么多爱，也有那么多恨。人对动物的言行举止是最能够说明自己的。与人和人之间的关系不同，动物承受再多的爱和恨，似乎都不会产生严重后果。所以人对动物可以很率直地表达一切：或紧紧拥有，或无情抛弃。

这条小狗就是一个被抛弃者。它没有了昔日主人，走向了彻底的悲哀和孤独。这种情形几乎每个人都很熟悉，但在生活中，类似情况往往只是让人留意一下，很快就忘记了。是的，我们见得太多太多，已经来不及哀伤。可是如果在一位爱心充盈、能够专注于万千命运的灵魂那里，一切也就大为不同了。他将念念不忘，追踪记录，深深地参与整个事件。

新的主人是一位诗人，一位有大爱心的人。他的眼睛没有被苦难磨钝，十分敏锐于痛与爱，于是能够一路盯视这只不幸的小生命，无论它躲到公园深处、藏到垃圾杂物后面，他都能找到它。它告诉我们：每个生命都只有一次，每个生命的到来与失去都是世界上的大事；还有，每一个生命，都是与其他生命紧密相连的。

这个世界上真的没有什么孤立于世的岛屿，它的任何一次坍塌，都会引起大地母亲痛苦的抽搐。

人类最值得骄傲的可能并非强大的膂力，不是征服力，而是天生具有的巨大爱力，是能够体察外物生存与苦痛的悲悯之心。不会爱即不配拥有美好的生存，就意味着灭亡。事实上人类与植物和动物的相处，最可以检验自己，检验这爱是否正常与充盈。如果动辄砍伐树木，杀戮动物，那就一定不配享有安宁与幸福，即便一时拥有，也会很快失去。

人们在现实生活中遭受的苦难、上演的悲剧，究其原因，一定是在基本爱心的检验面前没有通过。

朋友与狗的结识似乎只是一个平常的故事，却因此而书写了一个"检验"的故事。我们由此会举一反三思考自己，看看这许多年来我们做过了什么，以及后果。我们会发现人类社会虽然志向宏大，干出了惊天动地的事业，却没能保护一棵大树、一个生灵！很多人都有这样的记忆：回到一个老地方，想看看那些伴自己走过童年的大树，最后都失望了。大树早就被砍掉了。为什么？就因为我们手痒，总要干点坏事。我们身上有无法根除的恶。

我们伤害的动物就更多了。

我的朋友说：我们给予它的，远远少于它给予我们的。是的，我们不过是在救助自己。

地　气

有人赞扬一些文学艺术品，最爱说的一句话就是"接地气"。其他理由说不出或说不清楚。"地气"是什么？不好讲，但似乎都知道。这和"群众喜闻乐见"的意思差不多，什么家长里短、乡村邻里，反正是底层生活，是老百姓的语言。这时候表现形式本身成为最重要的，重要到无关艺术品质，而是一种道德。这样一来就多少有点过分了，会让人讨厌这两个字。因为在各种各样的表达风格面前，作者应该是自由的，接受者也是，他们会在某种通俗甚至低俗被一再肯定时，引起反胃的抽搐。

我们熟悉的那种土得掉渣的诗章曾经被当作了不起的"成果"去推广，其实它们与诗并无多少关系。写底层生活当然不是问题，诗人完全可以用诗的形式，努力为一片土地构筑起一部特殊而鲜活的历史。其实以各种方式都能做出同样的努力，而且更直接更生动，有更可触摸的温度和亲切感。比如一个老区，长期以来吸引着许多人的目光，深邃曲折，经历了激越的战争年代，积淀和汇聚了诸多元素与色彩，是一个无比丰富的世界，可以做各种诠释和解读；一片连绵的山地，蕴藏着巨大的牺牲和奉献，神秘而厚重，留下了无尽的爱恋和慨叹。谁能把真正的山地呈现出来，谁就是一位不朽的歌者。

对于地域文化和生活情状，我们已经使用了太多的语言去概括，渐渐化为一些耳熟能详的符号。这种传达方法如果走向一个极端，也会形成一种遮蔽。就一片土地而言，还需要具体的感性和清晰的理性，让二者并存。就此来说，真挚而自由的篇章才令人赞叹，才能唤起深入山地的欲念，勾起一片古道热肠。这不单单是忆旧，也不仅是对往昔的留恋和寻觅，还有现实的记录，有独属于个人的感慨。新与旧的交织共鸣，产生了深刻的历史感，使每一座突起的山峰与深长的沟壑都充实了新内容，与生活在这里的人血肉相连。这其中有斑驳的民间记事，有梦想之歌，这一切终化为一场浑然的和声。我们从那如豆的山间油灯的微小光亮里，窥见母亲操劳的面容和童年的欣悦；从一枝吐蕾的蜡梅听到春天的声音，释放大山的消息；从袅袅升起的一缕炊烟嗅出故乡的香气，更有忧伤和贫瘠。这些感知也许并无太多曲折生僻，却是朴素的儿女情怀。

仅仅用"地气"去解释艺术的力量未免肤浅。它不等于底层，也不是庸俗和粗浊的汇集物，不能远离精神与理性的澄明之境，更不是拙劣的堆积和表演。它应该是来自土地本身，是生命之根，是创造和生长的依据和滋养。这种绵绵无尽的吸取和长久的依傍，可以对创造者构成巨大的支持，使其像大地上的植株一样欣欣向荣。出于心灵深处，才会感人至深，意境才会洇化开来，漫成一片。愤怒和欢欣没有满溢迸发，就难得一场酣畅淋漓的倾诉。

如果将一些地域民俗的记录加以夸张，即失去了淳朴。它们应该有更多的含纳和包容，视角要更加开敞。只着迷于故地风习和传统，对独有的一些生活画面给予精细准确的描摹，虽无可厚非，却不能走入风格的刻意。这种记述既有别于一般的历史书写，也不能是廉价的地方主义。它有颜色有气味，有不易重复的一些具体或偶然，更有向外敞开的气度和高度。这就与其他艺术形成了互补关系，具备了更为普遍的意义和价值。一些十分"地方"的道具我们非常熟悉，它们被使用了无数次，看上去无一不是用情用心之物，其实只是一种"最大公约数"。这里需要生活中的微小，让我们看到一个区域的生存之道，并连带出无数的故事和漫长的传统。贫困的往昔，享用和快意，甚至还有奋力一挣的地方之勇，都尽在其中了。这是以小博大，是情感，是不能忘怀的故土之心，好比一壶热酒的倾倒和饮用。

我们用诗意去概括全部的艺术，感受和领会。如果世俗化表面化地理解"诗意"，就会将其与华丽的言不及义或无关痛痒连在一起，造成误解。真正的诗意是深刻的击打和触摸，是歌哭相随之声，是极致化的表述，是灵感的迸发。诗意是充盈真实与浪漫挥洒的结合，是至真的性情和至深的认知。没有诗意的记述是平庸和轻率的，是经不住时间淘洗的余赘。我们在这里指认的诗意，正是这样的意义，它不可以奢谈。

多年来，"地气"两个字被一再地演绎，最后一说到它，人们马上想到一些油嘴滑舌的人在闹。因为类似的表演和文字太多了，所以要写出淳朴和尊严反而更难了。它需要别开新局，将视野放得足够开阔、提升到足够的高度。就文学来说，在种种努力之中，最常用的方式即忆旧和怀念，这庶几变成一条近路。因为这条道路是源于生命深处的，能够通向炽热的内部。这条路上既有许多庸常俗腻，也有真挚动人的婉叹。关键看心力能否收束，情意能否质朴，所言可有洞见。只有这些元素汇拢和具备了，也才有惊喜。我们现在面对的这一类文字，通常是依赖了纯真的乡土情愫和深沉的思考，不倦地向新境界拓进。这些古老的话题每每有所发现，有全然不同的个人视角：他能从萤火虫的微亮中看到童年的身影，从它的冷光中感受一个时代的热度，从双脚踏上大地的瞬间，捕捉攀援而上直到弥漫全身的神秘力量。

一片被文墨反复涂抹的大山，一片被固有概念锁定的民间，渴望更为生鲜的内容去填补和扩充。她仍然在不停地发现之中、生长之中，正迎着阳光吐出新的叶芽。

梦溪诗章

这十几沓散文组成的集子可以看作首尾相衔的一部"梦溪诗章"[①]，一曲时而激越时而低回的长吟。笔触所及，皆为梦溪故地、父母至亲和儿时老友。野风吹起渡口的层层涟漪，湖上芦笛声声如诉。这是一场追忆的逝水年华，一个离我们遥遥无测、邈远到难以言喻的空阔世界。诗人沉浸忘我，以至于忽略了光阴流转、心灵留驻，耽搁在一壶浓香扑鼻的春醪旁，酣醉不起。

倾听摇晃不醒的呓语，走入那个叫作"梦溪"的古镇深处，感受风情野韵和一个个传奇。青石老垣从雾幔中一点点析出，粗长的声气由远而近。扁平的历史在我们眼前矗立起来，古井苔痕变得鲜活洇湿，开始一滴滴渗流垂落。一个少年从踏上停泊乌篷船渡口的第一步起，就开始目击生存的忧伤和惨烈，接受自己不可摆脱的命

---

① 龚曙光:《日子疯长》，人民文学出版社 2018 年版。

运。记忆中的第一次死亡事件是镇上的老更夫，这位老人每天夜里呼喊的"小心火烛"突兀地消失。而后是一个个亲人的离去、从小厮磨的友伴作别，生活真容依次显露。无法习惯的死亡与同样唐突的爱情交织在一起，令人滋生出无法排解的哀痛和深长的惊惧。

这是发生在一座中南小镇及四周的故事，它由小城、村野、河畔、知青生活等组成，孕化演绎，滋生万物。它贫瘠，却散发出永恒的温情，浊臭与馨香，冷酷与热烈，一层层积叠镶嵌。纯真无瑕的爱恋与乡间猥亵，大义凛然和怯懦苟且，生生搅拌在这方无所不包的乡土里，令一颗游子之心无力割舍。这是一部周备细致的人物志、风俗志，是与故土和昨日的一次促膝长谈。其中，追忆"九条命"的顽韧的父亲、美丽柔弱而又刚强坚毅的母亲之章，读来真是感人至深催人泪下，再没有什么文字可以替代。这是最不喧哗的刻记，具有惊心之力却又始终呈现安然沉默的品质。与这些记述相映的是另一副笔墨，即幽默俏皮和忍俊不禁、机智过人的揶揄和反讽。

有一些过目不忘的篇章，于节制朴素中透露出惊心的消息："三婶"的失贞和男人的颓唐、麻脸老校工悲壮的"义举"……它们沾满血泪，闪烁着艰难生存的人性之光，其故事本身就蕴含了底层的日月伦常，写满道德礼法，可以作为复杂的人性标本，一部乡间的百科全书。

全书的丰富性既表现于斑驳的色彩和含蓄的意绪，又由淳朴率直的美学品格显现出来。它写苦难不做强调，谈幸福不事夸张，所有议论和修饰都给予了恰当的克制。这部忆想之章把坎坷与折磨化为题中应有之义，内容上毫无沉郁滞重之气，形式上也没有迂回艰涩之憾。它转述的是流畅的生活和乐观的精神，有一种自然沉稳、自信达观的气度。我们掩卷之后，除了对人事耿耿于怀，还有关于风物的不灭印象。比如我们耳旁会长时间响着知青们在露天影院的那场打斗声，北风掠过大苇塘的尖啸，感到阵阵刺骨的寒意。那片无边无际的芦苇荡凄凉而又迷人，好像是专门为当年知青们量身打造的一个人生舞台，在此尽可上演淋漓的悲喜正剧。

书中浓墨重彩写了一棵祖父的大梨树，它仿佛栽种于文字中央，蓬勃茂盛，硕大水旺，俨然一凛然不可侵犯的神物，为一历经沧桑者的另一具形骸。这些描述甚至让笔者恍若站在了《诗经》中那棵神奇的"甘棠"之下，瞻仰它的浓荫匝地、伟岸雄奇，承接不可思议的神性之光。

翻阅中，随着最后一个字符的出现和消逝，思绪漫洇开来。我们不知道这本书有什么理由从无数的乡野回忆中突出，也不明白它叩击心弦的力道从何而来。熟悉的生活场景，血缘和故土，生死离别，他乡忆旧，如此而已。可又不止于此。形制类似，质地有异，原来它以独有的蕴含和舒张吐纳，产生出绵长不息的力量。

我们感受了它的洞悉和宽容、率直和诚恳，还有无讳饰无虚掩的为文之勇。信手写信心，倾吐过来人的慷慨，其实是很难的一件文事。世事洞明而后能舍，经历漫长愈加执着。我们就此看到了一篇篇没有书生气也没有庙堂气，更没有腐儒气的自然好文。它是心灵自诉，岁月手札，亲情存念，也是搏浪弄鱼。

"弄鱼"在书中有过专门的记述，那是精密的河溪水口绝技：踏激流，涉滩石，捉到活蹦乱跳的大鱼。

好吧，现在就让我们打开鱼篓，一起分享。

济南名士多

就因为大诗人杜甫写下了那么一句诗，历史名城济南自豪而沉重。我们真的需要有一些名士，以不负海右古亭。令我们欣慰的是，这样的人物总是代代辈出。一方面这个文化古城始终具有自己的吸引力，常有一些讲学游学之士；另一方面，凡是沃土必有茁壮的生长，这里精专用心的文化人层出不穷。

热爱，深深地热爱一方水土，向往并巩固着一个区域的文明，这是济南人应该领受的光荣。

这些人当中，无论如何都要包括酷爱读书的藏书人，他们是拥有众多书友和同道的当代文人。"文人"并非"文化人"的简称，而是有着特定的内涵和时代的品质。在物质主义和商业主义时代，要做一个真正的文人就需要积累知识，更需要有安静心，有宠辱不惊的气度，有充实强旺的中气。

就因为书，藏书人结识了众多的作家和学者。他们兼收并蓄，胸襟开敞，善意满满，为人笃定而朴实。关于书，他们有太多的话要说。关于写书的人，他们也有很多的话要说。济南因为有了这样的一些人，才显得有风度、有情韵、有志量，也更像济南。

仅仅有大明湖和趵突泉是不够的，还要有与这名泉相谐配的吟哦者，有真正的雅士。

城市的顽皮少年

一部迷人的儿童文学新作，既写了一个"旧"世界，又写了一个"新"世界：一段早已过去的时光，同时又是当代儿童备感新奇的生活。那些远远逝去的日子再次变得簇簇如新，活泼跃动，整个的一条街、一座城和一群人，甚至是一个时代，都在瞬间复活了。我们跟随他走入这个叫作"山水沟"的街道①，立刻被深深地吸引，自始至终，兴味盎然。这条街上实在有太多有意思的人和事、太多顽皮多趣的孩子，有一份黏稠的热气腾腾的生活。我们一路走来，目不转睛，转遍每一条巷子，细细地辨析那些陈旧而温馨的房屋，从来往行人中指认一些又陌生又熟悉的面孔。

我们再次听到一些欢笑和哭闹之声，那是稚气而又倔强的少年之声。他们的昨天，那些不大不小的秘密，正被我们全部探悉。

这是一个被作家寻找回来的世界。这个世界对于我们来说，也许早就遗失在记忆的长河中。尽管它曾经是那样的喧闹、热烈、真实，给予我们一切，其中既有热爱和幸福，也有艰辛和痛苦。它正是我们以前赖以生存的地方，就好比鱼儿和海洋的关系、泥土和小草的关系。时间太过匆促了，仿佛只一闪就是几十年过去，那条街道像一道被网络数字时代隔开的旧时景物，已经消失在岁月的河流里。是的，如果没有人去努力打捞，它真的就要沉睡在往昔中，连梦境里都不会出现。

---

① 刘海栖：《街上的马》，安徽少年儿童出版社 2020 年版。

可是，那是整整一个时代的风景，是我们曾经拥有过的一个世界。失去了那个世界，我们这一代人的记忆将是残缺的，一切都不再真实和完整。最让人痛心的是，我们大家都将失去自己的童年。因此，从这个意义上讲，最值得感谢的还是这个故事的讲述者，是他带领我们一起回返，也正因为他，我们大家才能够重新回到那个叫作"山水沟"的地方。

于是，我们就有机会和孩子们一起，再玩一把钢铃车、用石锁"练块"、做一台矿石收音机、苦寻一只"三级管"、捉土鳖和蛐蛐、扎上军人的宽腰带炫耀。这里的夜晚曲折漫长，藏有太多的秘密：老太太躲在玉米秸后面捉偷鸡贼，被冤枉的小孩子噼啪挨揍，一群人在月亮底下汗浸浸地奔来跑去，大声呼叫。

孩子们的痛苦和欢娱令人牵挂：用来"练块"的宝贵石锁突然不见了，最后费尽周折，才查明是被砸石子的人当原料拿走；为洗刷偷鸡贼的坏名声，健壮而仗义的街道少年忍辱负重，长歌当哭。奋斗，周旋，运智，向往，在那个贫穷而又富有的特殊年代里，一条普普通通的城市街道，竟然上演了如此动人的悲喜剧。剧中的主要角色全是少年，他们个个英气逼人，浑身闪亮。除了他们，那些会糊顶棚的师傅、会焊铁盆的人、车间里的能工巧匠，也纷纷来往于这条街上。正是各路神仙一齐出动，加上逞强好胜的少年，他们把这条叫"山水沟"的街道磨得滚烫。

"我"是故事的讲述者，是一个有很高艺术天分的孩子，会画画。在"我"讲述的各种故事中，没有一个不是亲历，所以也就分外可信。"我"搅在一个个事件中，一会儿悲伤一会儿欣悦，是故事的深度参与者。此刻，作家的语言化为了讲述者的口吻，稚而真，实而灵，那么朴素，却又那么逼真地再现了一个特殊场域中的语境与气息。可以说这部作品的成功，其迷人的艺术力量，有许多要还给语言。

没有一种特殊的讲述方式，就找不到返回往昔的具体路径。进入那个世界，需要持有一张贮藏声音的通行证，我们由此才能得以密码解锁，打开一道通向"山水沟"的街道大门。进门后，未见其人即先闻其声：唰唰跑动声、鸡鸣、砸石子的砰砰、钢铃车的吱扭、咳嗽、齉鼻子喷气、老太太咕哝、摇响的串街货郎鼓。我们正在好奇地张望，突然有一辆钢铃车迅猛地冲来，几个孩子推着它，大叫"撞了白撞"，我们要不是快速闪开，还真是躲它不迭。

书与书是不同的，有的书讲了一个故事，有的书结识一群人物，有的书携来一个传奇。可是我们正在读的这部书，却是整整交还了一个大世界。在这个大世界里，可以说一切无所不包。

这是一次令人心动的书写，不断受到专家和普通读者的欢迎，自有其深层原因。这大概不会是一般的技术层面的成功，也不是在书写潮流里充分凸显个性的效果，而主要还是作为一位作家，在专业和生活经历两方面植根深长，最终养蓄起别一种心灵质地的缘故。

写城市顽皮少年的书已经不少了，但像他笔下这样充满趣味、细节充盈、时代色泽浓烈之作，仍然少见。

成年读者和少年一样喜欢"顽皮少年"，也觉得他们的恶作剧颇有趣味。但正因为如此，许多的书中，少年的顽劣也被过分正面地宣扬了，会不自觉地将"顽皮"与"顽劣"等同起来。这是在悄然不察中弥漫起来的现象，显然并非健康和有益。

"顽皮"少年绝不"顽劣"，他们是在一种可爱纯良的天性中游走窜跃，形色毕肖。生活的希望与艰辛，人的困境和崇高，在其少年书写中洋溢和泅流。这其实正是他的街道少年能够深深感人的地方。

当代生活情状需要记录和描述，这方面的书很有一些了；往昔的少年是怎样的，却需要更加有力的笔触。给新一代以历史感，展示和呈现活鲜的"旧生活"，从而构成其重要的生命环节。就此来说，这是一个大事业。

精神的存根簿

朋友让我歌咏海边这片风土，用诗而非其他形式。这是沉重的任务，因为这需要一个善咏者。正为难时，有人送来了一大沓吟诵的古风。

故乡以古诗词的面貌呈现于前，马上让人感受了一片土地的风姿，还它以高古的颜色。这部古风满怀深情，从历史到当下，从人物到山水，可谓胜景总汇。

源于乡土的歌咏很多，但能够在一部之中展现得如此斑斓实为罕见。我不懂古体诗，但喜读古风，这种文学形式在李白那里得到了最好的诠释。诗人能在网络时代追古求工，抒当代之豪情，言热土之壮志，具备了大可赞美的精神。诗章尺幅巨大，由先古纪事到当下新人，从民间传说谈及现代传奇，莫不楚楚动人。

古黄县是一方独特的水土，它培育出不少有能为的人。须持一支饱满的诗笔，才能为人事立传，为过去和未来留下一部精神的存根簿。

记录的三联单

有人说：关于胶莱河以东半岛西北部那片小平原，特别是海边的那片林子，已经多次记述过了。是的，但我还会时不时地回到那里，不是身体，而是精神，是一支笔。好像一切都太过熟悉，总是不由自主地回返。我终于明白，自己早就与之血肉相连，难以分离。

那个地方让人牵挂太多：人和事以及其他难以言说之物。有时候它使我陷入深深的痛苦。我想说的一句话就是：我对现实不满。我这样说，是因为无法隐瞒。这样说似乎不妥，所以还要解释一下。

这"不满"是完全的好意，是急于让那个地方变得更好，变成花园一样。它变好才是正常的，问题是它在许多方面越变越坏。有人会说：你只盯住黑暗，看不到光明。我不能同意这指斥，因为关于它的好我说得更多；我讲的越变越坏，是不争的事实。

面对一片与之唇齿相依的土地，需要诚实。

时光回到六七十年前或更早一些，那时候这片小平原上有无边的莽林，是自然林。在我还没有出生的时候，这里有太多的大树，有各种野生动物，甚至有大动物。在这片冲积平原的尽头，是一二百米宽的白细沙滩，就是今天所讲的"黄金海岸"，那些现代旅游手册上的白沙碧浪之类，在这里是天生的。沙岸之南是连绵灌木，有大片碱蓬和野沙参。低矮的灌木间偶尔挺起一株高高的金合欢和钻天杨。再往南就是密林，它一直延伸下去，最终与大片优质肥沃的农田相接。这样简略几句就把大致环境勾勒清楚，上了年纪的人个个记忆犹新。他们动不动就说：啊呀，那些大杨树啊！那些大橡树啊！

最让我心动的是外祖母告诉我的一个细节：每天早晨起来为一家人准备早餐，都临时到屋旁林子里取回细小的干枝即可，它们在白沙上覆满一层，全是夜里鸟儿们碰掉的。想想看，那时林子里有多少鸟儿啊。

这就是六七十年前小平原的模样。

时光一晃就到了二十世纪五六十年代，不过是过了一二十年，它又变成了什么样子？这时候我能够记事了，所以不再用他人转告，我是亲眼看见的。那时与农田相接的大片林子早就没了，它们被砍伐了，一车车运到谁也不知道的地方，据说是烧窑用，还用来大炼钢铁。当年村村炼钢，需要极多的木材。后来才知道，由于钢铁无比坚硬，得用力地烧、不停地烧。只一两年的时间就烧掉了百年老林。我的少年时代尽管没有了无边的野生林，剩下的一部分也足够大，家里大人不断地叮嘱：千万不能往里走，要迷路的。我永远忘不了粗粗的大橡树上流淌的甜汁，那上面总是爬满了红色的马蜂。

因为剩下的这片林子，国家专门成立了一家林场和园艺场。场里的技术人员戴了眼镜，是奇怪的外地口音，这让我们觉得特别有趣。我们找外地人玩，听故事，还到场部看电影和文艺表演。

时光就这样到了七八十年代。小平原上突然发生了一件大事，在今天看不是喜事而是坏事：发现了煤矿。接着就是一群人拥来开矿，然后从当地招收挖煤的人。我从小认识的许多人到地底做工了。

只是一两年，林场和园艺场都没了，大树和果园全部被砍掉，一眼望不到边的农田塌陷成一处处水湾，长满水草。矿井经常出事，我的少年伙伴有好多伤残或死去。挖出的煤像木头一样易燃，所以只能用来取暖，较少工业用途。更可惜的是储量太少，没有多少年就挖尽了，留下的只是千疮百孔的小平原。

原生林虽然没了，所幸还有沿海的一片人工林，它们远不如野生林深邃浩瀚，但也长了六十多年，有五六万亩之广，算是诱人的风景。所以后来只要一说到"林子"两字，人们只会想到近海这片人工林，年轻一代从来没有见过更早和更大的林子，连林场和园艺场都不知道。他们大概做梦都想不到海滩上那些金合欢，想不到每年春天海边上会有碗口那么大的"苹果蝶"翩翩舞动。

一切都没了。不过关于失去的故事远未停止，我们的想象力还远远不够。

时间很快到了二十一世纪初，即十几年前。海边这里也有了房地产这回事，于是就发生了不可思议的奇事：不过是几个晚上，海边上响起一片嗡嗡的油锯声，天亮时分人们才发现几万亩松林变戏法一样不见了、蒸发了。还来不及吃惊，上百台推土机来了。喊里咔嚓，不过是半年时间，海边就出现了一片高高矮矮的楼房。从此，与这种建筑标配的丑怪就出现了：吸毒、假币、斗殴、盗窃，应有尽有。它们来了，大群海鸥和鹭鸟就飞走了。

我们的田园就这样分阶段地、一步一步地被毁掉了。

就是这样一段不太长的历史。趁着记忆还没有彻底丧失，还来得及追忆，且记下来。一个当地人再怎么乖巧，再怎么胆怯，也要如实说出一句：这里的环境变得一天比一天坏，谁都没有回天之力。为了这记录不至于遗失太快，像风一样吹走，只好一式多份，就像会计们使用的"三联单"一样：天地人各存一份。

这就是我的一点微薄心意，但愿不被误解。鲁迅先生在小说《药》中写了一个"红眼睛阿义"，其人仍在，与他们说话不能大意，因为如同先生所说：阿义们"有一副好拳脚"。

纪实需要细节

我对某些，而不是全部的"纪实文学"有点看法。这些文字所记物事，虽激情滔滔豪气满怀，"时代""历史"一应俱全，但常常缺少一些更细微的部分，所以除了难以让人产生身临其境之感、不够生动之外，主要问题是不能使人信服，看后很快忘记。因为这里的大事脉络每篇既有不同，气息却也相似，比如领导和群众的表情，都差不多。这样就会造成混淆，忘了哪里是哪里。

我回忆自己读过的纪实文学，其中有些最难忘的，还是过目难忘的细节。比如二十世纪八十年代诗人徐迟写了一部科学家的报告文学，写了一个可爱的"书呆子"，直到今天还是栩栩如生。他写到领导提着水果去探望他，人家刚走他就举起装水果的塑料袋说："这是水果。"

俄国大文学家赫尔岑这样写批评家别林斯基："若无争论之事，除非动怒，否则他木讷寡言；但一旦他觉得受伤、一旦他最珍惜的信念受到触碰而双颊肌肉开始抽搐、开始厉声发言——你真该看看他这时候的样子：他会像一只豹，扑向他的牺牲品，将它片片撕碎，使他狼狈可笑、凄惨可怜，同时，他以惊人的力量与诗意，展开自己的思想。辩论往往是鲜血由这位病人喉咙喷涌出来而结束；他脸色死白，声气哽噎，双目盯紧说话的对象，颤抖的手举起手帕捂嘴，打住——形容委顿，体力不继而崩溃。每逢这些时刻，我对他真是既爱又怜！"

我们会忘得了这些人和这些画面？不会。

省略了细节的回忆和记录，有时是不可靠的。应极力打捞出那些瞬间，予以再现，并伸理事物密致的纹理。记得住的关节组成了事件，并由它去逐一想象和还原。所纪之"实"在观察和刻录中如果舍掉了这些，也就大打折扣了。

比如记述二十世纪八十年代的农村械斗，其中的一篇三十多年后还记得，就因为有这样一笔："领头的是一个四十多岁的光头汉子，他举着一只大粪勺往前冲，微斜的左眼有些鼓突，眼白很大，上面有一道紫红的血丝。"这个场面和这个人，特别是举起的"大粪勺"、眼白上的"血丝"，想忘掉都难。

而我们现在看到的一些"纪实文学"，它关心的事情常常很大，只是没有令人动容的细节。虚虚的，记不住。

2018 年 3 月至 2019 年 12 月，文学访谈辑录

我行走，我感动

　　文学与自然的关系是提及频率最高的一个话题，就写作而言，也有描述不尽阐释不尽的丰富资源。但可能也正是因为如此，有人既专注于表达这个主题、这种题材和领域，同时又非常警惕。一方面肯定其凸显的价值，另一方面又会自我设问：我们能够做些什么？已经做了什么？未来还应该做些什么？

　　在文学的创作与记录中，歌颂自然、表达人类对大自然的爱，具有崇高的意义。就世界自然环境来看，呼吁人类保护自然尤为紧迫和必要。无论是审美取向，还是社会层面的倡导，似乎都是正确无误的。但真正意义上的文学写作，也会从中感受所潜伏的危机。因为如果一个作家的文学表达不能够超越公文、新闻式写作，不能超越这些层面的意涵及呈现方式，彰显自己的不同和异质，就容易走入另一种表面化和概念化，流为一般意义上的社会性言说。这就成为泛泛的非文学的文字连缀，甚至是更平面化的重复和衍生，无益无害或多少有害。

　　当代文学特别需要表述人类与自然的关系，我们所处的时代环境，也特别需要那些呼吁保护自然的文学，这里不是嫌其多而是嫌其少，不是嫌其呼喊的分贝太高，而是希望进一步提高声音。然而如果从更高的艺术的诗性要求，就会发现专门化和类型化的文学写作，在这样的领域里会更容易呈现普遍化的状态。就诗性的探究过程看，无论类型化的表现多么生动强烈，甚至看上去那么诚恳感人，也还是会隐藏了流于平庸的遗憾。由于题材本身就成为一个标签，它具有极高的辨识度，但这一切并不能够替代文学的审美价值，正如同仅仅是拥有好的价值观也仍然不能够替代审美一样。正确是一种美，诗性的美却不止于正确，它还需要包含更复杂的元素和特质。这二者之间有关系不可以混淆。所以社会上有一种批评话语，其中传递着长长的流脉，就是以一般意义上的社会或道德观念来代替审美。"自然文学"的创作就现在的情势看，必须回到个人、细节、审美，如果不能回到这个层面，就是可以被忽略的文字。因为这一类篇什实在是太多了。

无论是历史还是现实中，呼唤人类爱护自然的人与文多到数不胜数。如果只是一味慷慨激昂地呼号、言说和痛陈，也就成为千人一腔千篇一律，就会使阅读者产生一种疲惫感，而且所获单一。不是丝毫未能触及心灵，而是这种触及的性质是直接和单薄的，是没有其他余地和略显笼统的、非个人化的群声。这时留下的记忆或者震动只是一时的，是统一归置过的内容和情绪的记忆，缺少永远不忘的形象和心灵，没有这样的诉说和回告。所以关于人和自然的关系、关于大自然题材的写作，我们所面临的一个重要任务，就是粉碎大词和概念，回到个人的沉默思悟中，在沉浸中与表述对象有一番心灵的共振。由此，进入个人的生命体验。我们仔细回顾就会发现，古今中外所有扣人心弦的景物描写，都是人类面对大自然这个最大的生命背景而发生的个人感动、心弦的扣响，这种响与动是一次性的，与生命本体不可剥离，更无法取代和被他人重复。

谈到大自然的描摹和抒发，我们首先会想到横跨欧亚大陆的俄罗斯，那里所诞生的一些伟大作家，像契诃夫、屠格涅夫、托尔斯泰、肖霍洛夫、阿斯塔菲耶夫等，还有欧美的雨果、哈代、普鲁斯特、马克·吐温、福克纳和海明威等后古典主义和现代主义作家。他们作品中充满了描写大自然的华美片段，这些令人始终难以忘怀的文字可以记忆、背诵，然后融入自己语言艺术的血液中，不自觉地流淌在个人的脉管中。这样动人心魄的所谓的"景物描写"，实在是太难以学习和模仿了，它们出自灵思一闪，出于物我交融之境。现在的文章练习中，许多人可能认为没有比景物描写更容易的事了，只需将河流山川、鸟兽虫鱼、绿树云朵的色彩和情状来一番花拳绣腿的叹赞即可，然后也就成功了。这种自初级训练开始酿成的文学病毒会一直侵害下去。这里没有提醒写作者的是灵魂的在场和进入。

一种简单化程式化的认知，最容易操作的技巧和技艺，往往掩藏着最大的危险。那些大量肤浅的关于"景物"的宣叙已经让人受够了。表面化、无痛痒，成了写作中可有可无的调味品。那些廉价而庸俗的比喻与象征，也腐蚀了文学的品格与情操，不仅浪费了纸张，还浪费了我们的情感和时间。我们需要呼唤对自然的热爱，表现它无可比拟的美，但是廉价的敷衍和声嘶力竭的大言实在是太多了。

我主张行走和实勘，虽然未能一直坚持下来。《你在高原》的写作花费了二十二年的时间，它伴随着我对山东半岛，特别是胶莱河以东半岛的行走和寻找。那是一次次重复的访问和探究，它让我对这片老齐国的故地一再地投入心力体力和情感。主人公宁伽是一个地质工作者，也是一位地理学家，他从地质与地理的角度，忠实地考察和记录了那个半岛的地形地貌、山川草木，而且是把个人经验、民间称谓与学术表达结合起来。在自己的心里，我给这片山川大地画上了等高线，尽管这是旷日持久的劳作。比如说它几乎写尽了半岛上特有的植物品类和山川形貌，特别是关于植物的记述，都是拉丁文转译的学术命名。这种客观基础性的展现和录取很容易流为程式，成为再现而不是表现，所以这其中就埋藏了陷阱。尽管主人公是一位地质工作者，他的身份需要学术层面的再现。行走、描述、记载，一切属于人，人的体温和情感个性，他的爱和趣和恨和其他。

这是一个大自然的工程，一首关于它的诗篇。这种认识存在于整个写作中，完成得如何是一回事，建构这样一个框架拥有这样一种理念是必须的。生命与其生存的大背景要有一种关系，个人的关系。人、故事、社会事物，都是山川大地所包容和赋予的，是由它孕育和塑造的。它是人类活动的基础和前提，而不是一个点缀，更不是以人为中心的外涉之物。人与自然相依相存和血脉贯通讲得太多，人在这其间的渺小讲得还不够。

有大量的自然描述是很冒险的，因为特别容易与一些纪实文字混淆。各有不同，二者在质地上不能统一。这就像一个内涵丰富的生命，往那里一站自有不同。从群体里发现个体，是因为个体的特异。写作即追求特异性，朴素的差异。苏东坡有一句常被引述的名言："腹有诗书气自华"，说的就是现在人们愿意讲的"自带光芒"。人可以这样，大自然更是如此。山川大地才是自带光芒的，文学写作说到底，不过是让其显露出这样的光芒，如此而已。我们再现自然景观，让每一块岩石、每一道山梁、每一条河流、每一株植物、每一朵花，都能闪烁自己，这就非常困难了。我当年有一个小小的野心，一个目标，就是让这部长达四百五十多万字的行走之书、大地之书，它所涉及的所有动物、植物、河流、山脉，一概呈现出自身的光芒，这闪耀须来自它们自己，来自主观对于自然万物的极其精准的认定和注视。

我一直忘不了阅读托尔斯泰的短篇小说《袭击》的感受，那是一种神奇的精神经历、一次怦然心动的领悟。它写的是作家年轻时在高加索山区当兵的经历，那一段不凡的岁月。托尔斯泰极其精微地描写了这片山地特有的风物，高山、岩岭、植物、河流和晚霞，细腻地描绘出月光下大山的轮廓，让人觉得每一笔触都精准确切、简洁而直接，这来自特异敏感的眼睛，更有捕捉微妙的心灵。这片山地有灵魂，有气度，有尊严，有不怒自威的强大内力，有拒绝和冷静。这时候高加索自然风光的魂魄统摄了一切，让人产生出一种不可替代的感动和敬畏。在文学写作中，客观准确地摹写山形水色相对容易，然而以极少文字且无点染无夸张地写出它的神采，却是难而又难。山川的严整气概、浑然沉默，与人的不成比例的对视和对峙，写来一丝，都是很难的。这所有的，在《袭击》中让我们全部感知了，并有一种说不出的余绪缠绕心头。

托尔斯泰在那个时刻的主观观察、感受，除了准确再无其他，这个时候他笔下的山地，也就是平时说的大自然，的确是自带光芒的，这光芒照亮了许多年之后的我们。这就是伟大的自然诗篇，具有所有美好的关于大自然的写作的典范意义。我们能记住那"光芒"，即记住了一切妙处，并可以寻找它的根源。这当然来自彼时彼刻的托尔斯泰，他的天才的慧目冲破了俗障的屏蔽，粉碎了平庸的大词。文学创作呼唤的其实不过是这样一种力量，它把人拉出普遍性的人云亦云，防止流入廉价的倡导和呐喊。一定要回到个人心的深处，回到生命情态和细节中。

　　专门书写大自然的篇什已经太多，它们要陈旧起来是很快的，因为它们是这样的难以出乎预料，这样的正确和积极。它们独享一种安全和太平，所以格调也就不可避免地下来了。它们不得不安于现状，而文学却又天生是不安的、躁动的。一些忠厚的好心人会帮助我们，和我们一起倾吐自己所看到的大自然被伤害的哀痛，可是他们说出来的，仍然与写作者求的诗，有一大段距离。语言艺术是在日常生活的细节里，在司空见惯的人与人、人与社会的关系中，当然包括人与自然的关系中，绽放和生发出来的异样笑容，诡谲、温暖、灿烂、陌生。我们不认识这笑容，不，我们经常见到这样的笑容。这神色有时候不给我们舒服和安慰感，有时还有刺伤的痛。但这笑容的深刻善意，会留在更长久的时光中，让我们一直记住，常忆常新。

　　这是我对自己的期待，也是在刚才提到的那些榜样的启发之下，对当代文学如何表现大自然、热爱大自然的一个期待。

讨论：

抬手便可触及 / 吉兆

现代数字时代的人很容易陷入盲目自大，以自我为中心，强调人的无所不能，强调人的主体位置。所谓的"人定胜天"的说法虽然被一次次质疑，但这个时代也许真的开始有了市场。越是在这种时候，环境问题就变得越是迫切和严重，"自然文学"在表述上的难度也就越大。写的人太多了，出类拔萃就难了。古今中外还有多少大事等着人去写？别人写过了未必就不可以写，只是要做得比他人好，或者稍稍与众不同。如果只是换成一种现代汉语或者现代表述方式而不停地重复，这样的文字是没有价值的。目前这种重复太多了，我们偶尔也会看到一些不错的作品，但是其中非文学部分的陈词滥调仍然很多，容易让人产生一种麻痹心理，同时也麻痹作者自己。自以为是有意义的，其实是停留在非常肤浅的层面上，不用费力就能抵达，作品的主题和思想的高度一抬手便可触及，这有什么意义？

自然环境文学看起来容易写，不容易犯错，实际上非常困难，陷阱处处。要达到相应的高度，比如一般的赞扬和批判都难以抵达的高度，这样的写作才是个人的、独特的和不可取代的。关于这方面，当代作家能做的很多，只是很难，它不是一条宽路，而是一条窄路。以为"环保文学"大有可为，道路宽广并蜂拥而上，这是一种误解。这条路已经太过拥挤，这种情况不是今天才开始的，而是一直如此。

我刚才说的"粉碎大词""粉碎概念"，是指将词语和表述压缩到最小、最细微的单位，这样有可能找到自己的方式和途径。不能动不动就高声呼唤，就痛苦和号召，这不是文学表达，这只是一般的社会性呼吁。社会呼吁离文学写作是比较远的，一旦含纳也有些危险，因为它能杀伤文学白红细胞。从概念和大词出发的认识，不需要作家去做，秘书去做就可以了，那些现成的词汇，它的要求是清晰无误的，所以可以遵循。而文学是用以感动人和陶冶人的，不是让人遵循的。如果能够意识到这点起码的区别，也就会多少释然，不会因为放弃大词而遗憾。

　　我们未来的"自然文学"，不是一般意义上的文学，它要完成的任务，也许多少有些诡异，即不再是直通通的呼号，也不是类似的痛和叫。它有一种如花似玉的美丽或可怕的阴郁，它是让人在阵阵惊讶、不安中，直到最后一刻才得到快感和满足的东西。这是所有文学，即语言艺术固有的怪癖。它甚至不太积极，不拥护，不赞叹，不颂扬；不，它也许比所有的赞叹加起来还要激越，它像疯迷一般歌唱咏叹，只是有些内容实在太晦涩了。它提倡的部分和贬损的部分有时一点都不明显，结果很容易就被反面的力量所利用，它甚至一点都不像"环保文学"。我们要赞扬这种文学找不到理由，要批判却又抓不到要害。这是一种高不成低不就的文学，是找不到对等话语的一场游戏和迷藏。一言以蔽之，竭尽平生所学也无法与之对话，这是不属于我们的一种文学。如果任其泛滥，我们的那种良好的文学，关于大自然的气势如虹的大文，全都没人看了。这样又会怎样？这是吉兆吗？

没有地平线的生活 / 孤单

在互联网时代，年轻一代，实际上也包括我们这一代，都不同程度地生活在虚拟的环境里。我们不自觉地把虚拟当作现实，思考、创造，不是根据客观事实，而是根据虚拟，甚至走得更远，超越了虚拟。这当然很荒谬。当然就文学写作来说，也不排除会产生一种特殊的审美效果，生产出一种极为古怪的东西，因为文学道路万千条，哪一条都走得通。但总的来说，以虚拟做前提和依据，产生的文学判断也会是危险的。

大家都抱怨在当代文学作品里看不到"大自然"了，抬头所见皆是高楼大厦、空中立交和为数不多的绿化带，过着没有地平线的生活。无论是对于现实地理的意义还是对于精神层面的意义，这都是一个不小的问题，所以我们一再强调要有新的自然的视野。精神的地平线意味着思想开阔，阅读丰富，超越一般的意识与俗见，能有一些形而上的思索。总之，就是要从自然环境方面入手，改造我们的日常生活。

在现代阅读中会发现，有时候一部很厚的书，里面竟然看不到一棵树，听不见一声动物的躁动，这种干瘪和枯燥，非常畸形，很不正常。当然也不能完全否定现代城市生活的表达，这里原本就没有什么动物和太多的树。艺术之古怪，在于有时候一个钟头的事情也可以写成一部长篇；而有时候一片无边的广漠只能被写成一个小小的短篇。一个十平方米的屋子里，发生的故事惊天动地，而一个伟大的广场上，却只有婆婆妈妈们在跳舞。写个案，写特异，这是现代主义越来越擅长的事情。不过无论是书中还是生活中，没有树也没有其他动物生灵，我们会多么孤单啊。这种孤单的生存，无论如何也不是长久之计。

2019 年 7 月 26 日，于华中科技大学"文学与自然"讨论会

风中摇动的一株草

面对原野和自己

人在旅程上经常回眸，有一些特别的怀念和总结，并希望在这个过程中强化自己的勇气。在这样的时刻，如果认为关于自然之美的感激和表达是奢侈的，甚至是轻松的，就错了。这种寻觅和追忆、一次次认定并不容易。美和诗意的真处和深处是自由和真实，是力量，是让人获得再次出发的勇气。就是出于这样的一些思绪和心情，我会经常回视那一段岁月。比起我在其他文字中所表达的愤忧与痛切，二者在深处的指向是一致的。

极度的孤独和痛苦，并非一定就是哀伤和哭泣，也可能有另一番面貌。我们会在这样的时刻安静下来，让心绪回到生机勃勃的少年时代，去面对那时候的原野和自己。怎样从那里起步、为何走到今天，原野又发生了怎样的变化，这种记录和对照会让一个生命对时代、对自己，有更深入的认识，从而对未来做好准备。人和时间都是有走向的，我们一起走向了绝望还是希望，还要走向哪里，会不断地从时间中寻求答案。孔子说五十知天命，就是在讲命运的觉悟，有了这样的觉悟就不至于活在自欺中，就会做一些更重要的事情，以应对未来的光阴。

对事物的记录应当尽到全力争取真实，把另一个时空做一次不失原色的归纳和还原。兴致勃勃的描述和深沉的想象，都不能歪曲昨天，更不能粉饰。比如那时候的贫乏和孤寂，清新和至悲，因为什么而省略，都必须交代清楚。我把至悲写过了多次，我把血泪也描述了多次，眼前还有更长的路要走，这段新的旅程可能比以前还要崎岖。

风中摇动的一株草

所谓的"儿童文学"，如果是好的或极好的，就会适合成人，甚至适合老人。我的作品即便没有那么高的价值，也愿意留给孩子和老人。纯洁的人、返璞归真的人，最懂得深邃之美。只要这美是深沉的、不轻浮的，那就交给老人和孩子好了，它将更不容易被误解。我觉得新的书写，越是靠近现在，就越是接近老人的心情和笔调，这种笔调不必费尽周折去寻找，而直接就放在了手边，它是没有装饰的朴素、没有用力造句的直白。这样的文章不属于小说也不属于唯美的散文，而是在放松地拉家常和谈往昔，走入一场复述。形容词和状语部分不必太过发达，原汁原味的海边旷野是最好的调色板，那是大自然涂抹的天空、白沙和大树、动物、花和草。我记得以前看过的一本书，名字忘记了，上面说到一个最美的人，行动起来就像在风中摇动的一株草。这个比喻真是好极了，不是因为巧妙，而是因为贴切。这个写作者一定在草地、在野外细心体验过那种闲适和舒展，特别是那种自由。

我怀着向草和树看齐的理念，去再现昨天。这个工作让我感受了美好。

黄金宝地

那个半岛指胶莱河东部，是很重要的一个地理专区，历史上出了很多有名的人物和事件。那里气候好，自古都是富裕之地，战争中谁占据了那里就意味着有了供给丰厚的大后方，然后就不容易失败了。在二十世纪三四十年代，有心眼的争夺者就把那里视为一个黄金宝地，全力将它掌控起来，后来就胜利了。

那里出产黄金而且天下最丰，相当于美国的西部。气候优越无比，竟然处于天下最美的葡萄酒产地所需要的纬度，所以好的葡萄酒要到那里去酿造。三面环海，鱼盐至富，有山有水，土地肥沃。上帝在造地场的时候是有些偏心的，让一个地方好，就从头到尾好到美不胜收。

因为二十多岁以前主要在那个半岛活动，应该熟悉它的山水。然而我对山河的认识能力是有限的，后来发现对这个半岛只是一知半解，比如对它的植物、动物从头历数一遍，大概也要一生的时间。至于山脉河流，将无尽的支支岔岔记下来，也是一场巨大的劳动。年轻时志大才疏，不止一次想干一件事，就是将整个半岛以图文并茂的方式记录，标记出所有的河流山脉与动植物。后来试了试才知道是不可能的。由于意志不专，很快又被新的兴趣吸引，所以那样的豪志终究没有实行。但毕竟有过尝试，这让我在后来的写作中大受裨益。

半岛上没有野生的大动物，没有熊和虎等。古代有，后来人烟稠密起来，它们就撤离了，去了东北。不过剩下的狐狸、狗獾、黄鼬、豹猫之类也就够了，它们一个个顽皮活泼，深深地吸引了我们。因为气候湿润四季分明，植物丰茂，品类繁多植株旺盛，可能是北方最肥硕壮美的地区。山水一定是和人紧密相依的，所以自古以来这里一直是美女之乡，比如《诗经》等书里常常提到的"齐姜"，说的就是她们。

鲜花压境的日子

半岛上的春天我无比怀念，常常想起它在季节转换时的矜持脚步。那里的春天是一点一点来临的，步态从容。这不像有的地方，春天说来就来。记忆中半岛上的春天总是缓缓行进，仿佛从胶莱河登岸，稍事休整才继续往东。半岛东部的春天比河西要晚半个月左右，有这样一个时间差，大概是为了一场充分的冬眠，然后开始一场盛春的狂欢。

我将半岛的春天与济南做了对比：这座省城的冬天说走就走，春天不商量不预告，暖风一吹仿佛就是了。不过这个春天并不安分，转了一圈又去了别的地方，过几天再兜回来。它还未来得及在城里好好经营，夏天就来了。所以有人说济南几乎没有春天，天气说热就热。而半岛的四季却分成了均衡的四等份。对于熬了整整一个冬天的土地来说，春天的来临是多么隆重的一件事。一阵温煦掠过，春的消息清晰无误地送达半岛。泥土透出特别的气息，种子萌动，第一束花枝开始摇动。迎春和连翘在前，杏与李在后，然后是大片繁盛的槐花，它们在月光下盛开，竟然压弯了枝头。槐花开放之期是整个春天的大日子。

有槐花铺展，半岛的绚丽就是自然而然的了。鲜花压境的日子来临。特别是渤海湾南岸的冲积平原，这个季节绿野平展展，一眼望不到边，野花灿烂，蝴蝶翻飞，百鸟喧哗，各种小动物争相奔蹄。这个季节的猫咪特别明媚，它们在野地里恣意玩耍。上苍对辛苦的人们总有尽心的安排，总用一些奇异的生命安慰他们：野兔、小河狸，还有渠边上昂首而立的英俊大狗。

这都是很早以前的事了。到了二十世纪七八十年代，特别是近二三十年，这片至美的自然画面开始消逝。我所熟悉的那片无边的林野已经面目全非，没有树林，没有成片的花海，代之以林立的烟囱和楼房。机器日夜轰鸣，动物不再靠近。现在的某些半岛人焦躁急切，一片片林子被伐掉，一条条河流被弄脏。网络时代的人如此放任，无所畏惧，所以灾难来临的时候也不必吃惊，因为一切自有来处和去处。

勾出馋虫

在最艰难的年代，人们对食物的渴求怎么形容都不过分。现在的人已经完全失去了那样的一种想象力。当年人们吃土、吃棉絮，因为树叶和树皮已经被吃光，再无其他可吃的东西。就因为有过吃土的经验，所以在二十世纪七十年代，有人还将比较好的黑土搓成花生米的样子，在锅里炒一下，像吃香豆那样咬得嘎嘣有声。有人说那时已经不再饥饿，不过是补充某种微量元素的民间偏方。但真的是吃土。

在食物极度缺乏的时候，如果有一些新东西被发现，就会引起哄抢。比如沙地里掘出的白茅根，水嫩甘甜，大家都发了疯一样去挖，没洗干净就填到嘴里嚼起来。孩子们一天到晚在海边蹿，会找到一切能吃的东西。他们眼神好，胆子大，什么都敢尝试，所以常有出乎意料的发现。一种紫色的多年生草根放在火中烧一下，发出诱人的甜味，嚼一下比山药更香。荒野上不知名的美味太多了，比如某种虫子、树叶、果子、花苞，都可以吃。给人印象最深的是白茅根开出的花，不，是它开放之前的尖细的苞朵，深埋沙中，要掏挖出来。这种苞朵即便到了今天也是难得的美味，甜，而且还有一种特异的清鲜，好像兼有竹笋和甘蔗，再加上蜜和南酒混合起来的味道。可惜有五六十年没有吃过它了。

大人们也有一些寻找食物的经验，因为他们知道得更多。榆树钱即榆树不成熟的种子，就连城里人都当成美味，但榆树根也是美食，就不太有人知道了：把紫皮刮掉，将厚厚的根肉剥下，生吃甜生生的，烧一下香味倍增。不过大人们认为这样吃是糟蹋东西，用书上的话说就是"暴殄天物"。怎么吃？晒干，然后制成粉末装在瓶里，做面条时撒上一点，面条就会惊人的滑爽和清香；如果再有几枚黄蛤做汤，那就是天下第一等美食了。这种方法自然是老辈人传下来的。大人们找到的东西不如孩子们多，不过一旦找到，用当地人的话说，就是"能把人馋死"。比如他们会把一个残破的、谁都不理的沙滩树墩劈开，从里面捧出一捧胖胖的白虫。这可不是一般的虫子，放到火上烤一下，十米之外就能闻到逼人的香气。它噗噗冒油，把所有人心里的馋虫勾出来，让人不再安分，一天到晚在海滩上转悠。

　　要举一些在海边沙滩上寻找吃物的例子，那是说不完的。什么野蜜、蘑菇，这都不是稀罕的东西，听听名字就知道有多么馋人。它们是海边的宝物。比如蘑菇，多到数不胜数，花花色色，有毒或无毒。奇怪的是我们从来没听说海边上有谁被蘑菇毒死，都敢放开胆子吃。

　　海边人的优势是内地人不可想象的，这让许多外地人嫉恨得要死。关于嫉妒的故事我们从小听了很多，涉及一个天大的事：死还是活。那个年代外地村子不知饿死了多少人，他们没有粮食没有树叶，什么都吃光了，最后只好吃土。而海边的人在吃光树叶之前还有无数可吃的东西，除了吃根根草草，还有最新的发现和发明。当时海里鱼很多，但捕鱼很难，主要是当时人饿得没了力气，已经没法下海捉鱼。所以他们主要是拣大浪推上来的海菜和小螺。最保险的是林中有许多渠汊，里面长满香蒲，蒲棒在成熟前叫"蒲米"；最想不到的是香蒲根，烧一烧甜过红薯。渠汊中还有小螺小鱼，这些也够吃上一阵了。

　　所以海边的人一般是饿不死的。外地人当年想方设法往海边跑，但大部分死在半路。因为跑这么远的路需要体力，而那个年代的人已经没有体力了，往往还没有走到村头就倒下了。据说只有很少几个老人来到了海边，因为他们走走停停，将体力保存了下来。可惜这时海边也到了危急时刻：树叶没了，有人开始吃土。

这里的人永远感谢辽阔的海滩，它最终救了一部分人的命。就因为它，人们才没有走到绝路，只要有足够的耐心，只要好好寻觅，总能得到一些援助。有人实在弄不到吃物，就在沙子里到处挖掘，结果再次找到了一些东西：老沙参、上个秋天落下的野枣和冻桃。这在当时可比山珍海味。

总之海边的人依靠自己的智慧，以及地理优势，在那个年代尽可能地活了下来。这是一个奇迹。

大海滩的护佑者

我们应该感谢命运的是，一家人不是在饥饿年代才赶往海边，而是更早，早在二十世纪四十年代中期就来了。外祖母最早从远处来到这里：她一直往北走着，走到海边，再无法向前了。她可能为了安全，稍稍躲开大水，返身往南再走几华里才停下来。她后来说起在这里定居的原因：看到了一棵大李子树。它有多大？大到谁也没有见过。树龄多大？谁也不知道。我小时候与之为伴，它陪伴了我的童年。到现在为止，我从没见过比它更大的李子树。我有时候会想象：它可能是整个大海滩的树王，是护佑者。反正它实在是不凡的，无论是心里的感觉还是实际的情形，它都那么神奇。

事实上，从它在二十世纪八十年代末被砍杀之后，整个的胶莱河西北部小平原就遭到了噩运：先是大片林子接连被毁，再就是因为开采煤田，一望无际的肥沃农田连连塌陷，变成一片片死水湾。这个历史上最富庶的地区，自然环境遭受了空前劫难，美丽景象一去不返。

当年，我是说二十世纪三四十年代，从大海往南一直连接到大片农田，长达几十华里的地带基本被密林覆盖。除了近海一带是灌木和杂树混生之外，其余的林子全是真正的大树。直到三十多年过去，这里还有大片的林子，虽然已经远远不及三四十年代了。总之，半岛西北部小平原是一部林野步步消退的历史。提起这段历史，有人会不以为然，说很早以前不过是一大片荒滩，那是经济落后的表现。他们认为的"进步"和"现代"，就是对环境不顾后果的大肆破坏，就是让它变得千疮百孔。家园的践踏者仅为一己之私，为了取悦上边而不管不顾。这些主使者和教唆者大多不是当地人，与这片土地没有血肉相连的情感，所以把一片如花似玉的原野毁掉，一走了事。

近百年来，这片小平原上最显著的变化就是一片狼藉，而且不可修复。有人算了一笔账：将所有的经济增长叠加起来，都无法修复这里的自然环境，这还不包括无价的时间和人文精神。

没长睫毛的眼睛

我们一直住在没有一户邻居的林中小屋里，当年只觉得荒凉。今天怎么看都像一个童话，只是这个童话听起来好，没有人愿意充当它的角色。享用"童话"般的生活也要付出代价，比如要忍受非同一般的孤独，还有其他不便。今天的人会考虑交通问题，以及失去群居生活造成的种种难题。我向外边讲述它的故事，从他们好奇的神色中，认识到那片林野有这么多诱人之处。

要看大海就得穿过老林子，还有相当长的一段距离，所以我直到六七岁才第一次见到大海。这之前一直在夜深人静的时刻听到它。有人以为海的声音一定是刮大风的时候最大，那是在近处的感觉，从远处，风浪和林涛混在一起，分不清谁的声音更大。而在安静的深夜就不同了，林子静静的，大海的声音就变得清晰了。那是一种细细的长长的、从远处推到近前的发力深远的声音，让人时时有一种被大水淹没的恐惧感。老人说这叫"发海"。

在见到大海之前，海是神秘的；见到之后就更加神秘了。林子对我们来说就在身边，树木花草和动物就在一旁，已经不觉得奇怪了。

在记忆中，大海和林子是永远在一起的。没有林子的大海是不可想象的，我在国内外许多城市看到楼房靠近海边，这种所谓的"海滨城市"，水泥丛林代替了真正的林子，实在可惜。没有林子的大海，就像没长睫毛的眼睛，算不得美目。

更大的宝贝

我记得小时候最骄傲和最得意的事情，就是拥有许多书。那时候有很多书的人是较少的，而当时最吸引人的东西就是书。我开始读不懂它们，只知道越厚就越是让人喜欢，可以用来交换更多的东西，比如从看果园的人那里得到苹果和葡萄等。后来我自己能读书了，书就成了更大的宝贝。

我们当时有一本又大又厚的硬壳书，名字忘了，要用力才抱得起来，有人见我费力地抱着它出门，立刻吆喝一声："嚯！"记得打开硬皮是扉页，上面有一些照片。那本书后来不知流传到了哪里，和好多书一起走丢了。童年失去的太多了，书的失去是最可惜的。我十几岁离开海边到南部山区生活，只带了最喜欢的几本书，大部分留在了大李子树下的小屋里。再后来连大李子树都没有了，书当然也没有了。

当年那些线装书基本上是没法看的，不过仍然有点印象，比如一些武侠小说，还有一本《红楼梦》。半懂不懂地看下来，觉得有趣。回想起少年时代的阅读，有一种很奇怪的感受，就是当一个人特别渴望阅读的时候，竟然会滋生出一种超越的能力，然后不可思议地进入内容，仿佛连生字这种不可逾越的障碍也能稍稍克服。我在那个年纪里竟然读了许多书，而且记得一些片段。后来书多了，记忆力却要差得多，根本原因就是不像过去那样渴望了。

因为想念她

如果没有外祖母，童年会过得更苦。当年也很苦，但有很多欢乐，这其中大多与外祖母密不可分。她让我的童年避免了很多危险和不幸。我在回忆中时而写到外祖母，因为想念她。她给我的教育、给我的知识，比我后来接受的正规教育的总和可能还要多出许多。当然这二者也没有多少可比性。不过我的一些生活习惯和对事物的标准就是那时候形成的，她让我知道什么该做什么不该做，什么需要坚持，什么是意志力，什么需要忍耐。

在我刚能写长一点的文字时，就想写外祖母。我发现自己的全部文字中，外祖母出现的次数最多。我知道一些情感的表达、一些事物的判断，都与她有关。她是最善良和最正直的人。要按照她对我的影响去写作，她其实为我确立了更高的、需要用一生努力去抵达的标准。

一位瓦匠头儿

回忆的深度，将决定细节的多少。如果深深地沉浸到往昔，就难免会陷入细部，在一些场景中徘徊不已。大致记下一些过程、一些事物的关节，还是太匆忙了。现在我正有时间和心情去做怀念的事情。我对现在的生活多有遗憾，对自己也不满意，所以会更多地从童年获得补偿，并在这种回忆中不断地比较和印证。人生是不能假设的，但人生可以从头检索。从童年生活启步，就能认识后来的所有失误，看清自己已经做到了哪些、哪些可以做得更好。有什么样的童年，就该有什么样的青年和壮年，道路自小而定。越是回想童年，就越是对现在的自己不能满意。当然在其他人那里可能一切正好相反，认为现在比小时候更优秀。

我对自己常常失望，不知道已经选择的道路，这里指全力去做的事情，是不是一种失误。我记得青年时代在半岛西部，有一次出于好奇，曾经找到一位名声极大的"神人"算过，她是一位老婆婆，虽非盲人却一直眯着眼睛，仰脸向人，很快就能说出他的过去和未来。她把我的过去说得一点不错，这让我脸色煞白。于是我想她说出的"现在"和"未来"也一定准确。

但我很快就失望了，因为她竟然看错了我的职业，说我是一位瓦匠头儿，负责建筑工作。再往后她又预测了许多好的方面，由于不再相信，也就没能记得太清。

几十年过去了，回头想想她的推算，突然觉得并非多么离谱。因为我看过一本书叫《世界建筑师》，作者是大名鼎鼎的奥地利作家茨威格，内容全是作家传记。这才让我恍然大悟：写作的人其实就是建筑师，这种比喻原来是很深刻的。以此推论，那个算命的老太婆说我是一位"瓦匠头儿"，其实是一种鼓励。

与幸福丝丝对应

远的不说，只说近代史，从世界大战到其他种种，人类遭受的不幸太多了。这只是大的事件，其实日常生活中的苦难让人更加不能承受。生存在很大程度上就是与苦难对抗，胜者很少。我们想不出更好的办法度过有限的时间，人生如此多艰。这种生存的真相仅仅用激情、用理想主义，仍然不能真正解决。但人类如果放弃抵抗，彻底消极下来，恐怕更加承受不起。

反省和自责是永远需要的，也是必需的。我们怎样对待自然万物，也将得到怎样的回应。想一想我们平时是怎样对待动物的，人类的凶狠野蛮，对动物的折磨和残忍，已经达到了令人发指的地步。既然如此，人类自身遭受再大的苦难都不必抱屈。苦难的逻辑因果也许是粗率和隐匿不彰的，但人类对这个世界的恶行，一定会以某种方式交还给我们。现实生活中的行善不一定与幸福丝丝对应，没有善行却一定会感到更加恐惧。

如果我们一味地说爱护大自然，爱护动物，保护环境，有人会觉得这是老生常谈。但物质主义和娱乐主义的可怕后果已经显现，物质欲望使人不顾一切，毫无节制。我们真的需要那么多物质？换一个思维怎样？有人已经不是巧取豪夺，而直接是豪取豪夺，种种罪恶堆积如山，人类已经无法消受。我们常说的一句话即"时间就是金钱"，那么可否反过来说："金钱就是苦难？"

比如说伐林

现在想念童年生活过的地方，可又害怕回去。我说过，一切都没了，林子，清澈的河流，动物，原野，差不多一切都被我们毁掉了。我们干得又快又利索，因为我们动用了现代科技，所以效率很高。比如说伐林，以前的伐木工人多辛苦，现在使用油锯，效率提高了百倍。眼看一个地方被迅速毁掉，真有一种椎心之痛。我听到一些人的欢呼，他们说这个地方变得多么了不起，发展多快。全是胡扯，毫无良知。

如果以"经济发展"为依据，更需要精确的换算。这不是发展，而是不顾后果的转借，而且根本无力偿还。也就是说，我们在向借不起的地方，比如土地、海洋、河流、饮用水、人文环境，这诸多方面借取大笔的钱，去做愚蠢的事。巨大的利息我们根本还不起，最终必然导致破产。恶疾肆虐，如一个海边小村几年来竟有几十位癌症患者。这种令人恐惧的警示，人们竟然视而不见。

"现代化"是人类历经的一系列复杂实践的进步活动，而不是相反，不是将"反现代化"当成现代化去运作。这是问题的症结。我们必须回答：什么是真正的现代化？

一个梭罗就够了

新时代的自然主义写作，比如对保护自然、热爱自然的呐喊，是永远不会错的。这样的写作其实更容易变得概念和肤浅。一般意义上的所谓"生态文学"虽然不嫌其多，但总嫌其浅。不能专注于这样的写作，因为它通常并不比公文与新闻告诉我们的更多。关于所谓的自然文学，应该属于所有的文学。专门的"大自然文学"有可能是褊狭的。

《瓦尔登湖》是好的，好在自然而然的生活态度，是梭罗作为一个人的心灵体验之朴素真实，他对生活的一些悟想自成一理。其文学价值也与这些认识价值和审美价值连在一起，是一个整体。我们如果将某一价值从中抽掉，它就不成立了。现在的文学写作常常出现的问题，就是写作者为了取得赞赏，让某一部分人高兴，会把文学的单一价值剥离出来。比如为了呼吁保护环境，就专写这个题材，这对文学多少是一种误解。一个梭罗就够了，后来的人不可以重复和仿制。

童年生活的再现，专注和沉浸，应该是自然而然的。我不太喜欢类型化的写作。研究者为了学问的条理，常常划分出类型，这种工作自有道理和价值，但写作者不能受其影响，欣赏者也是同样。要放空自己，不带任何成见，比如读梭罗，一心想着在读环保文学和自然文学，那就不对了。环保是今天的事，梭罗是昨天的作家。

描写大自然最好的，是托尔斯泰和屠格涅夫、契诃夫等，他们笔下的大自然真是精准有力，扣人心弦。也有一些非文学作家写出的有关大自然的书，他们为了学术目的而记下的东西，也有很强的文学性。比如达尔文的名作《在贝克船上的日记》等。专门写环保写生态的文学作品，其中的一部分要差一些，因为作者的企图心和目的性太强，主题太鲜明，往往不能使自己的心灵与诗意自然而然地呈现。因为文学天生是反对主题先行和概念化的。

堆积在一个地方

因为数字网络时代传播速度和广度的关系，写作个体常常有更多的担心，就是自己的工作将很快被覆盖掉，不被注意，会很快地失效和过时。这种担心是正常的，没有什么不好理解。所以在这样的情形之下，人们通常采用的方式就是追求更快和更便捷，难免敷衍一下。长此以往，写作就多少带点悲剧意味，甚至像挣扎，像溺水者的自救。其实完全不必如此慌促，因为说到底，这些问题与文学的关系并不是很大。

写作方式是多种多样的，这里指一切形式的文字表达。文学写作是其中最古老的一种，也是这个时期接受考验最多的。但所谓的"文学写作"，仍然呈现出不可遏止的泛滥状态，它几乎出现在任何一种媒介上，只要是有可能诉诸文字的，就会闪现它的身影。于是它变得更廉价更无所不能，也更加无足轻重。文学手法似乎人人可为，甚至无不娴熟；好像个个都懂，又似乎全不靠边。这是一笔糊涂账。想象，夸张，用一束小时候学习作文的那种造句连缀起来，似乎就是文学了；不负责任地一通放言，好像就是文学了。

在这种比较随意和自以为是的操弄中，网络时代的写作变成了落在物体表面的一层灰尘，一阵风或轻轻地揩拭一下，就没了痕迹。什么心灵的震撼、灵魂的颤抖，这都是传说中的事情了。文学正越来越接近于一种自我沉沦和自我取消。事实上也真的如此：用文学扯淡的人越来越多，文学也就等于没有，等于自我报销。

其实泥沙俱下的文学是一直如此的，自从有了文字的那一天起就是这样。不过现在与过去具有很大不同的是，在人人可为的自媒体时代，这种混浊的情形又不知加剧了多少倍。只不过事物的性质并无改变，也就是说，各种各样的文字蜂拥堆积，不必强求一律，也不必太理想化。

我说的"最高级的语言艺术才有可能留下来"，也不是什么新发现和新观点，因为看看历史上积累的名著与美文，也只有那么多。大量的文字是躺在谁也不知道的地方，在库房里沉睡，基本上没人去打扰它们，因为谁也没兴趣与之重逢和对话。与这些差不多的，就是一些公文或新闻类文字，它们离开当时的使用和需要，也会堆积在一个地方。偶尔出于特殊的需要，还会有个别人到档案库和图书馆里去查找。而一般的意义上的文学写作，过去也就过去了，这本来就是很平常的事，很好理解。

从单词开始承担

一个写作者对"最高级的语言艺术"有期待有追求才是正常的，不然只好放弃这种劳动。但追求是一回事，能否做到是又一回事。"杰出的语言艺术"，一般化地说说只会引起误解，以为又是谈什么巧妙的言辞调度、词语的雕刻功夫之类，就是通常说的"语言好"。

不是的，恰恰相反，这里的杰出，是指怎样将词语的生命感具体落实下来，不让其悬空，是指它的形式与内容的承载要细部化、语汇化，从单词开始承担，更不要说贯彻到一个分句或一个复合句中了。无关痛痒的言词、浮在浅层的语句务必根除。让细微与局部牵动整体的观念，如价值观，如审美特质，如思维锋刃之所向。

这样的语言已经超越了一般意义上的顺畅与漂亮，当然不止于文从字顺。但可惜的是，我们常见的汉语能力是比较低的，基本功力不足且态度粗率，文字竟然十分粗糙。这与我们所说的"语言艺术"根本就不沾边。对于词语的敏感，它所连通的神经网络，它在移动时的牵拉，幽默与温情、哀伤，是一并植入行文中的，是一个整体、不能分离的。杰出的语言艺术一定是从局部和细部、从语汇开始紧扣时代心弦，而不是浮于时代精神、超脱于时代疼痛之上。这样的语言是深灸于时代腠理之下的。我们将鲁迅视为语言大师，就是出于这样的原因和理由。

文学提供的东西比公文和新闻要多的那些部分，不是指它所包含的内容与事件，起码这不是主要的；这里的"多出"和"超出"，更多是从审美意义讲的。公文和新闻所言，自有其必要性和功能性，但语言艺术所提供和揭示的，却是其他语言方式所难以抵达的部位和方向。一些情愫和微妙心理，新闻与公文就难以传达。生活与生命的运动活态、逼真的质感，需要文学来呈现。从这里看，文学所依赖的即是更高级的语言艺术本身。它的深刻功用，比如揭示和批判力，也在于此。如果仅仅满足于声音和内容的尖利、所谓的"勇气"，新闻报道也一样能做，甚至做得更快也更直接。作家的"勇气"

在于深刻贯彻并恪守自己的审美原则，道德力与锐敏度尽在其中，于此坚持，终生不渝。

慎重的事情

写作者会写到许多方面，一支笔依据自己工作的秩序，一步步向前推进。今天做的事情不一定是最重要的，却是整个文学拼图中的一个局部，必要认真做好。人的一生很短暂，能做的事情并不太多，所以只要有机会可以做一件事情，就尽可能地做好。有时候会重复做，这或许因为以前没有做好，或者有继续做的余地。

回忆过去的生活，特别是童年、早期，对作者来说是很慎重的事情，因为一般而言这不能说来说去没完没了。这一部分生活是最让人动情的，到了一定的年龄很容易一头扎进去。一个人的写作是这样，整个的文学写作也是这样，往往会在一个时段里更多地去写某些题材，所以有的生活层面会长期地被冷落或疏忽。比如我们这里的所谓"博物"写作，似乎还可以更多。不过专门化地写某些特定的内容也不是大路，文学不能分得过细，不能强调"分工"，作家把自己自觉地"分工"了，可能会是蹩脚的。当然有的作家会长于某种内容，但这通常是在实践中自然而然形成的，因为一个人的写作冲动不可能专门针对某一领域。

不必忧虑文学的命运

不是"传统写作"如何，没有这样的区别，写作只能是一种传统。只有好的写作和不好的写作、认真的写作和浮浅的写作，是优秀与拙劣之别。在网络和各种媒体上涌动的文字，其中的一大部分与文学写作没有关系。接受什么文字，与其生命品质和修养状况、知识水准是相匹配相适应的。有些人津津乐道的，有人连一眼都不看。心灵和精神趣味的阻隔高于大山。在媒体上喧嚷一团的某些东西，往往并非出自重要的智识心灵，因为深入的见解常常不是以这种方式表达的。吵闹会引起注意，也会被误解。自尊者是沉默的，虽然他们不会永远沉默。另外，真理和大的见识也不必以人数论，浅薄在一个时期达成广泛的共识，并没有什么奇怪。乱吵的人往往是没有教养的，连话都说不通的，轻率的人。阅读文字，不能被人多势众吓住，这意味着不成熟。

文学是一种生命现象、一种本能，它与生命的长度等值。最好的文学就是最好的生命，任何时候的文学都是神圣的，就像生命是神圣的一个道理。文学被文字垃圾给吓住，这全无必要。写作者不必忧虑文学的命运，而只需对自己时常感到不满足即可。

2020 年 5 月，文学访谈辑录

故乡离得更近

故乡离得更近

我最早的长篇是三十多年前出版的，它们对于社会环境的表达比较强烈。而侧重于描述自然环境的作品，可能是近期的一些纪实文字。后者需要动用自己特殊的生活储备，所以非常珍惜。写作者的生活以至于文学都从这里起步，它似乎是一切，是全部。很久以来，因为笔力或其他，一直没能将其化成文字。总想找一个从容的时间，绘出它的原色。现在有了这样的条件。这个过程使我深深地沉浸，可以说度过了一段美好的时光。类似的内容大概以后不能再写了，因为作者不可能重复这些。

在碎片化阅读已成风习的时期，作家哪怕写出一个引人入胜的自然段，都要有充分的理由。要把读者挽留，让他们在一些文字面前驻足，似乎很难。今天愈加清楚的一个问题是：必须是更高级的语言艺术才有意义，才有一点存在的可能，不然将很快被公文和新闻类文字淹没，甚至不见得比后者更耐久和更有价值。今天的文学书写确是非常有难度的事情，它之困难之沉重，远超预想。越来越多的写作者将会意识到这一点。在多媒体传播、物质主义和商业主义的环境中，语言艺术的确立面临着前所未有的难度。

这样的一个时期也会遇到特殊的机缘。一小部分自觉而顽强的人将对应这个时代的演变和考验。目标既遥远又清晰：突然觉得故乡离得更近，文学的故乡。

重新搬动笔墨

一个走远路的写作者不一定是早慧的人。有人写过了几十万字，还怀疑是否适合从事这样的工作、有没有这方面的才能。他做过诸多尝试和努力，后来由于文学的强大吸引才坚持下来。困境时而出现，但他认定是自己的能力问题，从未怀疑文学。它不需怀疑。应该怀疑的永远是自己，二者不可混淆。有人常常将二者混淆，这是有害的。如果某一天由于各种原因放弃了尝试，也仍然会仰望，而不至于迁怒。这是灵魂之业。

如果在业余书写，会有一种全新的体验。有人做过专业作者，后来做不下去，就离开了。辗转做了不少行当，甚至做过买卖，都不成功。他最后设法到很远的地方承包了一片农场，还找到了合伙人，终于安定下来。他认为自己是这方面的一个人才，管理田园，养牲畜，还种了一片茶园，出产固定品牌的牛奶、羊奶。就在这样的情形下，他的老毛病又犯了：写作欲泛上来。

重新搬动笔墨的感觉有所不同：一双粗手握起笔来有些笨拙，划破了稿纸。一些生僻而有力的语言出现了，但话不多，写几句就没话说了。他发现比起专业写作时，现在述说一件事情没那么多话，几个短句就把意思说尽。不愿多言。以前恰好相反，一说就停不下来。这种节省也来自日常劳动，因为时间和体力的关系，所以在田里总是走近路，干一件事也尽可能简化，追求效率。他看看纸上写出的话，不太连贯，但似乎藏下了很多意思。

深夜里找出很早以前的旧作翻看。有些烦。主要是不满意：话多，饶舌。写了这么多废话、用不着的话，难道是话痨？这是一种病，即说起来没完没了。想一想，人这一辈子说了太多的话，很累。他现在看以往的文字，很累。

这种对照让他明白了一些道理，用诗人陶渊明的话说，就是"觉今是而昨非"。他每天忙农场里的活计，喂牛和羊，亲自动手设计茶叶和奶制品的商标。在空闲中，偶尔坐在桌前写一点。这是一张老榆木桌子，既是餐桌又是书桌。他把门关上写作了，想起自己曾经是一位作家。

他写得不多，一方面因为没有时间，另一方面觉得没有太多的话说。他每每感到奇怪：以前那些滔滔不绝的话都跑到了哪里？看来这辈子不可能写得太多了。他知道已经写下的这些字，还要从头压缩一番。

无用就是大用

在作品中过多地使用长句，会使阅读产生障碍。首先要做到言简意赅，在这个基础上再追求丰富的意蕴和独特的风格。文学既是语言艺术，语言不好，其他就不需要再谈了。有人以为一部作品语言不好，而其他方面好，也有可能好，这是误解。不会发生这样的事。作品的一切都是通过语言抵达的，从思想到人物到情节，一刻都无法分离。文学史上那些真正的杰作，全都采用严苛的语言标准。同一作家的作品也有高下之别：有时做得好一点，有时不甚理想。

纠缠于长句子，有时候是心绪烦琐造成的。心情简洁下来，文字就会干净。当然人处于不同的场合，有时就是这样纠结和矛盾，还有痛苦。一般来说短句子更适合阅读，长句子有另一种效果，耐住性子读也会动人。忍耐这种事要在阅读中发生，而且经常发生，说起来没人相信。在今天这种娱乐时代，人人寻找愉悦，能够忍耐的人不多。但有人不是为了娱乐而是为了学习，为了求得一种认识。

以前看到一部谈写作的书，其中说起一位有经验的作家和蔼地教导一位新手："亲爱的，多用短句。"初学者听了他的话，写出了极优秀的作品。不过从文学史上看，有的作家是不管不顾的，他们往往更有勇气，不将写作当成谋生的手段，而是用来宣泄和运用心劲，即让灵魂在里面折腾。所以这样的人就不管什么长句短句了，想怎么写就怎么写。他们也不在乎小说作法之类，对写作学常常嗤之以鼻。这样的人比较少，是令人望而生畏的一类。

职业作家的脾气也许是天生的。比如有人开始写作不久就专门研究技法，在这方面过早地深奥起来了。他们对一个时期最现代最先锋的一拨人很熟悉，讲得头头是道。那些一辈子都没法明白的一些古怪方法，什么零度写作、间离效果、能指所指、结构主义，他们竟然烂熟于心。有人才发表了两三篇小说，已经是教练了，办讲座总能吸引很多人，听者不懂也不愿离去。技法是好东西，但有时候太复杂了也很耗神。有一本外国人写的书，作者叫艾柯，专门分析鉴赏小说技法，里面有许多图解，要读懂就难了。有人用了一年多才读懂几章，然后写出很多文章。

类似的著作当然极有意义，其主要功用在于忍耐，在于磨人的性情，让人回到一种与平时的学习和阅读完全不同的艰辛状态，得知现代知识宝库是多么琳琅满目，于是也就不再浮躁和骄傲；要耐心和谦虚，明白世上有些学问就是古怪和费解的，这是进化或进步，就像太空探索的飞速发展一个道理。由这些知识做参照，再看看整整几代人耳熟能详的文艺理论，如"到生活中去"和"群众喜闻乐见"等，或成反衬和补充，有恍若隔世之感。原来世上道路万千条，写作者尽可放心，从此也就松弛了许多。

实话说，那些古怪的理论一般是不中用的，但它最大的功劳和作用，就是让人的心思变得活络一些。这就有利于创造。记得有个聪明人说过：无用就是大用。

密码和暗号

方言是无可回避的，在写作者这里尤其是。有人一写到老家的习惯用语就开始激动，更不要说写那些故事了。正是这种声音和口气将他带到从前，让他年轻和冲动起来。人到城里生活了几十年，平时已不太用到方言，可是一动笔就满口土腔。这真不错。语言的生动传神需要依赖土地，保持它植根处的那份生气和力量。作家有时要改变方言，是为了让更远处的人听懂，传播更广。但这就要丧失一部分准确性和生动性。就因为要克服这种两难和弊端，所以作家往往要保持一定的方言品质，同时进行必要的调适。这个度很难掌握，也成为判断一个作家语言水准的依据之一。

有些作品的方言得到了克制，却不等于没有。它的基调仍是方言，没有这个基调，就会使语言艺术大打折扣。方言浓烈的作家看待其他写作者，会产生同情。其实这里在讲土地的依赖性，即有没有老家。一辈子住在他乡，可能还是一个忘本之人，从不回老家；但就是这样一个人，办起事来并不糊涂：知道什么时候需要老家的支持，比如写作。他不停地讲述那片土地上的人和事，重拾老腔，讲得生机盎然。

地方语言其实包含一种密码、一种暗号，不为外人所知。同一块土地上出来的人见了面，用同一种声气对应几句，彼此马上明白，而外地人在现场却听不太懂。文学写作的奥秘如同这般：用特别的密码和暗号传递异趣异质，完成一次叙述。他人是不可能完全解码的，只会一次次接近。留下的部分让人想象。所以杰作很难一目了然，总有一种望不到底的深幽。语言的魅力就在于这种无限接近，在于异质之美。

反应的临界点

时代变化巨大，但文学表现的重点也许不是时代。有人不解，总强调自己的写作就是为时代画像和代言，不断地搬出过往大师，说他们是时代的一面镜子等。这样讲似乎不错，因为教科书和文学史就是这样说的。"时代"包含的东西太多了，无所不有，反映它即是全部，无可遗漏。但如果细究一下，比如人性、社会、自然、体制，作家着力探究的一定是其中的某些元素：诸元素混合起来就要发生反应，就像不同的物质放在一起要发生化学变化一样。

有人认为文学最重要的莫过于表现"人性"，这就与表现"时代"的想法有了一点差别。人是时代或社会中的一个重要构成，因为现在是人类社会，是人的时代。远古就不同了，在恐龙时代，时代的大角色是恐龙，那么表现恐龙才能更好地表现时代。人类主宰了世界之后，对人的关注就成为主项。既然时代主角可以变化，那么可见主角和时代这二者还不是一回事。也就是说，表现"人性"不完全等同于表现"时代"，虽然二者关系紧密。

如果作家表现的重点在"时代"，就会以社会体制结构为视角，不自觉地把这个客观的外在力量看成决定作用，而人是附属的、跟从的、渺小的，就像大风中的灰尘差不多。这看上去是有道理的，是抓住要害，大处着眼：许多大作品、具有强烈历史感的巨作，莫不如此。

但是有的作品也不尽然，而是将人作为重心和中心。他们认为把"人性"写出来，把人写出来，一切即得到完美和全面的解决。人物命运包含了社会的悲喜剧，表达了整整一个时代。我们看到和记住的首先是人，是他或她的故事，是人的挣扎和奋斗。我们会惊异于生存的奇迹、人性的复杂。的确，在我们的阅读经验中，每一部杰作都有令人震惊的发现和表达：人性怎么会变成这样？

但是冷静下来想一想，作家真的提供了新的"人性"吗？一部作品说服我们、让我们相信它的根本原因，是这种"人性"的陌生化吗？不，也许完全相反，是它所包含的"人性"的恒常不变的部分。也就是说，无论发生怎样惊人的改变，基本的人性还是存在的，它是不变的。我们甚至可以说：人性是从来不变的。人性就是人性，它可能永远都不会发生大幅度的偏移。无论是至善至恶，都是人性中固有的。那些似乎陌生的部分，只是作家的又一次发现和记录，它本来就存在于人性之中。

那么，人性在不同时代、社会环境中的各种演变以及可能，就成了文学表达的真正要务。人性在某种机缘中的伸展和扭曲，不仅不能成为文学的措手不及，反而是它的最大机遇。所以杰作通常不会匆忙跟随"时代"，也不会将"人性"固化，而是表达这二者的对应和演变。它们有一个发生反应的临界点，有诸种条件，文学家不会疏漏任何一个条件。

想象的深处

在想象的深处，可能有些东西要消失，那通常是我们很熟悉的，比如我们念念不忘的社会和道德，还有类似的一些事物。仿佛临近了一个天体物理学所说的"黑洞"，具有不可思议的吸力，一切都纳入其中，永不餍足。我们总是谈到想象力，认为它在很大程度上决定了一个作家能走多远。文学的核心是诗，而诗是最难表达和描摹之物，它就在想象的深处。

诗中写到了爱情、故事、斗争、虚无、理想，但这是它的表相，而不是内质与核心。它其实不是这些具体的存在，而是一道遥遥虚线，像天地缝合处那片不可抵达的迷茫一样。真正的诗人活在想象里，在沉湎中；沉湎之物，就是所有的奥妙和隐秘。沉湎在沉湎中，它是目的也是形式，是那个"黑洞"。如果说诗意的深邃就在于不可抵达，那么也只有这个物理学的比喻了。它真的具有那样的吸力，吸进万物而不留痕迹。

没有人能穷尽诗意，没有人能洞悉。总是小心地避开它，却又不时走入深处，这就是诗人的宿命。我们平时说的想象力，其实与想象的深处没有多少关系，那只是具象的连缀和衔接，是现实拼图。想象的深处不存在这一切，它们全都消失了、湮灭了、浑然了。它绝对诱惑我们。

我最好的朋友

从陌生的地方来了一个年纪很大的人，只在本市住三天，不知怎么打通了另一个人的电话，让他捎信给我："我是你最好的朋友，如果一次猜对，咱们就见面。我带来极重要的一件礼物。"捎信者什么都不知道，只说是一个粗老的男声。我努力去想，想得头痛。"最好的朋友"显然不是一句模糊的形容，而是具体的、可量化的。问题是作为一种标准只在对方手里。说来惭愧，我绞尽脑汁也对不上号。

朋友为什么这样难为我，真是一个谜。过了一天，捎信人又问。我越发焦急，因为悬念太大了。我从头回忆了很多朋友，从少年时期一直想过来，从海边平原想到山地，从胶莱河以东想到黄河西岸，全是老朋友。往事纷至沓来，通宵失眠。我这才意识到自己的朋友这样多，而且疏于问候。我实在无法从中确定一个人。

我想不起来，同时怎么也找不出对方这样做的理由。唯一的解释就是：他要用这样的方法来考验一下，看我是否记住了至关重要的友谊。这不是一般的友谊。但是，我真的想不起来。我依据捎信人对声音的描述猜想，再从年龄筛选，先圈定其中的三五个，试着找出最后一个。对方给予的机会只有一次。我对这种恶作剧实在不适，以至于气愤。

我想了三天。结果仍然没有。我只好央求那个捎信的朋友：告诉他吧，我投降了，只恳请他现身。朋友拨通电话，很快转身看着我。我夺过电话，可是刚一开口对方就挂断了。

那个人离开了这座城市，带着那件极重要的礼物。我一直不知道他是谁。

就这样，我失去了一个最好的朋友。

海边的危难

是的，我说了太多海边的美好，只没说它的另一面。那段不能忘怀的生活中，危险和苦难其实是连在一起的。比如记忆中一夜突来的风暴，远处村庄的人会一群群奔向大海：他们的亲人和乡邻正在捕鱼船上。渔船被突来的大浪围在海中，危急时刻，海边看鱼铺的老人会将一座宝贵的鱼铺点燃，让渔船迎着火光上岸。丧身大海的人太多了，海边人谈到风暴脸色骤变，成为永远的痛。除了捕鱼，来往于岛上的船只也经常遇危难，一场大风之后，如果近海出现一片漂浮物，那就是出事了。浪涌会把遇难者和一些物品推上沙岸。海边人说："又一条船打了。""打"就是破碎的意思，比如碗掉在地上跌破，就说"碗打了"。船是海里的一只大碗，这只生命的大碗很脆弱。

海边有莫名其妙的苦难。比如前年发生了一件怪事：一个外地人正在初夏海滩上走着，看着不急不缓的浪花，突然一阵风刮起，将前边不远的一块破布吹裹到身上，然后就像一双无形的手把他举起扔到了水中。一个好生生的人就在近岸溺亡，前后不过几分钟。还有一个夏天，三五个年轻人用一面小网在岸边捉鱼，其中的一个喊叫起来，同时身体往下萎缩。大家以为他在开玩笑，因为这里是不足一米的浅水，眼看着他陷入沙子，搭救已晚。据说这是百年不遇的"沙旋儿"，碰到即九死一生。

让人色变的还有这样的事：几个孩子在浅海玩耍，有一个"哎哟"一声，脚底有了一个小小的红点，但一点不痛。大家继续玩。过了一会儿，那个孩子脸变成了酱紫色，呼吸急促。不远处的林子里就是园艺场小医院，可人还是没救活。医生说他被毒鱼蜇了。

海边人最害怕也最喜欢的就是"艇鲅鱼"，它肥美诱人，但有剧毒，却是真正的美味。要吃这种至味就要有专门的人烹做，小心地去除毒腺，要万无一失。可就因为它实在太馋人，有时候等不到专人也就自己动手。结果每隔几年就会发生一起惨剧。

当年的林子疏密不匀，有的地方看上去黑乌乌的。一个赶海的人抄近路穿过密林，可是当他走近鱼铺时，大家都看到这个人脸色惨白，手足俱抖。他回身指着那片密林，只说不出话。原来他刚刚在林子里见过一种奇怪的东西，却说不清是什么。人们手忙脚乱扶他躺下，刚喂了一口水，人就完了。他是被吓死的。

海边有各种危难，无法说清。本来是平常的事情，说不定也有致命之险，比如一阵风和一条鱼。不过回想一下，我们那时候最怕的还是人：不知从什么时候起林子里出现了一个小矮人，他负责看管整个林子。这个人背枪挎刀，神出鬼没，凶狠地盯视所有人，随意惩戒。大家都被他吓坏了。

我们的好日子就此结束。

2019 年 11 月至 2020 年 2 月，文学访谈辑录

后　记

　　这本演讲集是《思维的锋刃》的续编，成书之缘与之相同。但似乎仍要最后说上几句。因为回头订看这些现场生成的篇什，不得不将许多写作计划耽搁下来。这是一种苦恼。写作者都有一个隐在心头的认识，即尽力摆脱一些烦琐文事，将精力和时间集中在主要文体上，如诗人之于诗行，小说家之于小说。但有时又会怀疑：另一些文体就这么重要？它们凭什么取得了作者如此坚定的信赖？是阅读市场还是审美感召？无法回答。

　　我曾经对自己有过一个美好期许：尽可能地将写作当成业余之业，以恢复人类古老的文学传统。于是我把大量时间移出了书房，到田野，到教室，到讨论会上。结果几年来产生了这么多与"主要文体"无关的文字。然而这是劳动的痕迹，是一种文学理念的实践。所以，我还是不能轻忽这些记录。就出于这样的想法，我将这些"现场篇章"付印，与朋友共勉，期待指正。

2020 年 5 月 14 日，于济南